汤炳生

著

福水

F U S H U I

上海辞书出版社

自序

　　我在十七岁那年的夏秋之交,喝上了有生以来的第一口酒,那味道辛辣冲鼻,一到嘴里顷刻蔓延扩张。第一感觉是:喝酒的人就爱这味?它能给人带来什么?让我喝酒的不是别人,正是茶不喝,烟不抽,却与酒相伴了近五十年的老父亲。他说酒是个好东西,无论你在喜怒哀乐哪个状态里,有了酒,就会让人狂放、宣泄到极致,或嚎啕大哭,或仰天长笑,那个过程一定是酣畅淋漓的;饮酒适度的话,做起事来利索顺当,常有意想不到的收获,更不用说能增添日常生活中的乐趣了。我一时半会当然没有父亲的那种体会。在我多次和父亲面对面的慢饮细品中,只觉得饮了酒浑身会有那么点躁热,脸上泛红,最明显的感觉是脑子灵动,思路清晰,开口滔滔不绝,写东西比往常出手要快得多。明显有这种感觉,还是在饮酒多年后被"逼"的一次应急写作中。

　　那年台风连续裹挟着暴雨淹没了全县不少农田,为最大限度地减少灾害带来的损失,县里紧急召开三级干部(公社、大队、生产队)大会,动员男女老少齐上阵抵御天灾。正是这个背景下,城西公社(现在的永丰街道)供销社的领导突然找我,说快去公社宣传部门报到,快去!我不敢停留,立刻赶过去,宣传部门的头儿和文化站的站长正等着我。头儿说,小汤,县里要我们创排一只抗灾节目,要赶在三级干部会议上演出,借你来就为写这个本子,没时间了,本子容不得报废,具体的你和站长商量吧。而站长说,只能给你一天不到的时间写作,明天上午以你为主投入排练,排练也只有不到两天的时间,没办法,你只能熬苦一点! 然后他谈了点素材,说,给你一个空房,就在这里写吧,没人打扰你。我说我还是回去,会尽力完成任务的。站长吓了一跳,说节目已上报了,会议上只有我们这个节目演出,不是会尽力完成任务,而是一定要完成任务!

回家的路上,我去清真馆买了点熟菜和二两锅贴,又在离家不远的小店里拿了两瓶"小高升"(125毫升一瓶的土烧酒),到家后又去邻居家倒了一瓶开水。为防干扰,又请邻居将我的房门反锁,然后拉上窗帘,摊开熟食倒上酒,自斟自饮。在别人看来我很会享受,其实我正在千丝万缕中寻找头绪,在刚开始的胡乱编织中经历着煎熬……如此这般经历了个把小时,腹中有了节目内容的轮廓,便忙不迭地展纸握笔。快到晚饭时分,有人敲窗又敲门。只听我邻居说,小汤不在家,没见门锁着吗?来人说他一定在家。我一听是公社文艺小分队中那个爱写作的知青,知道他是奉命来催稿的,便开了门,并告诉他还没写好。他说头儿让你去文化站写,编曲的也正等着你的唱词编曲呢,不然要耽误时间了。我二话没说,拿起稿子和那瓶"小高升",塞进挎包,坐在他自行车的后座就走。文化站长见了我也不啰嗦,在刚收拾好的空房点上蚊香,拿起我写的稿子看了看,说先拿去编曲,刻蜡纸,每隔一小时我来催要稿子。随后他反扣上门走了。我静了静,摊开稿纸,拿出"小高升"连喝两口……那晚小分队成员一直陪我折腾到把节目稿写完,等到把稿子刻印好,并分发到每个人的手上时已过午夜。

两天后的下午,也就是三级干部会议闭幕的时候,可容纳近千人的松江剧场里座无虚席。当报幕员在台上报出节目《人定胜天》后,大幕拉开,在干部们面前亮相的是舞台正中一张桌子,我手持三弦坐在左边,一位女知青手拿钹子坐在右侧,小乐队成员坐在女知青右侧的身后。一个近三十分钟的节目,伴随着以松江农民书为主旋律的唱腔,演绎着干群齐心协力抗灾排涝的故事。剧场内的氛围,不管是鸦雀无声,还是掌声雷鸣,都让人振奋……

在后来的几十年里,类似赶时间应急的写作不少,比如当年为宝钢艺术团写一个关于市劳模徐虎事迹的说唱节目,又比如1999年区宣传部文明办要我在一个月内拿出一台创新的巡演节目……我每次在动笔前,腹稿中都浸润着杜康,下笔后会感觉到字里行间的酒香。

酒,真是个好东西,它催生了我这个集子。

2023年8月8日

目录

自序 … 1

一

福水 … 3

心灵的诉说——王辉荃先生周年祭 … 6

事不由己 … 8

家有宝 … 10

磨剪刀阿尹 … 12

我的同岁兄弟 … 15

回想当年讲《雷锋》… 19

鞋匠阿狗 … 22

写一个像样的松江人 … 25

在那个年代 … 27

被流放的一家 … 30

被逼出来的 … 33

钓蟹 … 36
话别炱糕 … 39
牛车棚 … 41
老邻居走了 … 43
那年的事 … 46
照片里的故事 … 48
取景三清山 … 50
夹黄鳝 … 52
那年征兵 … 54
套牢 … 56
我的老师 … 58
阿骆 … 61
你青春漂亮了 … 64
有个地方叫"石家浜" … 66
打钱 … 69
友情 … 73
衣架 … 76
守住那点"幼稚" … 79
和美终老 … 82
感觉幸福 … 85
醉蟹醉人 … 89
约会 … 92
腊八粥 … 95
那位后妈成了我故事剧中的《继母》 … 97

经纬篇 … 100

沾光 … 103

暖暖的，长长的 … 106

赵世祥家的阿姨 … 109

枇杷那点事 … 111

我快乐 … 113

凡人凡事 … 116

老人·老马 … 119

惜福 … 121

三角包 … 124

赵世祥走了 … 127

有病的陪伴没病的 … 130

恻隐之心 … 133

稻草 … 136

那情景还在眼前 … 140

过日子的人 … 142

陪我终老的情人 … 144

狗生 … 147

养生 … 149

赶网 … 152

脚头泥 … 155

我家的故事 … 157

主内的钱　主外的钱 … 159

魂牵梦绕的地方 … 161

老张小传 … 164

从婚房里的中草药说起 … 167

布衣三迁 … 170

二

旅游杂记之一：外应添堵 … 175

旅游杂记之二：野象谷与四张票 … 178

旅游杂记之三：想看看湄公河 … 181

旅游杂记之四：在曼卡村 … 183

旅游杂记之五：有点煞风景 … 186

旅游杂记之六：横生枝节 … 188

旅游杂记之七：虎跳峡之游 … 191

旅游杂记之八：也快乐，也添堵 … 193

清凉寺见闻之一：动因 … 196

清凉寺见闻之二：上山 … 199

清凉寺见闻之三：客串 … 201

清凉寺见闻之四：疑问 … 203

清凉寺见闻之五：留恋 … 205

三

重走大涨泾 … 209

往事捡漏——也说阔街 … 213

金沙滩往昔 … 216

怀念的理由——长桥南街纪事 … 223

心中的竹竿汇 … 228

东外街上的名人——说说顾云飞 … 234

传奇故事 … 237

东外街上的名人——说说张冰独 … 240

从老车墩开始——演艺生涯的第一只码头 … 243

庙前街菜场 … 246

我和新市书场 … 250

小连生的白焐猪头 … 255

想起小书摊 … 259

还记得那个钟表刻字社吗？… 263

包家桥的小书店 … 266

四

生财之道 … 273

不仅仅是向着丰收笑 … 275

心魔 … 277

食物中毒 … 280

婚礼上的分手 … 282

无题 … 285

街头 … 287

坟 … 289

！！！… 292

恋爱 … 294

称呼的蒙太奇 … 297

招领青春 … 300

看门的老头 … 303

收藏 … 310

阿桂 … 313

十八弯 … 320

花泪 … 323

视角 … 326

招牌 … 329

纯天然 … 331

五

问耕耘更要问收获 … 337

读《易经》 讲和谐 … 339

也说偏方 … 341

由道教说开去 … 343

也说老茶馆 … 346

追韩信者的心态 … 348

松江话·松江人 … 351

后记 … 354

一

福水

常听人说酒是福水，是有福分的人喝的。

就冲这个"福分"，我就喝上了酒，屈指算来，时至今日我与杯中之物结缘已四十多年了。

那时我学艺还没满师，每月的生活费加补贴也才二十元多一点点，哪够和同龄朋友们胡闹的！往往不到二十天的时间酒就把钱吃光了，于是向老父亲讨要来填补空缺。其实父亲每月的工资和我差不多。我当年少不更事也不知愁，那酒一下肚便脸红耳热，飘飘欲仙，还真喝出点"福"的味道来。

那年，老父亲患肠道癌驾鹤西去，我的学徒生涯也告结束。那时没有演出，团里的老师们都知道我会喝酒，于是就有了共同语言，没有了长幼之分，常常扎堆劈柴片喝酒。当时常去的地方是迎宾楼。由于没有负担也没了老父亲的管束，无论多贵的酒，诸如茅台、竹叶青、西凤酒、绿豆烧等，我都尝了个遍。而老师们往往还未坐稳就彼此盘算，"今天我先吃裤脚，以后再吃裤腰"，"我已开始吃衣袖了"，听得我一头雾水。于是老师们解释现在搞运动不演出，手头紧巴，演出服装还值几个钱，所以才这么说。那时喝酒对我来说似乎"福"味浓了点，老师们则是借酒浇愁。

结婚后，特别是有了孩子后，经济拮据，我常去喝酒的地方是中山中路上的小广东和清真馆。去小广东必定是二角四分一瓶的"小高升",就着九分钱一碗的阳春面,便风卷残云般地完成解馋任务。如要改善一下,那就去清真馆,一瓶"小高升",一角钱一碗杂碎汤,外加一角八分的二两锅贴。记得那年为了方便乡下城里两头跑,花了五个月的工资买了辆自行车,硬是半年没敢喝一口酒。

孩子到了上学的年龄,为了她们的将来,我咬咬牙把她们从乡下弄到城里来读书。这时大女儿正在学二胡,还得具备一定的学习条件。于是便借钱从朋友那里买来一个二手收音机,又从同事那里要下二手电唱机,还到处去淘二胡独奏的唱片。借来淘去地一折腾,经济上本就舌头舔不到鼻头,为了置办这些东西还筑起了债台。为了还债,也为了"小高升",我便听从朋友的劝告,一跺脚再借钱买了支气枪,做起了"资本主义尾巴"——打麻雀贴补家用。

这活得看天的脸色行事。吃了晚饭,如果天气晴朗无风又无月亮,便背起十多斤重的电瓶,腰系电筒、鱼篓,背着气枪带上"小高升",坐上朋友的摩托车结伴出发。到了目的地,就用手电筒在树上寻找目标。看到那白花花如棉球般的麻雀肚子,便就迎着灯光举枪。有时能打二三百只,每只三分,可说是满载而归;有时到了目的地,明月当空,如同白昼,人刚到树下,麻雀就惊飞了,这样的日子能疲惫地带回三四十只麻雀已经很不错了;有时出门天气好好的,到了目的地却狂风暴雨,举枪瞄不准目标,无功而返不说,自己倒成了落汤鸡。

有一回身体不太舒服,数百次地举枪,累了,眼也有点花了,浑身是汗,快站不住了。待缓缓抬起头时,见高高的树上有一大团白色物体,那肯定是只大鸟!于是振作精神举枪,手却微微颤抖,好几次都打偏了。待打中后,那团白色物体重重地掉落到我的额头上,然后重重地摔到地上。刚想俯身去拾,却把我吓了个半死,原来打中的是一条蛇!

这样的事情当然不止发生一次。

那段日子"小高升"不是解馋，而是解乏压惊，心里有一番别样的滋味。

打完麻雀还必须在清晨五点以前赶回家，把打烂的麻雀剔出来后，让老婆赶早到菜市场去卖。我则抓紧睡一会，因为八点前还必须赶到单位上班。

那几年，我打麻雀的足迹除松江之外，还留在了青浦、奉贤、金山等地。

那几年，那酒喝得太苦涩，太酸楚，也太无奈。我也常常举杯自问：这也叫福水？

弹指一挥间，原先伴随我的"小高升"早已不见了踪影。现在只需用半个月的退休工资就能买辆上好的电瓶车，且不影响喝优质干红、上海老酒。柜子里也站满了茅台、五粮液等名酒。现在无论是朋友间的欢聚还是在家中自斟自饮，端起酒杯闻着这悠长岁月酿成的琼浆玉液，醇香扑鼻直惹得人未饮先醉，当"吱溜"一声喝到嘴里，微闭起双眼，舍不得咽下，细细品尝，久久回味，常常会情不自禁地连喊：好酒！好酒！

酒喝到这份上，才是福水！

2008 年 11 月

心灵的诉说
——王辉荃先生周年祭

整整一年了。

去年今日,那样突然,那样仓促——你倒在了自己的工作岗位上,没留下任何遗言,却留下了大量的工作。

记得我们初次谋面是在那个细雨蒙蒙的夜晚,当我披着灯光,裹着寒意走进那家大酒店时,你的第一句话就很有喜剧色彩:我还以为你是八十来岁的老学究、老古董呢,不想你看起来比实际年龄还年轻。

第一次和大名鼎鼎、集编导演于一身的你对话,我的言谈举止不免有点拘谨,是三杯杜康壮了我的胆。于是我以山野村夫肤浅的认识,胡乱说了对喜剧界目前状况的看法,还不知天高地厚地谈及如何把不同层面的观众引进剧场,说什么观念要更新,必要时请作家担任编剧换换创作思路……纯粹是酒精起了作用的胡言乱语,你竟句句认同。那一次我们彼此觉得遇上了知己,相见恨晚。

记得第一次我为你在电视台的一个栏目写剧本,那是我女儿汤小音缠着你要来的差事。你对小音说:你父亲不写不要紧,写不出也不要紧……当你接到我的剧本后,一天内打了三个电话。第三个电话对我说:市农口要我写一个农村题材的剧本,拖了快两年了,实在没时间呀,你对农村熟悉,请你拿第一稿……

我没有受宠若惊,只是感觉到了你对我的了解和信任。

一次你特意把我请去市区,说要搞一个动画片,时间很紧,一定要在十天内拿出二十六集的故事提纲来。你知道吗?我为酬知己,八天里拿出故事梗概,之后大病了一场……

你导演的几部大戏,每部都邀我观看,我也"不敢违命",每次从郊区赶去。嗣后你总打来电话问我有何评价。

你在处理某些问题时,会对小音说:你爸爸也会这么考虑的,不信你打电话回去问问。有时我在处理问题时遇到小音反对也会说:我想你老师也会这么考虑。

有好几次,我们对一些问题的看法竟是惊人的一致。

你说我太懒,写东西不勤。你告诉我你每天只睡四五个小时,有时困了就在排练场或在途中的小车上瞌睡一会。

你来电话说,你给人导戏的计划已安排到2004年,还要和他人合作在电视台再开辟一个栏目。

你实在是一个工作狂!

你性刚,自知有点霸气,脾气不太好,有时得罪了人顿感后悔,过后又以行动向他们表示歉意。为此,我曾瞎嚼舌根说:为人要多点宽容,少点怨恨,如在背后为反对自己的人说好话的是高人,彼此拆台冤冤相报的是凡人,无事生非的则是庸人。

那天我身体不好已早早地上了床,你来电话了。你说B城点名要你去演出,现在又正赶往C地为一个剧团排戏,回来后即率部分作者和主要演员去你那里体验生活……我曾劝你放弃一些工作,不要太劳累。你却说:这么多同事、朋友、学生跟我在一起,我放不下呀……

可是,你走了,走得实在不是时候!

安息吧,让我这短文带去一份哀思,慰藉你的灵魂!

2003年12月

事不由己

女儿打来电话,上海电视剧频道上午八点档正在播放《婆婆妈妈》,每天两集,让我看看。后来,影视公司小陈也来电告知此事,还附带说起该片在拍摄时的一些情况,听着听着我便生出一些感慨来。

可能是写《新上海屋檐下》时的基础,或许是我经常表达写剧本要"标新立异,出奇制胜"的理念,在考虑要拍摄一百四十集的《婆婆妈妈》时,影视公司让我出任总撰稿一职,并明确了报酬。公司对该剧的要求是:有别于《新上海屋檐下》,写社区人与人之间的矛盾,写社会的和谐。我根据这个精神,到处打电话听取作者的意见,然后拟出大纲送审。千呼万唤,大纲终于在2005年春通过审查,我便召集众多作者请他们分头写作。其间,根据"上头"的意思,还不时变更人物、情节,弄得整个故事前后不统一,于是再和作者电话沟通,又天天看剧本提意见,搞得手忙脚乱、焦头烂额。平心而论,那些作者都是写作高手,而且都在为电视台的其他栏目写东西,所谓对剧本的意见,也大多是故事结构和人物变化前后矛盾所引起的。于是我向"上头"提出,能否定期开个作者碰头会及时沟通。电视台负责审查剧本的老师说早就应该这样,而影视公司的个别人却说为节省开支,还是电话联系为宜。于是我只好一头搞自己的法制文艺创作演出,一头熬夜、打电话搞《婆婆妈妈》剧本写作,弄得精疲力尽。一次,为剧本把关的老师发来电子邮件,他觉得松江几位作者写的东西有新意,并希望这一百四十集尽量让松江作者来完成。由于工程浩大,时间紧迫,我没有同意。

工作正在有序推进。征得"上头"同意,我请我的书法家好友写了片名。为了向北京推介该片,公司方面让我写了剧情简介。一切都在紧锣密鼓进行中时,直接发我劳务费的人想"趟浑水",说我总撰稿的报酬要减三分之一。我以为公司言而无信,不干了。当公司老总得知这一情况后很气愤,为此专门开了次会,明确告诉我报酬从来没变过,让我继续"革命"。

样片在送审中,一部分剧本也准备开拍。据说送审的样片也"没问题"。结果问题出在"上头"的口味上。于是,《婆婆妈妈》的所有剧本彻底报废,所写的片头也不用了。

影视公司老总觉得实在有点过意不去,便在我的提议下,把所有作者请来松江一聚,向他们说明原委,并表示歉意。

现在播出的《婆婆妈妈》中我成了策划。其实我既没"策"也没"划"。

行文至此,怪怪的,脑海里突然冒出一副不成对联的对联。上联:没想干,请你干,不干也请干。下联:还在干,请别干,要干请别干。横批:事不由己。

2007 年 12 月

家有宝

我曾采访过一位孝敬父母、善待公婆的女士,并以此为原型创作了独脚戏《同样是子女》,在松江全区范围内巡演,颇受好评。当我把这个真实事例告诉一位张姓朋友时,他却淡淡地说:蛮好,不过我老婆不比她差。

朋友的老婆是插队知青,结婚那年她还在脸朝黄土背朝天"修地球"。他在厂里上班,家里有一个八十多岁的奶奶。婚后他老婆乡下、城里两头跑,既要照料年老体弱的奶奶,又要哺育刚生养的孩子。直到1979年初夏,插队整整十年,孩子都快七岁的时候,她才顶替了父亲,到我所在的大队综合商店和我成了同事。她人长得小巧,不善言谈,每逢开会讨论发言或着急时还有点口吃。她为人很好说话,是个"好和头",但也有点马大哈。记得那年中秋节将近,店里进了一批月饼,她在写价目牌时竟把品名"金腿月饼"写成了"金脚月饼",让所有的同事都笑弯了腰。以后我也常拿"金脚月饼"和她开玩笑。不久我回到曲艺团,对她也没有了直接的了解。

朋友告诉我,他出生后不久父亲就死了。没出两年,母亲便扔下他远嫁南京。是奶奶一把屎一把尿地把他拉扯大的,也是奶奶设法让他上的学。所以他和奶奶的感情很深。他结婚后,三天两头陪伴奶奶上医院磨时间的烦心事都由他老婆替代了。后来老奶奶离不开床了,手脚不能动了,又是他老婆背着她下床洗澡,换洗衣服,一天三顿喂饭。不管春夏秋冬,老人要大小便,他老婆就半夜起来去端尿盆。有时老人便秘,用了"开塞露"也不见效果,痛苦得直哼哼,是他老婆用手将老人的大便一点一点给抠出来……俗话说长病没孝子,他老婆却十数年如一日在奶奶床前尽心。

不知母亲是另组家庭不便来看他,还是什么其他原因,反正是极少来关心他。故提起母亲他就有一肚子的怨言,母子间的关系自然是可想而知了!

自他老婆嫁给他后,她在悉心照料奶奶的同时,还劝说他每逢年节把婆婆接来松江小住。经这么几次三番地劝说,他也松了口,他老婆便亲自去南京把婆婆接来……

他老婆退休时,他母亲已八十多岁,用他老婆的话说是有更多的时间来孝敬老人了。近两年老人每年都来,一住就是三四个月。有一次刚把老人送回南京,由于异姓兄弟要开刀,老人没人照料,于是他老婆又把老人接来住了近三个月。糟糕的是,老人几次上街迷路没有回家,急得他们到处去寻找……现在老人说话也有点颠三倒四,显然是有老年痴呆症了。但他老婆说,这正是做儿女的尽孝的时候。

谁能料到小巧的"马大哈"关心老人起来却是那样的细心、体贴。难怪我朋友常说:我老婆真的蛮好的。

古人说,天有宝日月星辰,地有宝五谷金银,国有宝忠臣良将,家有宝孝子贤孙。

家有这个"宝",家庭和睦,邻里团结。有了这个"宝",往大了说社会就会和谐、安定。

这个"宝"用金钱是换不来的!

2009年1月

磨剪刀阿尹

阿尹是个五十出头的光棍,他的日子就是靠磨剪刀这么一天天过来的。

一年四季,他总扛着个磨剪刀用的矮脚长凳,瘦小的身子朝朝暮暮、来来回回重复晃荡在村子和城里的那条路上,时而来一声"磨——剪——刀"。

阿尹从不正眼看人,和人说话也常常答非所问。不知他是脑子真有毛病呢,还是故意装聋作哑。有的说阿尹的肚子里装着中国五千年的文明史,有的说他平时连说话都有点颠三倒四、自言自语的,尤其和他同住一屋的三个知青更是信誓旦旦地作证说,有一天早上飘着鹅毛大雪,他们正躲在被窝里享受着温暖,另一间传来阿尹的自问自答:雪这么大,还出去吗?不去不去,冷得要死。不去吃什么?这……要去的,要去的……再讲再讲。那天阿尹终究没有出去。快到午饭时分,阿尹去人家的自留地里拔菜被主人发现了。主人说:阿尹你怎么偷我家的菜啊?阿尹不答,自顾将菜往破篮里装。问急了阿尹才说:大白天,又当着你的面弄几棵菜,这不叫偷。神不知鬼不觉地拿才叫偷。告诉你,偷分几等,偷心的叫情贼,偷花的叫雅贼,偷物的叫蟊贼。我偷心没本事,偷花没有用,偷物没有德,我也不想做小蟊贼,就是当着你的面弄几棵菜,也是偶尔为之,再讲我的辈分放着,吃小辈几棵菜也……不说了,说了你也不懂。阿尹这一大堆屁话,把主人说得无奈地笑了,也就眼睁睁地看着他把菜给"弄"了回去。

我真正领教阿尹的德性,是剧团被裁撤后分配到下伸店不久。那天不知什么原因,阿尹正在对大队服装厂厂长狠狠地撒泼:告诉你,我是贫雇农中的雇农,是工人阶级依靠的对象……那阵势阿尹俨然是个胜利者。后来厂长告诉我,服装厂刚成立那会儿,阿尹请求厂长以后把厂里磨剪刀的活儿留给他。厂长一口答应。可阿尹反而把好好的剪刀给磨得不能用了,竟说剪刀的质量太差,不能怪他。这可惹恼了厂长,就此把磨剪刀的活儿给了外来人。这天那外来人被阿尹撞上了,他蓦地冒起了无名火,冲着厂长就吵上了,吓得他那位同行悄悄地溜之乎也。

后来阿尹竟然和我也吵上了。

那天晚上快八点了,我正在洗脚。咚咚咚有人敲门,是阿尹要买东西。我好言回答他打烊了,让他明天早晨来吧。他还是一个劲地敲门说帮帮忙。我说店里有规定,打烊了就不卖东西了。他见我不开门,就喊另一位营业员阿牛。我说阿牛不在,他反而把门敲得更响。我火了,说你就不能早一点来吗？他也火了,说你就不能开一开门吗？我说阿牛说的,关了门后任何人来都不卖。阿尹说其他人来不卖我来就好卖。我一听便狮吼:你算什么,是天王老子,嗯？是我的上级领导,嗯？凭什么要我破坏店规给你开门让你买东西,嗯？我正"嗯嗯"着,阿牛回来了,他马上为阿尹开了门。阿尹买了两块乳腐和五分钱的盐,匆匆走了。我不满地对阿牛说,也就是一角一分钱的生意,再说是你说的,打烊了一律不开门。阿牛抱歉地说,我忘了对你说了,阿尹来要开门的。我正要发火。阿牛说,阿尹肯定磨剪刀刚刚回来,晚饭肯定还没吃,他买的东西肯定都是今晚少不了的。今后凡是阿尹来买东西,就是再晚也要给他开门,算是照顾他,也算是"开后门"吧。

后来我回到了曲艺团，也就没了阿尹的消息。

几年后一个学雷锋的日子。一位朋友拿着剪刀对我说，前面有个敬老院来的老人，磨的剪刀特好，去看看吧。我随他挤入人群，见一位穿着干净的瘦小老人正低着头认真地磨着剪刀。唷，阿尹，是你啊！可他眼皮也没抬，仍是那自言自语的老毛病：冬去春来，月缺月圆，六十年风水轮流转，你也好了，我也好了。我有了这个削刀的工具，剪刀也磨得好了，可任意裁剪春光了。

嘿，你说这阿尹是不是又有点"答非所问"！

2009 年 3 月

我的同岁兄弟

也许是怀旧,长桥南街的南端常在我酣睡后入梦:街的东边有三间紧贴街面的小瓦屋,坐西朝东。这便是我紧握双拳哭着喊着来到这世界后立足的地方。屋后隔街仅两庹(庹为两臂伸展平直的长度)来宽就是松江有名的育婴堂(老百姓一般叫作"小囡堂")。

在我两岁那年春末的一天,父亲背着蒲包从乡下收猪肠回来,见屋旁的石条凳上坐着一对年轻的夫妻正在哭泣。他们面前停放着一对箩筐,一个筐内躺着一个小孩,另一个筐内放着小孩的衣被。我母亲站在一边,好像在询问他们什么。她见了父亲就说是佘来庙(今泖港镇)来的,要将小孩送进小囡堂,哪知堂里见小孩气息奄奄不肯收留。回去吧,家里穷,几次给孩子看病还欠下不少的债,养不活才送来的,回去不就眼睁睁看着他死吗?父亲看着觉得可怜,母亲见状马上把小孩抱起。只见小孩肤色病白,骨瘦如柴,脑袋东倒西歪根本就支不起来。她忙撩起衣襟给他喂奶,可他连奶头也不会吮吸。母亲轻叹一声将小孩放回箩筐时,这夫妻俩就跪下了。他们央求我父母做做好事收下孩子。母亲也劝父亲:收下吧,也好让炳炳(我的小名)有个伴。

从此这小孩改姓汤叫炳荣,成了我的兄弟。他小我三个月,于是邻居们管我叫大炳,管他叫小炳。

小炳成为我的兄弟后,父亲马上请松江有名的医生给他看病。可医生换了好几个,却仍不见小炳的病情好转。医生们都说这小囡病重,就别再花钱了。这可把我父母急坏了。我家并不宽裕,就靠父亲和大我十五岁的姐姐跑四乡去收猪肠送市区赚点小钱,母亲侍弄屋前一亩多薄地,还经常去超果寺旁的池塘里撩水草晒干当柴烧过日子。几次请医生也的确把仅有的一点积蓄都花光了,可小炳的病不看不行呀!好在小炳福星高照,遇到了贵人——松江四方驰名的儿科医生钱青士,他打包票让我们放心,会好的。

果然,小炳的病真的慢慢地好了起来。

病是好了,但他腿脚软,不会走路。每逢串门或上街,小炳总是骑在父亲的脖子上,我则跟在父亲的后面一路小跑。邻居们见了就跟父亲开玩笑:汤伯伯,骑着的是亲生的,跟着的是领养的吗?父亲也总笑着回答:亏亲生的不要紧,亏领养的是不作兴的。也是,家中凡有什么吃的,总是小炳多吃我少吃。

小炳的病是好了,我们家却一天不如一天了。

我四岁那年,母亲因常去撩水草得了"水鼓胀"(即血吸虫病),死了;不久姐姐出嫁,父亲少了得力的臂膀;后来受"三反""五反"打老虎波及,父亲的小生意一时也不好做了。无奈只好把家中所谓"值钱"的东西卖了过日子。正在父亲为生计犯愁的时候,小炳亲生父母家却是"东方红,太阳升"。于是父亲决定让小炳回去,他父母也一口答应。父亲便给小炳赶做了新的棉袍,买了新的帽子,又带他去照相馆拍了照,这才依依不舍地让他回到佘来庙。也是小炳的造化,他回去没多久就分得了土地和耕牛。难怪他第一次回来看我们时,扯着嗓门唱"大黄牛呀肥又大,土改以后到我家"。

也许是生过大病,打针吃药过多影响智力,小炳上学后老是留级,小学读了好几年也没毕业。"文化大革命"刚开始那阵,我们都二十出头了。小炳身高却只有一米五多一点,出工总是挤在妇女堆里。父亲考虑到他该有个谋生的手段:可他又能做什么呢?秤不会看,面对钟表也说不出是几点……后来总算有一个老鞋匠勉强答应收他为徒,我父亲千恩万谢,立刻让小炳来松江拜师学艺。可他反应迟钝,进步实在太慢,还差一点闯下大祸。那天,民警把我父亲叫了去。在派出所他见到了小炳。原来他去师傅处的路上东张西望看人家贴大字报,汽车来了也不知避让,差一点没命,也把司机吓个半死。父亲气得当场责骂他,他大概看到我父亲气得扭歪的脸觉得好玩,还嘿嘿地傻笑。后来父亲听从老鞋匠的劝说,让小炳回去了。

父亲去世后,我和小炳还是照常来往。

后来小炳因贫农成分当上了生产队的副队长,他自豪地对我说他分管养猪。

再后来他做了人家的上门女婿。

九十年代初起他就很少来我们这里了。他去得最多的是泖港镇上。2000年他来松江老宅找我扑了个空。我知道他有事,便赶去泖港。临走时我给了他一张名片,告诉他下次来之前先给我打个电话(那时他家没有电话)。几年过去了,他家也早有了电话,可他电话不打,人也不来。那年春节刚过没几天,我去泖港几经周折找到他家,一见面便对他发火:怎么,非要我来看你,你就不能来看我?他笑笑:我错,我错。那次他笑得很开心。他告诉我,土地被征用后他们夫妻俩每月有六百多元养老金,日子好过多了。听得我鼻子酸酸的。我在临走时写了个条,要他来松江玩时按条上写的走就是了。其实他之后来松江还是我去车站接他的。再后来到现在,他就一直没来过,只是通了两三次电话。

他为什么不愿来松江?我仔细想了想。我八岁那年我家从长桥南街搬到金沙滩河边。紧接着金沙滩成了客船码头。那几年,小炳来得特勤。他从籴来庙上船到松江,一上岸就是我们家。后来客船停止运行,小炳坐汽车摆个渡到松汇路下车来我家也还方便。再以后我买了新房又搬家了。这样小炳来的话得多换一班车,又要找新地址。听说他2000年来找我的时候还是女儿陪着来的……啊,他怕迷路!我一下子恍然大悟。

这就是我的同岁兄弟!

2009年3月

回想当年讲《雷锋》

1964年7月,我在本县的新浜书场和老师拼档演出。日场我演《西汉》,晚上他演《苦菜花》。刚去时我就和当地的文化站联系:晚上我到各大队免费巡回演出。节目有《沙滩比武》《一只落脚猪》《雷锋》。要求只有一个:当晚被安排演出的大队请派人来为我领领路,演出结束再把我送回去。

《沙滩比武》是评话名家金声伯根据《苦菜花》中的有关内容编演的短篇评话,情节惊险刺激,是我在收音机里学会的;《一只落脚猪》说的是公社女饲养员一心为公,把落脚猪放在被窝里,粗心的丈夫误认为是自己的小孩而引发了很多的笑料。这个节目一个多月前在山阳公社巡回演出时,是我和沈红霞作为男女档演出的。两个节目都很讨巧能吸引观众。唯有《雷锋》没有惊险刺激的情节,也没有轻松发噱的桥段,而且还来不得半点虚构的"加工",讲起来有点吃力不讨好。考虑再三,在演出时,我把《沙滩比武》放在前面,中间夹《雷锋》,《一只落脚猪》殿后。这样安排的目的,是想让刚开场时迟到者的说话声和争站位的吵闹声能马上静下来,让他们把注意力集中到我身上专心听讲,待演出气氛到达最佳状态时,接着讲《雷锋》。要知道当年的巡回演出是搭大台像演大戏似的,台的两边高挂汽油灯,听众像潮水般地从四野里涌来,整个是黑压压的一片,只见人头攒动。而各个大队几乎都没有扩音设备,全凭爷娘给的娇嫩的嗓子在台上足足吼两小时,如果抓不住听众,演砸是肯定的。

讲《雷锋》,我也采取了"拿来主义"。一年前曲艺团请来一位老师(据顾骏岐先生回忆,那位老师是松江二中的,姓什么已记不起了),为我们全体演职员讲《雷锋》。那场演讲让我们这帮专门"吃开口饭"的人都被雷锋的事迹深深地打动了。我就是凭那一场听讲的记忆,又看了有关雷锋的报道,还死背了几段雷锋日记,就在台上开讲了。由于安排得当,演出的效果竟还可以。

九年后的1973年春,那是我到合作商店当营业员的第三个年头。记得是在五一劳动节的前夕,我和其他单位的两个故事员被借到公社后得知,五一节的早晨要赶去闵行有关部门报到。原来闵行要在公园里举行各种文娱活动庆五一。我们被安排在一个亭子里讲故事。除在亭子口贴出一张大红海报外,没有搭台也没有背景。我们几个,就这么依次傻傻地、直直地站着演讲。这对于习惯了一张桌子、一把扇子、一块醒木的我来说很别扭。人们都是路过这里看见了海报才驻足听讲的。而人圈外过往游客的大声说笑,常使我不得不停下来。由于受到干扰,即便在演说的过程中也常常"吃田螺"(打顿)。听客大多是流动的。真的,那种环境绝对不适合讲故事!

从闵行回来不久,县里又借我去新浜,在"松江县青年团干部学习班"上讲《雷锋》。听说主办方原来请的是上海人民评弹团,后因故没来才让我去救场"填空档"的。根据当时的需要,我对要讲的内容作了调整。考虑到今后可能还会在不同场合讲《雷锋》,为适合各种环境,我硬是抛开了桌子、扇子、醒木,像说单口相声那样站在话筒前讲。那天,整个会场没一点声息,团干部们都沉浸在故事的氛围中。当我说到雷锋被木头击倒,连长抱着昏迷不醒的雷锋哭喊着"雷锋,雷锋你不能死啊,宁愿我死,你可不能死啊"时,在座的不少女青年都在擦拭眼泪。

后来我还在第三中学和永丰小学讲了几场,效果都特别好。

当年讲《雷锋》,就是为了"向雷锋同志学习"!

2010 年 3 月

鞋匠阿狗

在我七八岁的时候,我家门前开了一条东西向的河道。它西面紧贴醉白池缓缓地流去,东面和护城河相连后再往南拐个弯,穿过铁路桥就直奔黄浦江了。

很快我们这里成了客轮码头,宁静的小街一下子变得热闹起来。那些卖水果的、挑馄饨担的、摆烟摊的小贩们,都争先恐后地往这里挤。

那天,一个四十多岁的汉子找到我家。他暗红色的脸,高鼻梁,水泡眼,黑白相间的头发像茅柴般乱糟糟地散落在头上。这条街上的人们都认识他,因他隔三差五地挑着那副糖芋艿担子来小街叫卖,所以大人小孩都管他叫"卖糖芋艿的"。

他一进门就问:汤伯伯在家吗?

从他和我父亲的对话中听出来,他是看中了我们家临街的那块空地。他想在那里搭一个能遮风避雨的草披,设一个制鞋摊,每天收工后把制鞋的工具寄放在我家。他说他每个月"稍微付点铜钿",我父亲答应了,而且分文不要。

第二天,他和助手各挑了一担稻柴和几根锯好了的竹子来了。助手一会叫"阿狗,要点二寸半的洋钉,再买二十圈铅丝",一会又叫"阿狗,去借条长凳"。这时我才知道他叫阿狗。

半天的工夫，一个前高1.8米、后高1.2米、长2.5米、宽2米的草披就搭好了。草披左边紧靠邻家的围墙，右边也省了几片草壁，再往右就是出入我家的路口了。

隔天，阿狗背了工具箱，拎了个蒲包，蒲包里是绱鞋用的大小不一的楦头。后面跟了个女的，她捐了条矮脚长凳，手提的网兜里有好几双没缝完的鞋。

阿狗告诉我父亲，那是他的养女。

阿狗的制鞋摊算是开张了，头天还招来不少街坊邻居看稀奇。

有一天，我见阿狗坐在折叠小凳上，鼻子贴着鞋底在移动，好像在捕捉什么气味。再仔细一看：天，他在鞋底边缘寻找锥子扎眼的位置，原来他是个"大麦西"（高度近视眼）！待扎好鞋底眼拔出锥子后，再用两根穿着鞋线的针往鞋帮和鞋底的洞眼里对穿，这又费了他好大的劲……如此这般绱好鞋之后，用小刷子蘸点水刷在鞋头上，在鞋内塞上合适的楦头，又在前后楦头的中间插上木片，用小锤轻轻敲打，使新鞋绷紧，看上去舒适挺括。

整整一个上午就摆弄了这么双鞋，收获了二角二分，阿狗十分开心。

冬天是绱鞋旺季。我常常看见阿狗扎上几锥子后，便把双手放到嘴边呵气取暖，还不时蹬踏双脚活动一下。有时也看到他在绱鞋的时候冷得清水鼻涕直挂到鞋底上。因为活儿多，中午时分他让养女给他送饭。有时他自己带饭，到我家来要点开水一冲就扒拉着下肚。忙的时候他很晚才回去。到了炎夏的季节生意清淡，阿狗就早早地收摊回家。午饭后还挑着那副担子来小街叫喊"卖糖芋艿"。

阿狗的家在铁路南面。那里，在一望无际的田野中镶嵌着星星点点的村庄。一条弯弯曲曲、坑坑洼洼的小路从庄稼地里艰难地游出来，它一头维系着经受风霜雨雪而又并无奢望的家家户户，承载起笑脸和愁容,一头通向繁华的城市。

阿狗就是从这条路上走来的。

后来客轮码头撤走了,阿狗还坚守着这制鞋摊。

阿狗在这条路上早出晚归,年复一年,直到突然有一天,他的鞋摊不见了。极偶尔,还能见他苍老的身形在草披前的寒风中愣愣地发呆……

几十年过去了,我梦中有时还会出现阿狗的鼻子触着鞋底,冷得蹬踏双脚、两手哈气取暖的那一幕。

那天,不知触动了哪根神经,我翻过铁路去寻觅往昔的旧景。嚯,原来那条小路变成了宽阔平坦的水泥路,通往热闹的集市、连片的厂房、沿街的店面,还有店面后一排排的住宅楼……

阿狗做梦也不会想到生他养他的地方会有这么大的变化,我敢打赌。

2010 年 4 月

写一个像样的松江人

2002年9月,我为室内电视剧《新上海屋檐下》写了一集《阿福嫂的亲戚》。当年写那个本子的动因,也是蛮好的一个故事。

那年8月的一天,区委宣传部的一位朋友对我说,听说你女儿演了一个做保姆的松江人,和男主人有染后怀孕,你这么写把我们松江人的形象给糟蹋了。我说那不是我写的。再说各个地方都有好人坏人,作为演员,不管演好人或是坏人,演得出彩观众认可就好。小音演了保姆这个角色,剧组还收到了一些观众的来信,导演还特别称赞她。朋友说这些不去管它,你写个像样点的松江人。当时正逢几位盲人学生红得发紫,一时间报纸、广播甚至央视、新华社都对他们作了介绍。朋友说,其中一位叫李冬的就是我们松江人,区委宣传部还奖励了他一台电脑。于是我给剧组的总编导王辉荃老师打了个电话,介绍了李冬的情况并说明要写他。王导说,这事在报纸上看到了,很好,你马上写,我等着要。事情很急,我只得到松江报社请钱明光兄帮个忙,借小车一用去采访李冬。

在李冬家一个小时,我问了问关键点,又带回了有关他的所有材料。待看完材料进入构思时,竟一度把我难住了:《新上海屋檐下》中的主要人物就是阿福哥、阿福嫂、陶江虎等七八个人物。写李冬,那么李冬必须和这些人物中的某一位有关联……后来脑子里电光石火般地一闪,想到了把李冬和阿福嫂绞在一起作为亲戚,这故事就有由头了。

我在剧本中安排了一个十六岁的孩子,上电脑玩游戏入迷,他白天旷课,夜不归宿,在老师和父母面前撒谎,快到无药可救的地步。孩子为了逃避父亲的追打,到阿福嫂的茶室,对她诉说父亲的种种不是。阿福嫂信以为真,让他躲藏起来。其父追来也告知阿福嫂孩子的种种不是,恨铁不成钢。阿福嫂让孩子出来,不料父子间相互指责又起纷争。这时,李冬打来电话说电视台给他做了一档专访,现在有点时间来看看阿姨,开学后就没空了……故事的高潮自然在李冬母子出场后的那一刻。故事的结局是孩子主动要和李冬交朋友。

这个本子虚实结合,"虚"在孩子和他的父亲,"实"在李冬的事迹。然虚则实之,社会上孩子迷上游戏,令父母头痛的事太多了。

当我把剧本送到王导手上时,还向他提了点建议:最好让阿福嫂和李冬母子用松江话对台词,并由李冬母子自己演自己。现在刚刚开学,如果李冬不能来而让演员演的话,不要用李冬的真实姓名,可用谐音,这样就不受真实性的限制,可演得夸张一点、艺术一点;拍戏的劳务费不能少,拍完戏打车把李冬母子送回松江天马山的家里。王导一一都答应了。

事后王导打电话给我说:李冬从来没拍过戏,他在拍摄现场很紧张,有几个镜头重复拍了好几次;他妈妈则很放松。全剧拍得还可以。

李冬也打来电话。他说剧组对他们母子都很好,特别是王辉荃老师。由于其他原因,他们母子在宾馆过了一夜,王导就没把他们送回去。在电话那头,李冬显得很兴奋并一再说谢谢。

后来我跟区委宣传部的朋友玩笑地说,照你的指示办了,《阿福嫂的亲戚》也播出了,李冬应该算是一个像样的松江人了。

2010 年 4 月

在那个年代

看了4月7日《松江报》副刊上"平儿小窗"中那篇《清明即事》，勾起我尘封了四十年的记忆。文中提到的谢泉铭先生，是当年发表我诗歌处女作的《解放日报》副刊编辑。

那时"文化大革命"正"风雷激荡"，我虽年轻可亦属"执行文艺黑线"的那一拨，自然只能姓"臭"名"老九"了。然而我不识时务，受了友人的影响，竟还学习写作起诗歌来。

那年正逢国庆二十周年，《解放日报》和《文汇报》向全市或全国的工农商学兵及一切革命的同志征文。我跃跃欲试，便饱含激情地孕育出自出娘胎以来的第一首小诗《扎根》，副题为"记一知识青年接受贫下中农再教育"。诗成后请教于一位亦师亦友的忘年交，并希望能得到他的推荐。哪知他看了看标题当即将诗稿退给了我，并判了死刑：你这个不行。这话直羞得我满脸通红。我不明白是写得不行呢，还是题材不行，抑或因我姓"臭"，所以推荐诗稿不行。我不死心。那年的9月中旬，在上海姐姐家，我做贼心虚般地用老婆的名义，花八分钱的邮票（其实不用贴邮票）将这首习作寄给了《文汇报》。

仅仅过了五天，老婆特地从乡下赶来。她神情紧张地对我说，大队书记已找过她，说报社来电话问及作者的家庭成分、现在在干什么、平时表现怎么样。书记如实告诉报社她不会写东西，可能是她爱人写的,用她的名义寄的稿。她爱人是曲艺团的演员,现在在大班子("五七"干校性质)劳动……老婆吓得脸都变形了。她问我会不会吃官司。我心里也没底,因为那年头什么都有可能。

后来听去参加赛诗会的人说,那首《扎根》是用整张整张的纸,用毛笔抄录后高高地贴在墙上,报社还请松江的诗歌作者朗诵了那首诗。当报社问及这个女作者时,大家都说没见过面,不认识。

征文结束,报社寄来两本学习资料和《扎根》的小样,那诗句和标点没做任何改动。

没吃官司,没写检查,我骨头又轻了起来,于是乎又蠢蠢欲动。1971年春上,我写了首《赤脚医生》,还是以老婆的名义寄给了谢泉铭先生。这回我聪明了,稿件寄出后马上告诉大队书记:我这是宣传毛泽东思想,不是搞什么反革命活动,因不适合用自己的名字投稿,才出此下策,如报社再来调查……书记答应了。我又和大队那位土生土长的土记者袒露心扉,希望她在关键时刻帮我一把。

岂料稿子寄出后如石沉大海。

同年7月剧团解散,我摇身一变成为下伸店的营业员,并在当地结识了一位知青土记者。一次小酌时,他说炳炳,前不久有人(那位大队土记者)在会上揭发你冒用贫下中农出身的老婆名义寄稿,说这是阶级斗争的新动向。她的发言还在全公社广播了,你没听见?她还向报社揭发了这件事,并得到了表扬。我如梦方醒,怪不得报社不退稿、不回信。我一时间怒不可遏:卑鄙!就在前天她还拿了她写的民歌叫我帮着修改,背后却来这一手!这不也是"新动向"吗?

于是我给谢泉铭去了封信,说我现在是营业员,不是"臭老九",习作如刊用,作者请署汤炳生。不久,《赤脚医生》在《解放日报》上发表。从投稿到刊用相隔整整一年四个月。

事后,供销社书记告诉我,那天他在社里值班,深夜接到报社一个叫谢泉铭的电话,问及他的职务和作者的情况,以及要发表我作品他是否同意……

我当即真诚地谢了谢书记,并很感慨而重重地"唉"了一声。

于是开启了与谢泉铭先生几十年的交往。

2010 年 5 月

被流放的一家

那年剧团解散,一夜之间我由"臭老九"变成下伸店的营业员。想到从此不再做贼心虚般地用老婆的名义投稿,那个高兴,就差没唱《解放区的天是明朗的天》了。

整日痴痴地想着学习写作,就是在营业时间里也常常走神。那天终于出了大纰漏。

记得那是个星期天,由于601厂和有色金属研究所(以下简称"有色所")离我们商店很近,那些住在宿舍楼里的人们三五成群地结伴来购买日用品。其中一个女的从布袋里拿出一只空瓶,又递上油票,让我打一斤菜油。当我将空瓶灌满了油放到她面前时,她用鼻子闻了闻,说:小青年,这怎么是煤油?我一愣:你不是说要煤油的吗?她说:打煤油给你油票干吗?老职工阿牛忙过来幽默地打圆场:他刚从曲艺团来,只会说书,不识菜油、煤油。对不起了,我们给你换一个瓶……那女的认真地看了我一眼:噢,也是演员。我也打量了她一下,个不高,挺漂亮的,四十出头的模样。

等她买了东西出门,阿牛对我说:你知道她是谁吗?她是叶挺将军第二个儿子叶正明的爱人。我又愣了:他们怎么会在这里?阿牛说不清楚。

后来,在601厂当厨师的老邻居告诉我,叶正明在北京一个部门工作,因受到冲击,举家离京来这儿了。他的爱人叫安琪,是八一电影制片厂的演员,在五十年代的电影《槐树庄》中扮演地主婆(近来看《槐树庄》,安琪出演的是黑妮一角)。他们有一子一女……老邻居说的与事实是否有出入,则不得而知了。

一个阴天的下午,在小店前面不远处的稻田田埂上,一前一后走着两个人。他们都低头弯腰左看右望,时而蹲下,好像在寻找什么。阿牛说前面那个很像叶正明。我傻傻地走近他们,见前面那位中等个,微胖,皮肤白皙,头发略长,身穿雪白的汗背心,手上拿着钓黄鳝的长钩,跟着的那位则手拿小鱼篓,教他怎样识别鳝洞。我凭感觉认定他就是叶正明。

正是错把煤油当菜油的那份歉意,又加上彼此都是演员出身的缘故,后来安琪再来小店时我当然热情了许多。当我把那次出差错的原因告诉她,并再次向她道歉时,她竟还赞赏地说小青年要求上进,很好呀。

再后来我还知道,安琪他们星期日往往会改善一下伙食。有时她一大早到我店附近的肉店来想买点猪脚、猪肝什么的,可顾客总多得让她挤不上,大多抱怨着空手而回。我知道后一拍胸脯说小事一桩,只要你提前一天告诉我要买什么,我好帮着办。为此,她把女儿叶小燕带来让我认了认,说以后麻烦你的时候,就让她来拿吧。

那时小燕在城西公社的中心小学上学,而她的哥哥叶大鹰(后来拍摄了《红樱桃》《乾隆王朝》《西安事变》《陈赓大将》等的著名导演)则在松江第三中学读书。

一次安琪邀我上她家去玩,我因有所顾虑,犹犹豫豫了好几天,后来还是去了。

在进入宿舍区的路面上和墙上,到处写着"革命"标语,让人看了觉得硝烟弥漫,胆战心惊。

安琪在家正用细砂皮打磨从东北托运来的毛坯小圆桌。她见我来后忙把里间的叶正明叫出来作了介绍。大概安琪曾说过什么，他点点头说了声"谢谢你了"。安琪问叶正明是否还要继续打磨小圆桌。他看了看说再打磨一会，明天可以上漆了。然后又冲我笑笑就进里屋了。看得出这对苦难夫妻很恩爱。

闲聊中我得知安琪是东北人，出身很苦。她还撩起裤管让我看小腿上那块很大的疤痕，她说那是让地主家的狗给咬的。她说有色所虽然知识分子成堆，但搞艺术的和搞科研的没有共同的话题；还说她爱看《红楼梦》……但绝口不提他们全家是怎么从北京来的。

一天我休息后回来上班，阿牛告诉我安琪一家走了。

此后就没了他们的音讯。

2010 年 7 月

被逼出来的

在下小民一个,在区县级剧团工作数十年,充其量就是个混混儿。不过,这"混"字以前确属贬义,现今却有新解,诸如"一般""可以""过得去"等。就说在下吧,那"混混"的文章,散见于报纸杂志,"散"得搜集都困难;当演员呢,演出表上排名倒数第一。也有知我者抬举我,于二十年前在《解放日报》上以《法制艺人汤炳生》为题捧我场;七年后又以《老兵新传》为题在《解放日报》上介绍我。文章作者何以用"新传"两字?咀嚼品味,还真觉得让他挖出"新"来了。其实这"新"跟写小文和书台上的演出绝无关系,却与应人之求,应人之急,更确切地说,是应人之难联系在一起。举例说吧:1996年春夏之交,在宝钢艺术团任说唱演员的女儿突然来了个电话,要我以著名劳模徐虎的先进事迹编写一个上海说唱,然后进学校为学生演出。"急不急?"我问。她在电话那头反问我:"你写不写?如果肯定写的话,我要向领导汇报了。"敢不写吗?在下一直认为古人将"孝子"两字的意思给搞颠倒了。对子女言必听计必从,那才是真正的"孝子"。我问给多少时间交卷?回答说两个星期。可刚过两天她又打来电话,说学校对这个节目很欢迎,一下子就联系了四十九场演出,以后肯定还有不少场次。从她的话语里我能想象到她的一脸喜悦。末了,她说最好在十天内将本子写出来。于是我连忙放下手头正为县民政局创作的节目,认认真真地看起了有关徐虎的报道，认认真真地考虑从哪个角度切入为好，又认认真真地构思如何使这个节目布局巧妙……当构思的轮廓还在模糊状态时，女儿的电话又来了，她说应学校和团领导的要求，本子能不能再提前五天？好像是在"商量"，其实那语气是"必须"。我火了：从邮局寄稿子到你收到就要两天时间，我这里稿子出来后还要誊写，你说五天行吗？可她回答得很轻松，说：稿子不用誊，凡是我写的，再怎么涂改的草稿她都能看懂，脱稿后马上传真。

后来听说这个说唱节目在学校演出时师生们一片叫好，剧团领导自然对她赞誉有加。可苦了我这个幕后打工爬格子的老父亲。

2000年，我正装修新房，区计生委找我，为配合中央八号文件精神关于人口和环境的宣传，要我创作一台曲艺节目，并特别强调从创作到排练演出只给三十天时间。根据以往经验，一台七十五分钟的节目要写五到六个本子，排练起码也要花上近半个月的时间。我对计生委领导扳着指头算，结论是第三十天演出无论如何不来三（不行）。计生委领导说，决定要宣传演出很突然，他们也知道时间很仓促，但只能让我辛苦点帮个忙。于是我应了下来，但要求他们，这次为赶时间，我写一个本子让他们审一个，然后马上交演员排练，他们答应了。

后来这台节目如期演出，反响蛮好，连区里四套班子的领导也都来看了。

之后，这应求应急的事就更多了。尤其是2002年春，上海滩滑稽界集编导演于一身的王辉荃在拍摄大型海派情景剧《新上海屋檐下》之际，一次突然邀请我去沪，很急。他告诉我，中央电视台动画部要他搞一部二十六集的动画片，故事要反映道德教育，主人公是小济公。他没时间写，让我做枪手，要我在十天内拿出二十六集的故事梗概，每集两百字左右。至于拟提纲、人物关系，等等，他一概不管，只提出一点，要好看，能吸引人。我回来后先买了小说《济公》粗粗地看了一遍，然后就坐卧不定了。我点起了香烟,也喝起了咖啡。记得有一晚只睡了两小时。当我在第八天拿出故事梗概后,累倒了。后来王辉荃要我写第一集和第十八集的本子。不久他告诉我,本子故事性强肯定要拍。同时给了我部分稿费。要不是他被邀去绍兴为一个剧团导戏出了意外辞世,我想这部动画片也不会夭折的。

仔细想想应求应急的事,其实在我年轻的时候已为他人仗义而为了。

记得那年的一个晚上,我那当文化站长的朋友拿来一个他写的说唱本子,题目好像是《护路女民兵》,他让我帮着修改一下。我看了稿子说要大改,让他隔天来取。他说不能等,今天就要,我坐在这儿打个瞌睡,你就辛苦一下……于是一夜没睡,等天蒙蒙亮时,稿子就让朋友带走了。那个节目在上海警备区文艺汇演时,居然还得了个一等奖。

人啊,都有惰性。叙说往事,倒并非自吹自擂自己能干。要不是应急应求,应人之难,被对方催着"逼"着,恐怕一件事也干不成。有例为证:近期被一好友催着"逼"着写东西(那自然是为我好),一口气写了近七万字。后来朋友知道我在考虑演出,就不来催了。那个东西也就一直搁置到现在。

有时候办成的事,还真的是被"逼"出来的。

2010 年 12 月

钓蟹

那年夏收夏种刚结束不久,我去了泖港公社(当年属金山县)的黄桥书场演出。

这天,我在田头的高音喇叭下,正在倾听中央领导人到机场迎接李宗仁归来的重大消息。忽见前面不远处,一个瘦长的身形腰束鱼篓,躬着身在田埂上走动。他时而蹲下,时而站起,时而又抓住了什么往鱼篓里塞。走近一看,原来是书场负责人的毛脚女婿小王,他只大我两三岁。我一边叫他,一边向他奔过去。他没回音,只是挥了挥手。当我快走近他的时候,他迎了上来,并轻声地对我说,你脚步轻一点,尽量不要说话。见他神秘兮兮的,我刚想问,他一拍鱼篓说,我钓的这个。嘿,是螃蟹!他说钓螃蟹不比钓黄鳝,黄鳝是聋子,又贪吃,你再怎么大声说笑也没关系;可螃蟹是"蟹仙人",敏感得很,稍有响动受了惊吓,你就钓不到它了。

我见过钓黄鳝,自己也钓过鱼,可没见过钓螃蟹。当我知道他钓螃蟹就凭那根从旧的淘米箩上折下来的竹丝时,就更为惊讶了。竹丝有五十厘米长,弯弯的呈半圆状,一端装着半截蚯蚓。小王见我有点疑惑,便把装着的蚯蚓拉下,露出竹丝顶端用线绕起的黄豆大小的圆珠。他说这小圆珠作用可大了,它隐藏在蚯蚓的体内,待蟹螯钳住蚯蚓往洞内拉的时候可使蚯蚓不滑离竹丝。

出于好奇,我便跟在他的身后想学一学这钓蟹的本事。当我看到一个洞穴后,便拍拍他的肩膀又指指那洞穴。他说那是蟛蜞洞。过了一会我又指了指另一个洞穴。哪知他只瞄了一眼就说,小心,这是蛇洞!我问他,你也没好好看,怎么就知道是蟛蜞洞和蛇洞?他告诉我:这两个都是旱洞,在水的上面,而且洞都是圆的,不同的是,蟛蜞洞的洞口有脚爪印,蛇洞的洞口略显毛糙;黄鳝洞和螃蟹洞都是水洞,自然在水下,区别在于,黄鳝洞圆而溜滑,而螃蟹洞略扁,洞口有脚尖印。后来他指着一个洞穴示意我:这就是蟹洞。我仔细地看了看,洞口不仅略扁、有脚尖印,而且有微微隆起的泥墩。只见他把竹丝有蚯蚓的一头慢慢地塞进洞里,又慢慢地抽上来。忽然,那根竹丝开始晃动。他稍微停顿了一下,继续将竹丝缓慢地往外抽。当竹丝剧烈地抖动,洞里的清水因螃蟹的爬动而变得浑浊,甚至能看到蟹脚尖的时候,竹丝竟被螃蟹钳住拼命往洞内拉而绷得直直的。此时小王屏住气息,将右手捏着的竹丝换到左手,右手的掌心向上,猛地往洞内一插。少顷,手伸出来时,只见那蟹肚贴着手心,蟹螯也让他紧紧地握在了手中。这横行凶相的"蟹将军"再也无法张牙舞爪了。

小王指着螃蟹告诉我,蟹背的两边和脚的关节处都有尖利的小刺,尤其那一对张开的大螯随时会伤到钓蟹人的手。所以在抓它的时候,速度要快,一定要手心向上。因为螃蟹的爬动靠的是脚尖,肚子底下是腾空的,所以手要插到它的肚子下面,连同它的大螯一起,紧紧握在手心。在抓它的时候,还要掌握好距离,不然就会伤及自己。

我听了心痒痒的,也想试一试。他又告诉我,蟹脚尖在扒拉蚯蚓的时候,你手上会有感觉,这时就得慢慢地往外抽竹丝,将它往洞口引。快到洞口时,让它咬住蚯蚓,趁着它拼命往洞内拉的时候一下子将它抓住。

有高手在旁边指导，我还真抓到了一只螃蟹。不过也让我付出了血的代价：由于没掌握好距离，食指被大螯狠狠地钳了一下。

2011 年 1 月

话别焋糕

还没过元宵节就写下这个题目,心中有一丝无奈和遗憾。

在乡下,一到腊月,每家每户都会焋糕,那糕也叫腊糕。就是粮食定量、什么都要票证的年代,人们也会从牙缝里省一点出来,摆开阵势做糕。尽管当时糯米很少,人们会掺杂代用品,凭票买来的食糖少得可怜,就用糖精片。糖精片也紧张的时候,人们会生着法子托人……苦日子也要有个喜庆的年味。

农村以前平房居多,后来虽然盖起了楼房,但都有砖砌的灶头,这是焋糕的必备条件。农家的摊场大(即地方大,摊得开),好做事。要焋糕了,东家有磨,西家有蒸格、蒸桶,彼此借用也很方便。

改革开放以来,农家焋糕越来越讲究。他们把焋糕人的技艺称为"做手"。好的做手讲究做工、用料,比如选上好的糯米淘洗、沥干后,花点钱用机器磨粉。用上好的白砂糖,豆沙要去皮调细,特别要掌握好灶膛内的火候。那糕有薄薄的方糕,也有厚厚的圆形桶蒸糕。糕面上撒点红绿丝或点缀些蜜枣,有的盖有红色的祝福语或有寓意的动物图案。比如小方糕上的鱼,它不仅表达"年年有余",拿上糕走亲访友还能表达"游来游去",即有来有去,相互走动的意思。

诚然,最主要的还是糕的味道。入口不粘牙,糯而松软,甜度要适中,加上那些吉祥的图案和话语,使人食欲陡增,那才是上乘的好糕。

我们家每年吃到的都是这样的糕。我一些很要好的朋友每到腊月,有的会向我要糕,就因为它吃口好。

可惜,我那个做手很好的亲戚前年动迁,搬到城里的新居后,去年我就没吃上他做的糕。

还听说乡下另一家亲戚也已划定今年动迁,这意味着今后只能买糕吃了。于是我决定让亲戚最后再帮我奖一次糕。我动用了两家人,以其中一家为基地。那个奖糕高手年近八十高龄,我不便请他出山,只请了得其真传的二儿子来做帮手。于是老婆买糯米,我买砂糖,还拉上岳母帮着做豆沙,忙得不亦乐乎。令我最不好意思的是因为奖糕量大,又没那么多硬柴,于是包括我老婆在内的三户人家,分头四处去捡树枝和被扔掉的破家具的骨架、木条木板等。

凡事有得有失。农民进城安新家本是大好事,可由于条件的限制,像奖糕之类的活是肯定不行了。很多东西在乡下时是不可或缺的,而搬入新屋就没有用了,送人也没人要,只能忍痛丢弃,比如奖糕的蒸格、蒸桶,比如那些精美图案的印章和模具,等等。传承下来的习俗也会随之很快消失。

以后买糕吃价钱倒并不贵,但那糕一旦和利益搅和在一起,就怕失掉了纯正。

住房的高度是有了,自家做的糕却没了。

2011 年 2 月

牛车棚

我小时候贪玩,父亲管教又严,故想尽兴而毫无拘束地玩,那是不可能的。

有一次父亲却破了例:我那农村的同学阿德福来约我去捉蚂蚱玩,我刚摇头,父亲却说蚂蚱可是鸡的人参啊,抓一些来给鸡补补。我兴奋得一蹦老高,于是又约了三二玩伴跟着阿德福去了。

那天我们抓了好多蚂蚱,用狗尾巴草给串起来。阿德福觉得很有面子,便神气地说,走,我再带你们去抓泥鳅。玩伴们举双手雀跃着乱喊"乌拉"。

到一个草棚,阿德福说就这里。我见那棚子四面没墙,里边放着不知名的东西。阿德福大概见我傻愣着瞎捉摸,便说,没见过吧?这叫牛车棚,是给庄稼喂水的地方。他又指着车棚外那身在水下、头在岸上的那个长长的里边尽是些木片的东西说,这叫水车,这是个进水口。这个季节垄沟里没有水,沟底下有泥鳅。

那天,我们抓泥鳅、摸螺蛳,还贪婪地去掏掏蟹洞。玩伴们嬉笑打闹,浑身泥巴,个个都像黑乌龟。这惹得孵在池塘里的大水牛也伸着脖子拍打着耳朵,睁着笑眼冲着我们"唔——哞"。

快回家的时候,大家脱下长裤,在裤管处打个结,把一份收获和喜悦装进裤子里。然后一路童声齐刷刷地唱起"让我们荡起双桨"。

从此我记住了在田野里的快乐,也认识了牛车棚。

后来我看到过那些提着饭篮、茶壶,在炎炎盛夏头戴草帽、腰围蓑裙、戴着袖套耘稻的人们在牛车棚里吃午饭;酷暑里我看到过光屁股的孩子在牛车棚里下五子棋,他们享受着那份荫凉和四面的来风;更多的则是看到牛在辛勤地车水,那清凌凌白花花的水,从水车里冲出来,奔腾在密布的沟渠里,流向渴望着的禾苗。

俯瞰牛车棚,它像盛开的蘑菇洒落在广袤的田野里。远望它似凉亭,让人们遮阳避雨,是歇脚的好去处。近看它有点复杂:棚顶用稻草覆盖,四角是四根柱子(有的牛车棚用的是毛糙的长条石作柱子,有的则是用粗细不一,甚至并不挺直的树干)。棚的中间竖着一根很粗的立轴,那个很大的类似于齿轮的车盘就跟着它转;四根车吊(其实是木棍,或者是很厚的长条形的方子)分四个角,上面和立轴卯榫相接,下面咬住车盘,这能起到加固和平衡车盘的作用。车盘底下横躺一根很粗的圆形木头,它的两头都有木制齿轮,一头连接立轴,另一头在牛车棚外连接水车。要车水的时候驾上牛,给牛戴上龟背制作的眼罩(据说牛不戴眼罩不肯走,因其拉着车盘走圈会头晕)。

后来我又觉得那牛车棚和水车更像是庄稼的心脏,那沟渠就是它的输血管,这"血"滋润着禾苗,驱旱除涝……就这么年复一年。

牛车棚也像庄稼的守望者,它看护着春种、夏长、秋收、冬藏。它看到了贫穷、兵燹、荒芜……就这么年复一年。

几千年了,车棚里的牛蒙着眼睛,总走不出那条老路。有人说它不会去管怎么走,甘愿戴眼罩就因为舒服。也有人说没人愿意给它去掉眼罩,不然它不会愿意周而复始地总走那个圈……但这是历史。

现今,牛车棚连同车盘、水车等早已搬到景区供游人参观、拍照留念了。

自作多情时就上景区去看看它,我想。

2011 年 3 月

老邻居走了

老邻居走了,走在她九十岁的夏秋之交。

她去天国的消息是她女儿的同学打来电话告诉我的。实际上老人已走了两个多月了,走得悄无声息。

这位老邻居"老"在我还没出生,就已和我的父母做邻居了。

那时我们都住在长桥南街的尽头,育婴堂的东侧。大约在1951年吧,那地方给部队要去了,我们便一同搬迁到金沙滩来。

金沙滩的房子原本是丹阳同乡会的会馆,我父亲曾在这里开过糖坊;后来又成了丹阳人客死异乡暂时停放灵柩的地方。等我们搬来时,这房屋的墙壁已多处坍塌无法居住。于是我们两家商量决定,由我父亲出资,她先生出力,把倒塌的墙壁给砌好。好在她先生在浴室里谋生,上午没什么事,他便四处捡拾三合土,利用空余时间,将砻糠和黄泥搅和,把墙一点一点地砌起来。

那时我母亲病故已近四年,姐姐出嫁不久,年已花甲的父亲起早摸黑地背了个蒲包,或步行或坐船,到华阳桥、新五厍等地去收猪腰、猪肠送上海市区混口饭吃,把我扔在家里请她照看。

来金沙滩后,她又生下两男一女。那时他们一家六口,她没有工作,她先生虽不抽烟,但每天不可不喝酒,而所有的开销全凭她先生那一点点薪资。好在她先生勤劳肯干,闲暇时便腰束鱼篓、拿着赶网,下河站在近腰深的水里,用网挡头把收获逐进网里。那时鱼虾较多,一两个小时下来,鱼篓里便塞满了喜悦。吃不完就分送一点给左邻右舍,余下的虾米便切点姜丝放点盐烧熟,摊在竹匾里晒干收藏。待天井里挨个的竹匾晒满小虾后,她先生又去捡柴禾。秋冬的时候他把那些枯黄的落叶扫回来,稍微晒一晒就是好燃料。她呢,围着灶头忙那一日三餐和全家的缝补浆洗。那粗茶淡饭的日子,苦中寓乐。直到"文化大革命"前,她到水果店上班,生活上才有了较大的改善。

她先生和我父亲有时也有口水战,争论点是在教育子女的方法上。我父亲信奉的是"棒头上出孝子,筷头上出逆子"。话虽如此,可他从来没有打过我。而邻居家的大儿子小时候挺顽皮,经常把两个杌子上下垒起来,再狠命地推倒,发出"砰"的巨响,他才高兴,然后再把杌子垒起来……如此这般,把好好的杌子摔得不成样子。她先生见此,有时会骂他儿子,偶尔还会在小屁股上拍打几下。我父亲见了还去火上浇油:这样打像拍灰尘,没用,要狠狠地打。这就惹恼了她先生,他就冲着我父亲吼:你的儿子你为什么不打?我打我的儿子你不心疼是吗?不过他俩脸红不隔夜,当天就会和好。

我结婚的时候,他们来了;他们的大儿子在插队落户期间考上广州外国语学院,我们也去送了。我父亲走的时候,她帮着料理;她先生去的时候,我虽然因故没有到场,但礼数也到了。

在我孩子小的时候,农忙季节老婆要去乡下干活,那时我又在下伸店不能天天回来,只好把孩子托给她照看。所以我几个孩子总"奶奶、奶奶"地叫她,很亲。

我也信奉棍棒教育。一次她笑着告诉我一件事:我几个孩子吃饭时吵闹,弄得地上、桌上和小嘴巴边到处都是菜渍和饭粒。她管不住她们,就拿我去吓唬她们说,快点快点,猫要来了,吃吃干净不要浪费。她说这一招很灵。

因她高度近视戴着眼镜,和她差不多年龄的街坊邻里都管她叫"麦西"(近视眼)、"眼镜"。她是这条街上出了名的好人,谁家有什么事要请她帮忙,凡是能办到的,她总是有求必应。

后来她信了耶稣。我经常看到她和她的老姐妹们围坐一起读《圣经》讲《圣经》,唱赞美诗;老姐妹们谁有病了,她们就结伴去看望。

后来她在生活上自理有困难了,两个女儿就把她接过去轮流孝敬。我搬离金沙滩后,也去看过她。那时她每次见到我总很高兴,有时会情不自禁地喊我:小鬼啊,小鬼啊!她就像我的母亲。其实她那早夭的大女儿就和我同龄。

后来我去看她的次数递减了。原因是每逢见面她总叫我加入她的教会,并送给我《赞美诗》,还要送我《圣经》……我别的话都插不上。

自知道她去天国后,我梦中常常会见到那个被岁月的风雨洗白了头发、被困苦刻画出满脸皱纹、被生活的重担压塌了右肩的老人,她戴着瓶底般厚的眼镜背对着我,蹒跚着走向夕阳。她那盘绕在小腿上的青筋,蚯蚓般地曲折着、鼓凸着,我总把这看成她的坎坷人生的示意图。

我相信她走的时候,有很多和她共读《圣经》、共唱赞美诗的老姐妹们送她。

我也相信她走得很安详,很知足,因为她去的地方正是她向往的天堂。

2011 年 4 月

那年的事

1978年，浙江平湖曲艺团刚刚重建，就有演员来松江也是园茶室说唱《51号兵站》。日夜场场场客满，夜场还加座。

就在那年，上海的音乐工作者许国华先生好像是在《解放日报》上发表了《松江农民书回娘家》的文章。我想重建剧团是大势所趋，问题是从1966年开始毕竟有十三年没正式演出了，自己还能上台吗？而且脚本都在"破四旧"时烧了。为了检验自己还能否演出，得找个书场试试。

1979年的春天，我带了本借来的《岳传》到金山县松隐茶馆演出。考虑了诸多原因，我要求场方每天现金结账。最后说定每位听客我拿五分，四天一结账。

于是张贴海报，日场《岳传》，夜场《西汉》。

茶馆很大，足可坐三百五十来人。那时没有其他娱乐场所，听客"饥不择食"，行内称之为"饿煞书"，所以我日场天天客满加座，日夜场的平均收入有二十六元之多。当年我每月的工资四十二元，大螃蟹也才七角二分一斤！

可是好景不长。一天见我单位的汽车停在茶馆门口，我知道大事不妙。果然，合作商店的负责人由场方陪着到我宿舍。他神情严肃地要我马上跟他同车回去，那阵势就像是抓罪犯。我窝了一肚子的火，跟他说行内有个规矩,结束演出要剪书(行话,即书场演出最后一天),所以今天这场一定要演,不然听众会骂娘的。上司想了想也只好答应了。

回去后我带了包小牡丹烟到上司的办公室,我一边给他递烟,一边静候他开口。上司踱着方步语气咄咄逼人:谁叫你去演出的?

我说我利用休息日练练兵。

你有那么多休息日吗?

每月的出勤表都送到你手上,你不知道?

当月的休息日要当月休完,你怎么积攒起来集中休息?

开大会时书记说旺季太忙,和淡季调节着休息,那不就是允许积攒起来一起休息吗?

……可休息日是让你去休息的,没让你去演出。

怎么利用休息日是个人的自由。比如你喜欢钓鱼,我帮老婆洗衣被,这次出去演出……对吧?

……你的演出是非法的!

如果非法,供销社的茶馆会接受我吗?他们知道我们这些人是受"四人帮"迫害才转岗的。头,你昨天带了人开了车来,像抓人似的,还截了我的演出款,我怎么觉得也有点受迫害的味道。

这是领导的决定。你必须写检查!

写检查不是说明我错了,你对了吗?喏,有话说话,香烟你照抽。

那天彼此拍桌子不欢而散。

后来我照样出去演出,日子不够用就掏钱买同事的休息日。

那年的年底,供销社领导通知我去筹建的曲艺团报到,同时要我的顶头上司把截留的演出费还给我。我笑问他:头,那个检讨还要写吗?

他说:小汤,你总是……

2011 年 4 月

照片里的故事

我的老同事从江苏昆山打来电话。她说她去演出的街道想联系一台法制文艺节目,于是她推介了我,并当场把电话交给街道的沈主任,让他直接和我沟通。沈主任说了演出的大概日期,并坦言对我演出的形式和演出场所的要求不甚了解,让我寄一些演出的照片和有关资料给他。于是我在照相簿里挑了各种演出形式的照片,诸如上海说唱、独脚戏、双簧、戏曲联唱,等等。当看到那张老人戴着婴孩帽子,太阳穴贴着狗皮膏药,身穿破衣,腰束草绳,手拿竹棍向女记者诉说着,而观看的人群围得水泄不通的照片时,耳边似乎传来当年演这小品时的阵阵笑声……

1989年春夏之交,我和女儿汤小音在奉贤县各乡镇企业演出,当时自编自演的节目有宣传消防的对口韵白《糊涂生灾》,讲交通安全的自拉自唱《痛悔》,谈禁赌的独脚戏《哭哭笑笑》,有破除迷信当场演示的《这是科学不是迷信》,等等,都很受欢迎。

那时我脑子里还在构思一个赡养老人的小品。记得那天奉贤洪庙乡演出结束,在等候公交车的那一刻,我忽然来了灵感,一下子笑得不能自遏。女儿还以为我疯了。我当即把构思告诉她,可她没有实感,说一点也不噱。我说写出来后再看吧。

那年的国庆节前夕,团里在我的建议下,招收了一批十八九岁的学员,在对这些学员进行为期一个多月的强化训练后,我把小品《一报还一报》交给了两个小青年,并为他们安排封闭式排练。

记得初演这个小品是在上海县诸翟一个农机厂的食堂。当这个节目一上场,整个观众席都笑翻了天。由于演出小分队的其他人员(包括我女儿)也没见过这个化妆和穿着,所以也都笑得前仰后合。老人腰痛却把膏药贴在太阳穴,天冷却把婴孩的小帽戴在头上,我是用了夸张的构思和夸张的语言,整出戏在女记者深入采访和层层剥笋的对话中自始至终笑声不断……

而我手上这张照片上的老人是由上海滑稽剧团编过大戏的知名演员扮演的,照片的背面写着:1999年元月30日,"三五"普法泖港演出。对了,那时正值数九寒天(其时我已不参与演出),记得女儿从泖港回来后对我说,那天上午泖港的文化站长把他们安排在小镇的丁字路口演出。彤云低垂,天气阴冷,过往的行人稀少。演出的时间快到了,观众仍少得可怜。于是大家放开嗓子吆喝:演出要开始了,大家来看呀。等了又等,天实在太冷,观众还是那几个。没法子只能硬着头皮开演:先是表演唱《我伲村里"三小"好》,接下来是禁赌的独脚戏《离婚》……后来,看演出的人越来越多,就连人圈外两辆卡车上都站满了观众。

小品《一报还一报》自然是压轴戏。

演出结束,好多观众都不愿散去,他们要跟着去看下一场。他们说来得太迟了,前面的演出都没有看到……

我想,用这一张照片是可以向沈主任说些什么的。

2011年6月

取景三清山

　　三清山被著名散文家秦牧称为"云雾的家乡,松石的画廊"。一位风景园林专家则把三清山和黄山作比较:"奇峰异石,云海变灭,有类黄山;石屋茅庵,古朴野趣,是黄山所不及。"难怪当年苏东坡在游遍了名山大川后,得出的结论为"揽胜遍五岳,绝景在三清"。

　　那天是星期六,上山的入口处人如蜂拥。我到半山后气喘吁吁地回看走过来的栈道,只见缓慢蠕动着密密麻麻的人影,那栈道也就成了一条环山而上的游龙。极目远望,黛山罗列,轻岚笼罩,山廓时隐时现,朦胧秀美,真个是紫云生幽谷,仙雾绕群山;近处藤缠古树,松鼠乱窜,偶尔有一两声鸟鸣;那承载历史的风雷石塔、詹碧云墓、三清宫等遗存及"观音送子""害羞女神""神女峰"等象形石景让人流连驻足。也难怪但凡来这里的游人都说"累并快乐着"。站在眼前这幅真正泼墨大写意的国画前,人世间的诸多烦恼也都烟消云散了。

　　在拾级登峰时,走在我前面的一对母女,让我放缓了脚步。那母亲偶尔回头间,我看到她苍白的脸上汗流如注。三十不到的她背着四五岁的女儿,女儿打着两只顽皮的羊角辫,一手勾着母亲的脖子,一手拿着半瓶矿泉水。母亲说累了歇一歇,便放下女儿。这一幕正巧被穿着绿马夹的脚夫看到,他说可以帮她把小孩抱到山顶,只要五十元钱。母亲警惕地抱紧女儿连连摇头。当一对年轻夫妇过来,儿子骑在父亲的脖颈上,母亲拿着随身物品殿后,一家人满脸幸福地走过的时候,小女孩极羡慕地紧盯着他们远去的背影,突然问:妈妈,爸爸怎么就不来了呢?

我也累了,便在一旁的木墩上坐了下来,看着那小女孩仰望着她妈妈渴望答案的神情。

母亲骤添怨恨:你爸爸他忙!蓦然转身,她背着女孩用手抹了抹泪眼。我心倏地一沉:母亲在女儿跟前说了谎!忙什么呢?再忙也该信守诺言陪妻儿一起来"累并快乐"呀,这"忙"里头会不会有其他原因?果然,小女儿问妈妈了:爸爸是不是不要我们啦?母亲猛地抱住她,脸紧贴着脸,眼泪落在女儿稚嫩的肩上。半响,她说:不会,不会,爸爸和阿姨出差啦。你看,你不是也骑在爸爸的脖颈上开心地笑了吗?母亲掏出手机,把留存的幸福瞬间递给女儿。女儿看着看着,拍着手笑了。为了掩饰,母亲赶紧把女儿驮到背上,仰望着看不见顶的石阶抬起了脚。女儿似乎感觉到了什么,问:妈妈,累吗?乖孩子,妈妈会歇一歇,走一阵,一定会背着你到山顶的。

忽然我觉得我的想法错了:人世间的烦恼并非在三清山都会烟消云散。游人登顶,享受过程,到险峰一览无限风光;这位母亲似乎没有看到那一头,只有小女孩在妈妈的背上甩着双脚,时不时地发出天真烂漫的笑,嘴里还念叨着爸爸。

看着这母亲,她弯着腰背驮着女儿,无心顾及迷人的景色,只是低着头,脚步沉沉地拾级而上。累了歇一歇,喘了站一站,而后继续攀登。她这单薄的身躯,瘦削的双肩,正艰难地扛起原本是两个人扛的责任。

不知怎么,我鼻子一酸连忙掏出相机,对着这母女的背影,还有那条曲折向上的路按下了快门……

2012 年 1 月

夹黄鳝

那年支援"三夏",大队来了条水泥船。那船不大,装上曲艺团三十来人的衣被和添置的锅盆碗筷、镰刀、铁锸等后,女同胞还可以坐船走,男同志们只能委屈两条腿了。想想吧,从莫家弄底的剧团宿舍出发,要翻过铁路走到黄浦江边的向阳(即平阳)大队,那路有多远!老师们是跑码头"跑"出来的,我辈没受过那份罪,只能是"苦不苦,想想红军两万五"了。

当我把衣被放到船上的时候,女同胞们一眼看出我比别人多了点东西:一个鱼篓,一个黄鳝夹,一个自制的照明灯具。

黄鳝夹是竹制的,类似剪刀,前半截状如锯齿;灯具是一个用马口铁敲成的高约20厘米、上面长约40厘米、下面长约30厘米的盒子。盒子的一头封死,另一头留了个口子,口子的上面长出的10厘米外向下弯折成屋檐状,这能起到挡风阻雨的作用。盒子上面居中有一个提拿的手把,口子内是一把损了嘴、断了把的茶壶,壶嘴里含着一根用三股制鞋线绞成的灯芯。

有这三样物件就可以夹黄鳝(也叫搭黄鳝)。

乡下开镰收割已有几天了,等我们到达时麦子油菜已倒下一大片,一边的空田里正忙着翻耕放水。

我的第一件事是拿起破茶壶,到大队下伸店灌了一壶煤油。

天刚擦黑,我急不可耐地赤了脚,腰束鱼篓,点上灯,拿起夹子走出暂作集体宿舍的生产队仓库。那晚风大,田埂上水田里夹黄鳝的灯火寥寥。人家有的用手电或电石灯倒也不怕,而我这破灯曾几度被风吹灭……脚在水田里,身在蛙声中,这晃动的忽明忽暗的火苗,几乎贴近了水面。我睁大眼睛在清澈的水里搜索着。

忽然,见一条手指粗的黄鳝呈"S"状静静地卧在水底。灯光照去,见那黑黑的脊背,微微扭动着的身躯。我死命地将它钳住。大约是用力过猛,痛得它颤抖着、首尾挣扎乱舞着,我却兴奋地将它塞进鱼篓,跨步继续前行。看到青蛙鼓着大嘴在露出水面的泥墩上,正瞪着眼睛一动不动地看着我。

在觉得鱼篓有点分量的时候,想到明天要起大早干活,我决定"收兵回营"。还没上岸,却见不远处一条大而粗的黄鳝见了灯光就逃,等我扑上去将它钳出水面后,吓出我一身冷汗——原来是一条俗称"火赤炼"的蛇,正吞吃着老鼠。它回头想咬我,但又甩不掉嘴里的猎物。我慌慌地丢掉黄鳝夹,好一阵子才缓过惊魂。

那晚鱼篓里的黄鳝可能有三斤多!

那晚,我是枕着四野的蛙声入梦的,梦里对着那用惊吓换来的美味佳肴,正和老师们举杯下箸呢!

2012 年 5 月

那年征兵

1968年,县级机关和我们文艺界全部集中到农校(上海农林职业技术学院前身)学习,把五六百号人编为一个营,统称为"大班子",一切行动军事化,工宣队管我们学习,军宣队重点管我们军训。

那时,我除了在剧团的小组学习外,营里还选我为大班子的广播员,读读报纸社论,播播大批判文章及营里的通知等。

一天,军宣队让我广播一则征兵通知,还问我:小汤,你几岁啦?争取去毛泽东思想大学校锻炼锻炼吧。我说六七年前就争取啦,先是虚报年龄被刷了下来;后是因为独子应征要征求父母意见,结果被"意见"掉了;再后是说你父亲年纪大了,要人照顾,那自然被"照顾"了。现在超龄了,争取也去不了了。他说也是,不是每个人都能去部队的。不过你可以为征兵工作做点宣传。一句话点醒了梦中人。于是我马上想到了曾经看过的金敬迈的小说《欧阳海之歌》,那故事情节还深深地烙在我的脑海里,要截取一个横断面改编它并不难。于是我去了次人武部。到那里,接待我的是位在演出上打过交道的(好像叫张洪)。当我说明来意后,他说他正在考虑搞个征兵内容的节目呢,想不到我会送上门去。他决定让我在征兵动员大会上演出。他还说演欧阳海他放心,并提醒我千万不要演得"野豁豁"(不按规矩办,胡来)。

话说我回来后,找了我的同事说了这件事,并告诉他我要写个男双档评话，问他有没有兴趣。他一听很高兴。于是我以欧阳海参军的那段情节，重新构思布局。原作中，欧阳海在窑上（好像是石灰窑）工作，一心要去参军。他体检各方面都好，可就是人矮了点，体重也不够。当他得悉自己会被刷下来的消息后，便缠着人武部的同志又是忆苦思甜，又是说阶级仇民族恨。我在改编中故意强调了欧阳海那双高统套鞋的作用（我忘了这套鞋是原作中有的呢，还是我特意设计的，反正这窑上工作是用那套鞋的，也可能是我移用在欧阳海报名参军体检的那一刻）。果然，套鞋后跟高，分量重，穿着它身长和体重过了关。就因为这，负责征兵的同志还是不同意他入伍。欧阳海没办法，干脆回家拿了被子睡到人武部来硬磨软泡。

评话本子写好，题目也就直白地叫作《欧阳海参军》。之后，我和那位同事抓紧排练。

演出的那天，小礼堂坐满了人，台中央也早就放好了演说双档评话那一桌两椅的架势。当报幕员介绍了演出的节目和演员的姓名后，我和同事在热烈的掌声中上台，醒木一拍就进入了故事。那天，仅四十分钟的演出，时而寂静无声，时而笑声雷动，我看到人武部的老张始终在幕侧，满脸堆笑地看着我们。

演出结束，长时间的掌声把我们送出了礼堂。送我们出礼堂的还有老张，握别时他对我连说好好，谢谢！

哪知没过几天，老张打来电话说：小汤，你们的演出给我带来麻烦了。我吃了一惊，问：演出不好吗？他说效果相当好，就是有好几个应征青年学欧阳海的样，也背着被子睡到我们人武部来了。

我笑答：这才是真正的效果呀！

2013年7月

套牢

那晚,我锻炼身体回来途经公园广场,灯光下,三五成群的纳凉者已聚集起涌动的人流,一边有人扎堆在围看着什么。我挤进人圈,眼前的情景使我蓦然想起儿时在岳庙里人们围看套无锡泥佛头那一幕。

所谓无锡泥佛头,也就是无锡惠山一带民间捏制的泥人,制作者把这些堪称工艺品的物件装上船,拖儿带女赶赴各处佳节和庙会。来松江的大多会在岳庙桥下缆船,选择大殿前那块风水宝地设摊。他们把小物件放在第一排,诸如小孩喜欢的皮老虎,那东西形似馒头,只要一手抓住虎头,一手捏住虎肚,两手这么一拉一合,它会哇哇地叫起来;往后依次排列的是不倒翁、大阿福等;摆放在最后阶梯状木架上的,是较大的也是价钱较贵的瓷质笑弥陀、观音、福禄寿及关公。只要你花两分钱,摊主会给你一个藤制的圈圈,摆放的物件任你套,而能否套牢你喜欢的,那要看你的本事和运气了。

而眼前的摆摊人大约是一对刚结婚的小夫妻,秀气、文雅、皮肤白皙,男的还戴了副眼镜。他们本应是白领一族,怎么会……摆放的那些玩意,也是小商品市场批来的块把钱一个的塑料制品,而且前后排都是一路货。那男的手腕上套满了塑料圈圈,每个圈圈两角五分。玩这游戏的无论大人小孩,一拿就是二十个。祖父辈瞄准了套,那是怀旧的成分多;孩子们则跪在地上,拿着圈圈向那小玩意乱丢。有个小孩从没套着,急了,趁摊主不注意,便偷偷地将圈直接套到玩具上,然后起哄喊"套牢了,套牢了",另有孩子嚷嚷着揭发,摊主也只是笑笑。

一个围观者告诉我,他观察了几天,摊主的生意很好,每晚总有两三百元的收入。

我在和摊主的闲聊中知道,他们是去年的大学毕业生,还没有工作,也没法结婚。他们同是农村出身,上大学是靠父母借债、自己贷款,还肩负着在彻底翻身后衣锦还乡、光宗耀祖的使命,自然是到处应聘求职,无奈……他们暂且在这炎炎夏暑赚取一些季节性的钱。可那忠于职守的城管人员时不时地来"轰"他们,辖地治安协警也三天两头极认真地来"赶"他们。他们有时不得不打游击躲猫猫,心中却发愁借贷的钱款怎么还……正说话间,人群里发出一声"套牢了"。我一看是爷孙俩。那小孩终于套到了一只兔子玩具,显得很兴奋,爷爷也跟着高兴。摊主拿起被套住的兔子玩具递给小孩,并微笑地对爷孙俩说,套牢了,套牢了!那爷爷也微笑着对摊主说,花了十五块钱,套牢一块钱的东西,你说谁套牢谁呀?摊主一愣,沉思良久,微笑变成了苦笑,他转身对我两手一摊说,你看,套牢了!

2013 年 8 月

我的老师

三年困难时期之初，峰泖小学的新校舍在庙前街东侧的竹竿汇街支路南面落成了。那年开学，我的班上新来了一位班主任，二十三岁光景，略瘦，中等个，浦东南汇口音。他刚跨出师范校门，带着理想与信念，满怀憧憬和抱负踏上"人类灵魂工程师"的征途。上第一课时，是由倪锡芳校长带着他进教室给我们作的介绍，他叫沈彬蔚……然后他开始点名，凡被点到的就站起来，沈老师会迅速地打量你一下，眼光在你的脸上停留三五秒钟，似要把每个同学都刻印在脑子里。

从此，他和同学们之间产生了一些新的故事，特别是和我。

我上课从来不太用心，小动作也不断，尤其是沈老师刚来，那模样像是个大哥哥。于是，他在前面讲，我则和前后左右的同学低声嬉闹、搞恶作剧，以致他数次停下讲课盯住我看，我还浑然不知。直到同桌的同学扯了我一下衣袖，才看到沈老师对我那批评的眼神，我才不自然地将两手放到背后，假装规规矩矩地看着前面的黑板。

那时的作文课上下两节相连，上一节打草稿，下一节誊写。每到这一天，我书包里总是塞上《三国演义》《水浒传》《七侠五义》什么的，人家作文打草稿，我就偷偷从书包里掏出小说搁在书桌里，一脚搭在凳子上，便迅速进入书中战场，在硝烟中冲杀、呐喊，或跟着诸葛亮舌战群儒……这时沈老师就会悄无声息地走来，笃笃桌面，叫我快写作文。等他走开,我又继续浸泡在小说的氛围里。这可惹恼了沈老师,他过来一把没收了小说,说写好了作文再把书还我。

在人家用铅笔打草稿的时候,我则省略了这一环,直接用圆珠笔写到作文簿上。

一次,沈老师让我去告诉同学们,明天带上饭盒去乡下劳动。我为了制造轰动效应,就在黑板上一本正经地写上"明日带饭上厕所"。等上课铃响,沈老师踏进教室,同学们还止不住笑。当他看到黑板上那行字时,直气得怒目圆睁,差点眼珠爆裂。他直瞪着我,却指着那几个字问全教室:"这是谁写的?谁写的?"

那天,他没让我上课,而是让我到办公室里去面壁思过。

尽管我这德性让沈老师罚过站,恨得他扯过我的耳朵,甚至于家访的时候还在我父亲跟前告了我一状,但在我的作文簿上,他经常会在句子下画上长长的曲线并留下"朱批":字句生动、优美!偶尔还会用上两个感叹号。尤其承蒙他在我的成绩单上留下令我引以为豪的评语。

一天,我从《少年报》上看到上海戏曲学校招生,内中有京剧班。我受父亲的影响喜欢京剧,父亲知道这消息后也极力怂恿我去报考。于是我向沈老师说明情况,要学校出具介绍信。后来,很喜欢我的倪校长把我叫到办公室,她拿出我的成绩单摊开,放在我的面前说,汤炳生啊,你除了体育稍微差一点,你自己看看,你哪一门不好?你这样的成绩,无论哪个学校都会欢迎,为什么要去考戏校……这我明白:我画的戏曲人物,如《三国演义》中的赵子龙,被沈老师要去了,我的作文簿也让老师留下了(我的邻居、低我两届的学弟学妹也说起沈老师、唐老师还在他们班里提起过我),自然,开介绍信一事就被关心我高看我的倪校长拦下了。

那时,我像着了魔似的非要考戏校不可,即便是作文课上的命题作文，我也横下心自作主张取题为《我要当一名京剧演员》，表达了让我去考一考，考不上才心死的想法。

后来，县委原副书记季永洲的夫人陆成（她当时在县文化科工作）到学校来，不知什么原因，沈老师把我叫到办公室，当陆成和倪校长的面让我唱支歌。一曲方罢，陆成当我的面对倪校长和沈老师说，他的喉咙蛮好，让他去考一考。这样我才拿了介绍信兴冲冲地赶到上海复兴中路上的戏校。可门卫告诉我招生工作已结束。似兜头一盆冷水让我失魂落魄，真不知当时是怎么回来的。

后来，听说上海京剧院开办学馆招收学员，沈老师还专为我去了次京剧院……

2013 年 9 月

阿骆

阿骆是高唱歌曲《学习雷锋好榜样》走进军营的。

那年头,工业学大庆、农业学大寨、全国学习解放军的口号喊得豪情满怀彩霞满天,山山水水都群起响应。可禁不起1966年下半年的闹腾,尤其在1967年初,上海那个"一月风暴"以后,学生不上课了,工人不上班了,农民也不下地了。特别是农村,没人下地还了得?《史记·孝文本纪》:"农,天下之本,其开籍田,朕亲率耕,以给宗庙粢盛。"古人把帝王的"朕亲率耕"理解为"借民力以治之,以奉宗庙,且以劝率天下,使务农也"。眼看春耕在即,人误地一时,地误人一年啊。大概毛主席也急了,他老人家给广大农村的革命干部和贫下中农写了一封抓革命促春耕的公开信。部队闻风而动,这自然让阿骆也遇上了。他和部分战友到离驻地不太远的西湾子公社,阿骆被安排去狼窝沟大队蹲点,住进一户贫农的窑洞,并按部队每天一斤半的定量和四角五分的伙食标准交给老房东,和他们同吃同住同劳动(简称"三同")。

其时,人心涣散,大多不愿意下地。阿骆他们来了后,各生产队马上召开会议,再读毛主席的公开信,强调要听毛主席话,跟共产党走,放眼全世界,支援亚非拉。原本决定在春耕播种以后阿骆他们就可归队,可那现状让上头决定延长部队蹲点时间,待地里的庄稼长到四五十厘米以后再撒。

这可愁死了阿骆：他才来两天，就弄得满身虱子奇痒难耐；时值春寒没有水，用水还要到山沟沟里去敲捡冰块；在部队，一天三顿饱饭让你摸爬滚打也不觉得饿，而在这儿，一天两顿，吃的还是用少得可怜的油炒过的莜面。当兵的都一不怕苦二不怕死，可他们太怕饿了，饿得眼冒金星天旋地转仍绝对以身作则，下地在前，收工在后，心里默念着"坚持就是胜利"。我曾看到过阿骆当年在狼窝沟拍摄的老照片，原来他穿上挺合身的军服，在那照片上却成了锄头被大衣包裹着！

那年月，家家户户都勒着裤带过日子。老房东见阿骆瘦成那样，心里愧疚：上面以部队的伙食标准给了他，他却按这儿的生活水平和小伙子"三同"……

那天早晨还没下地，老房东当着阿骆的面拿出了去年收藏的、全家都舍不得吃的一点蚕豆，说吃点这个吧，它能治饿。他又从柴间里拿出干牛粪（当地老乡都把牛粪用作燃料），那模样像个圆圆的羌饼，毛茸茸的淡青色。老房东点燃牛粪，把蚕豆放上去烤炙，又一颗颗地给它们翻身。这让阿骆想起儿时冬天里过家家，在脚炉内爆玉米花的情景。那脚炉里的燃料或是砻糠或是木屑，上面覆盖灶膛里烧红的草木灰，爆出的玉米花犹如雪白的花蕾香气四溢，轻轻吹去草木灰，放到嘴里香脆微甜。这牛粪在阿骆南方的家乡是和人粪搅拌在一起施在地里的，而眼前目睹在这牛粪上烤蚕豆吃……阿骆看着想着，五脏六腑都泛起了恶心。

蚕豆在牛粪上爆出"哔卜"的声响，老房东用筷子把烤熟了的蚕豆夹给阿骆，说吃吧吃吧，今天要干重活。

阿骆迟疑了好久，在老房东的催促下才缓缓地伸出手掌，蚕豆一落到掌心就烫得他急忙抬手放到嘴边胡乱地吹气，双手在上下间不断地翻腾。待蚕豆慢慢冷却后,阿骆才剥去豆衣,横下心闭起眼,把蚕豆放进嘴里咀嚼。也许,他才刚刚开始品味起世道人生……

2013 年 10 月

你青春漂亮了

1961年那个冬天的早晨,我带着菜黄的脸色来到了榆树头,来到开园还不到三年的醉白池大门前。我见大门紧闭,边门开着,便径直往里走,园内的工作人员指指售票处贴着的开放时间和"每位贰分"的字样,示意我出去。我说我到曲艺团去。他狐疑地看了看我说,我怎么不认识你?我说我是县戏曲培训班的学员,被分配到曲艺团的,并拿出了介绍信。他笑了笑,手往西南方一指说,曲艺团和文工团在同一个地方,去吧。我只是青涩地一笑,还不会说"谢谢"。

走进这陌生的醉白池,迎接我的是门内的一丛翠竹。这时又听得远处飞来咿咿啊啊吊嗓的声音。我循声沿着小径大约走了五六十步后向南拐弯,一眼就看到在荷花池边,在走廊里,在凉亭中散落着身穿运动服的青年男女,他们搁腿、弯腰、运手……实在是心情急切的缘故,那满眼的古树、假山、亭阁楼台,尤其是这冬日里荷绽雪花的美景,我都视若无睹。我走进月亮门,看见对面那个坐南朝北的门口,正挂着松江县曲艺团的牌子(现在安放竹叶诗和魁星像碑刻的地方),那两边的房子自然是文工团的了。

在这里,曲艺团和我签订了学习期为三年的合约,我从此走上了终老的演艺生涯。

距离跟随老师出码头还有二十天的时间,我们新来的学员在师兄师姐的示范下,分散到荷花池周边拿起钹子"仓仓仓"地练习起来。而后按计划,师兄师姐们为我们教唱开篇,那西乡调在冬日里弥漫于醉白池的每个角落,升腾在公园的上空,传向悠远……自此,我慢慢地知道了王朝更迭带来的战乱兵燹,家国兴衰导致的喜怒哀乐,也懂得了世事艰难和忠孝节义。基于此,我开始注意走廊里的邦彦画像,并认识他们熟悉他们。到后来,每当自己站在画像前,那就像是在向他们致敬,和他们对话,聆听他们的教诲。

盛夏是公园最漂亮的季节。在那个漂亮的季节里,曲艺团搬迁到莫家弄新建的团部,自此每月必到的醉白池就很少来了。在后来的几十年里,有时候我还必须得来。例如我陪同外地的朋友看看松江的景点,醉白池自然是首选,而且我还很怀旧地告诉友人曲艺团原来所在的位置,讲讲那些发生在这里的故事。而在写作缺少构思而寝食难安时,我也会到醉白池来。尤其在 2001 年到 2005 年的那段日子,我正为上海电视台大型室内情景剧《新上海屋檐下》当编剧时常常会来这里走走,找一个幽静的角落或独坐或踱步,灵感突现时会激动不已。有时好长时间不去醉白池了,突然间会想去"见见老朋友",自然就丢下一切去了。

我在这里说的醉白池大多还是指"雪海幽境"以内的,而今它早就成了园中园了。

醉白池在五十五年中的巨变,让那些海外归来的老松江人都认不出来了!那天,我在醉白池内眷恋地走了一圈,然后登上高处,面对这迷人的景色,不禁感慨:朋友,我夕阳红了,你青春漂亮了!

2014 年 8 月

有个地方叫"石家浜"

在记录松江抗战记忆的《铁血云间》一书中,收录了松江籍古典文学研究专家浦江清的夫人张企罗(也是松江籍)的文章《颠沛流离话抗战,国破家毁叹流亡》。文中提到七七事变那年她已有身孕,夫妻俩为将来孩子生在北平还是松江着实纠结了一番,最后还是决定南归家乡。其时松江城已遭日军飞机轰炸,城里的人惶惶不可终日,想找一个相对宁静安逸的去处避难生孩子谈何容易!后来张企罗想到了外公的老家石家浜。

石家浜在松江县城的西北方,是我老婆的娘家。我结婚时,石家浜属于城西公社的新业大队。那里水陆交通都不便,既无公交车,又无汽油舨,农民进城靠的不是摇船便是两条腿。当年,我从金沙滩南端人民河边的家步行到石家浜,正常行走要一小时四十分钟。而张企罗去石家浜时正是上海战事激烈,浏河失守,大场告急之际。石家浜虽然地处偏僻,但西有南北走向的油墩港,南有东西走向的横泾港,东有南北走向的团结河,而团结河又北通洋泾湾,还有一条东西向穿庄而过的、人们饮水、用水极方便的小河——石家港。这四面环水、稻谷飘香、牧歌悠悠的地方,可说是世外桃源了。

张企罗在危难中到石家浜投亲靠友,称"被安顿在一个做'太保'(太保是巫的一种)的家里"。

笔者当年进松江县曲艺团时,团里有一位老先生叫朱士章,石家浜人,原来是太保,后来改行说书,书目为《神州擂》《呼家将》。"文化大革命"中朱先生遭难,揪斗他的理由是他担任过伪保长。笔者疑惑:张企罗被安顿的太保家,是不是朱士章家?

为此,笔者专门问过九十岁的岳父:石家浜以前有几个太保?答曰只有一个,叫朱士章。士章师父是马桥人,叫施新根(音)。他后来改行唱农民书,就在你们曲艺团。他担任过伪保长,年龄比我大近十岁。

这么说,张企罗当年借住在朱士章家是确定无疑的。

由于天气炎热,同去乡下的姊妹多,住房小,加上小孩夜间不停地哭闹,张企罗得不到正常的休息,打算第二天回松江。次日,她和大妹已经上船了,她的三妹叫她们不要走。大舅妈已让出两间给她们姊妹,这样才又住下来。不久就生下她的女儿樊樊①。

在以后的日子里,天天有地方失守的消息,避难的人都觉得石家浜也不安全,于是张企罗的父亲带了益妹先行去浙江萧山,他觉得在山区可以太平些。待张企罗决定要走时,当地人见她刚生孩子身体虚弱,也不方便远行,就挽留她住下,说石家浜四面有水,日本人很难进来。

产后一个多月,张企罗还是坚持要和赶来没几天的浦江清离开石家浜,连夜赶往杭州。

就在张企罗夫妇离开石家浜不久,松江城再次遭到日军的轰炸。在日军占领松江城的当天,从松江逃难途经石家浜去佘山的人也不少。据我岳父说,有一伙十个人,他们都是在松江开米行或做其他生意的,其中有四个是石家浜人。那天,他们结伴逃难,都住在"石驳岸

---

① 即浦汉明,1937 年 9 月 3 日生,青海民族大学中文系中国古典文学教授,现已退休。

王家"（在石家港河南，因王家家境较好，九架梁屋，屋后河边用石块垒砌，故有此称谓），晚上打地铺睡。其时天黑不久，月挂树梢。日军的汽船开道，抢来的民船随后，船上全是双手沾满血腥的日本兵，他们到达石家浜附近迅速上岸，快速窜入沿途村庄，犹如魔鬼天降，在鸡惊狗吠声中，人们从睡梦中惊醒后就处于生死边缘，男女老少趁夜色惶惶然四处逃散。其时，日本兵撞开了石驳岸王家的大门。他们对那些穿着凌乱，还没来得及逃避的人喝问：谁是支那兵？见没人回答，又问他们有没有女眷。凡答没有的，日本兵就声称"是穿便衣的支那兵"，一个个用刺刀刺死。其中一个指着房内那个女的说这是我女人，才幸免于难。那九个人中还有一个没有断气的，正呻吟挣扎着向门外爬，日本兵见状，把他拖到屋外的垄沟里，又戳了几刀，还在他身上堆放稻草，浇上汽油，将还在喘气者活活烧死。日军在石家浜没多作停留，集合后迅即向佘山、塘桥进发。那晚我那躲在庙浜的岳父（当年他十二岁），天亮后才胆战心惊地去看了王家那残忍的场面：一夜间，这屋内外就死了九个人！[①]

　　如今，发生在石家浜的故事已成历史，石家浜也在2005年前后彻底消失——其实它的原址就在月亮湖的碧园和桂园之中，已成为新建的高楼寓所的地基。

2015年10月

[①] 据《永丰街道志》大事记：1937年11月9日，日军占领松江城，大火昼夜不熄，薛家、盐仓、石家浜村民被杀127人，毁房21间。但在该志"日军罪行"中，对石家浜惨案未见记录。

打钱

那年,上海的姐姐、姐夫来我家。这天,他们是在下午赶到的。四点半光景,我把准备好的酒菜拿出来。姐夫说吃晚饭还早呢,我说早点吃,吃了我马上出门。姐夫讶异地看看我说,如果不是什么要紧事,你就别出去了。

从礼仪上说我是该陪陪他,但我不能。前几天和友人早就约好一块去打麻雀,今日下午四点钟出发,摩托车骑到江苏昆山,天擦黑后回头沿马路两侧的树上一路打回来。现在晚稻收割在即,麻雀肥壮,每只可以卖到四分。姐姐夫妻俩难得来,我只能放弃原来的计划,决定一个人就近去跑跑,所以现在还能陪他喝喝酒。

姐姐有点不高兴,说我们回上海后你可以抓紧去多打几次。

她不懂其中的门道,也不了解我的情况。

打麻雀不仅是个技术活,而且有不少学问,不是你想打就能打的。这一,你一定要选择没有月亮的日子去打。麻雀栖宿在树上,警惕性很高,有月亮的日子你走近它,它在月光下能看到你移动着的模糊身影,翅膀一扑楞,就会惊动它同在这棵树上的父老乡亲、兄弟姐妹而一下子飞走。有的麻雀还会发出惊叫,这就像拉响警报,使周围树上的乡亲们在逃难中四散乱飞。这二,刮风的日子绝对不要出门,因为你没法瞄准目标。这三,你刚巡猎的地方,十天半月内绝对不要去,即使去了你也很少能看到麻雀的影子，除非在一场透雨后，那么你当晚去也会有收获。这四，如果你选择的日子确实没有月亮没有风，可也没有收获，那可以肯定，在你之前已经有人来打过，而且还没下过雨。这五，你在举枪前，手电千万不能照脚下的路，因为手电的反光会惊飞鸟雀。手电照到麻雀它不飞，那是它的眼睛被电光照花了，如果你的手电继续照着它，等它适应了后马上就会飞走……

这些门道我姐姐、姐夫自然都不懂，而他们不了解的还有我家庭的经济状况。

我每个月三十八元工资。自我从下伸店调到供销社的小书店跑外勤后，天天可以住在家里。有了这个条件，我便把乡下的大女儿弄到城里上学，还让她拜师学拉二胡；小女儿身体不好，经常和医院打交道。因此我手头的拮据窘迫可想而知，幸亏友人拉我一起去打麻雀补贴家用，填补了经济上的窟窿。

我对姐姐说，今晚天好，我要出门，我老婆吃了晚饭马上会从乡下赶来。明日我休息半天陪陪你们。姐夫问怎么只休息半天？我告诉他我跑外勤比较自由，下午可以早点走。我在三四点钟离家去打麻雀，天快亮时回来就睡，吃了午饭上班，这样算我休息半天。也就是说我每个月四天的休息可以打八次麻雀。

那天，像每次出去一样，身背气枪、电瓶、电筒、鱼篓，脚穿半高筒套鞋，带上必备的治蛇咬的药和香烟。不同的是，以往出去有人结伴而行，多到三至四人，今日是我第一次单人独骑，蹬上书店配给我跑外勤用的自行车，一口气沿沪松公路赶到目的地卖花桥，天已全黑。

1966年夏，曲艺团全部人马驻扎在这里的工农八队支援抢收抢种；1969年春，县级机关大班子在通波塘边和工农大队的交界处安营扎寨，一待就是两年多。所以我对这里熟悉。

我往西过了桥，在西南方不远处有个养鸭场。我把自行车推到那里,见了饲养员,马上掏出青鸟牌香烟递过去,说想把自行车寄放在这里。饲养员见我这身装束,满口答应。于是我退出来往西北方向走。说实话,夜里一个人在阡陌上游弋,似孤魂野鬼在农家屋后的小竹林里出没,还真有点"吓势势"。

竹子不高,林子也不密,抬头用手电一照:嚯,七八只麻雀就在我的头顶,举枪就能碰到。以前是打树上的鸟,目标要高得多。心想在这竹林里打容易得多了。哪知连开了三枪也没打到它。后来我找到了毛病:枪口的准星虽然对着麻雀肚子,但由于目标距离太近,枪口却在目标的下方。于是我把枪口稍稍抬高了一点,就一枪一个准。我在用手电寻找目标的同时,利用那点反光在地上捡拾被打落的麻雀。

那晚,我很快就把鱼篓塞满了。我走出林子把鱼篓里的麻雀倒进网袋,一看手表还不到十点,心想可以再打一个半小时回家。

麻雀多,打得也顺手,心中正做着"下过大雨后再来"的美梦。蓦地,见一座坟包出现在眼前,顷刻间恐怖袭上心头,惊出一身冷汗。此时此刻,这旷野里熟睡着的劳累的农舍,远处狗吠,传来令人窒息的宁静,夜色笼罩下我却与孤坟独处。吓得正想退出来,却见坟包上方歪斜交织的竹枝间有几只麻雀。我犹豫了好一阵,才硬着头皮壮着胆走过去。在举枪扣动扳机的同时,听到麻雀在"啪啪"的枪声中落下时,我随着这收获的节拍,也接连地喊着"四分,四分"。可是要去坟包上捡麻雀,又让我直竖毛发……

惊吓还不止于此,当我快捷地从坟包上捡了麻雀退下来的时候,一脚踩在软软的物体上,又似有什么东西狠狠地甩打了我的右腿。我用手电一照,"啊"地惊叫起来,真正吓得我魂飞魄散!原来是一条一庹多长的大蛇,浑身漆黑,背脊上点点红色,排列得均匀整齐,嘴里还咬着一只老鼠。我踩了它,它用尾巴报复我。这种蛇在我家里也出现过,听老人说这是看家护院的蛇,没毒,只有多年的老宅才有。这种蛇专吃老鼠,乡下人管它叫秤梗(秤杆)蛇,因为它背上一颗颗红点点就像秤星,我至今也叫不上它的学名。

那天回来清点收获,有一百二十多只,其中有五六只是"白头",每只相当于三只麻雀的价钱。我留下十五只招待姐姐姐夫,其余的让老婆拿到菜场去卖了。

喝酒的时候,我叙述起惊魂的一幕佐酒。姐夫听了头皮发麻,他劝我说,炳生啊,真吓人,麻雀就不要打了。我纠正他说,我是去打钱,不去不行呀!

2015 年 11 月

友情

那年,我跟随团里的单巧麟老师去了浦南亭林的东街书场。名义上是学习,实际上是听单老师的《吕梁英雄传》,帮助老师记录演出本。那时老师们的压力很大,上头已限时限日要求说新书,并要拿出说唱的本子。

到了书场,我第一件事是给朱行公社(当年属松江县)手工业社的王姓朋友写了张明信片,邀他到亭林来一聚。

我朋友是漕泾阮巷(当年属松江县)人。1962年10月我随老师学艺时认识他的,同时认识的还有小陆、小钱。他们三人年龄比我大了三四岁,天天晚上结伴来听我老师的书。几天之后,我老师对我说,炳生,那几个小青年来了总在我们宿舍门口张望,书场散了又主动和你搭讪交谈还不想走,你要和他们交朋友。吃开口饭的人,不仅书艺要好,在码头上还要有朋友捧场。

我把这话记下了,便主动和他们交往。

小陆的家就在书场的斜对面,小钱的腿有残疾,他是个裁缝,家也在小镇的中心。而小王家在小镇的南面,在一条南北向小河的西侧桥堍下。他家境清贫,三间泥墙草屋,父母双全,一弟一妹。等我和老师剪书离开小镇时,我同他们已成为好朋友。

以后,我每到一地总给小王写一张明信片,并请他代为问候小陆和小钱。这次自然不例外,只是朱行离亭林近,我强调了"邀来一聚"。

小王来了,时隔两年后的相见,他还带来了"今年春节已结婚"的事后消息。我埋怨他没把这喜事提早告诉我。他说我在外演出,告诉我也去不了。这次他约我某日到他家去玩,说一定要去的。我嘴上答应了,心里还在犹豫:这儿日夜场要听书、记录,脱不了身啊。下午书场散去,他回家时我送了他一程又一程。路上他说起婚后的甜蜜,说自己像换了个人。他婚前交朋友喝酒没有家的观念;婚后他一下班就想回家,有什么好吃的总想留给老婆吃,哪怕是一根棒冰也想先让老婆咬一口……临别时,他叫我千万别忘了某日一定要到他家去玩,不去就不认我这个朋友了,我连连点头。

但是我还是没有去。

要去的前一天,我向单老师请了个假,我说我明天听了日场走,后天赶回来吃饭,会抓紧把剧本写下来的。至于明晚没听的内容,请他把故事大概内容说一下,我也会把它写好。

天公不作美,要走的时候天像模像样地下起了雨。从亭林到阮巷途经朱行单程6千米,没有船也没有公交车,单凭两条腿,我自然去不了。我想隔天再去吧。

哪知又连续下了两天的雨,看来是去不了了。想到小王曾说过,他的小姨在亭林五金厂工作,这厂就在我们宿舍的街对面。于是我找到她,请她带口信给她的姐夫,下雨我去不了,请他原谅。她告诉我她姐夫没了,我蒙了。我怀疑是她说错了或是我听错了。我说前几天他到我这儿来过,约好了一定要我到他家去玩的,怎么就……她说,她姐夫约我去玩的日子正好是中秋节,也是他母亲的生日。那天早上,他和弟弟拿了菱桶(状如猪腰,有的地方叫腰桶)冒雨去池塘里采菱,采满一篮子后,他叫岸上等着的弟弟先拿回去,他再采一点。弟弟知道哥哥不会游泳,而他会,他叫哥哥先回去让他来采。哥哥不让,催弟弟快回去。弟弟回家后隔了好长时间也不见他回来。等弟弟再去菱塘边看他时已不见人影,只见菱桶桶底朝天……他落水后被菱的梗茎死死缠住,打捞上来的时候,鼻腔、嘴巴里都是烂泥……我好像被重锤打击:就这么短短几天,一个向往美好生活的年轻人,就和他的父母、妻子、兄弟朋友阴阳相隔了!中秋节的那场雨是不是一种征兆?他对我说的那个"不来不认你这个朋友",冥冥之中是不是怪我没去和他诀别?那天,我连日场的书也没听就急忙赶过去。当我赶到时,汗水已湿透了内衣。他们全家除了父母,都披麻戴孝在折锡箔元宝。灵堂的左边坐着他母亲,右边是他已有身孕的妻子。小陆和小钱也在王家帮忙。她母亲一见到我又大哭起来:××呀,你的朋友从亭林赶来看你了呀,真是青梅不落黄梅落啊,白发人送黑发人啊……这种氛围弄得我也稀里哗啦地流眼泪。

我在朋友的遗像前跪下叩了三个头。

听小王的兄弟说,那天他离开哥哥的时候,哥哥两脚正叉开搁在菱桶的桶沿上,一手撑伞,一手吃菱,估计是一不留神失去重心,菱桶侧翻……

晚饭过后,小钱把我拉到一边说,小王没了,他母亲极度伤心,她背后一直说喜欢你。你是不是叫她一声寄母,冲淡她一些丧子之痛。其实,我是反对攀过房亲的,此时此刻我却毫不犹豫地答应了,当众叫了寄父寄母,而且在此后的几年里,我年年去看他们。

2015 年 11 月

衣架

那年春天，县级机关大班子从农校移师城北公社工农大队的通波塘畔安营扎寨。大班子属营一级，下设几个连，我们沪、越、曲艺三个剧团和文、图、博三馆属于四连。曲艺团被编为三排。大班子来此是封闭式学习，接受贫下中农再教育，大体上是半天学习、半天劳动。星期六下午放假回家，星期一在上班的时间一定要报到。

我们男宿舍上下铺十个人。门外走廊的廊柱间绷起绳子，专为晾晒衣服用的，房前的场地和稻田的连接处还竖起了"节节高"，也可以晒被子、衣服等。

宿舍前这片稻田归我们三排，马上就要播种（乡下叫落秧）。虽然有拖拉机耕地，但要把泥土鼓捣平整、开出小沟沟，斩直斩齐，这些活还是要人去干的。这天，我们排里的男同胞都站在田边，看贫下中农代表老李拿起铁铛，言传身教给我们示范如何干活。于是，我们带着新奇感，像模像样地正式开始接受再教育。我捏着铁铛下田，按瓢画葫芦地上上下下、前后左右卖力地挥舞着。一个多小时下来，浑身湿透。尤其是在田里放了水以后，赤了脚，看着那个水平面，把露出水面的泥土削去，把坑坑洼洼填平。就这么东一榔头、西一棒地干了大半天，身上脸上都溅满了泥水。

收工后洗完澡，待换下的衣服洗好要晾晒时，才发现带来的两个一字衣架根本不够用。廊檐下虽然有晾衣绳,场地边也有"节节高",可一间宿舍有十个人,能晒几件衣服?再说总不能抢在老师们之前去占领那一点点地方。

晾衣成问题,我压根就没想到!而且这实际问题天天要碰到,这可成了当务之急了。我思来想去,觉得用衣架是最合适的,因为它不占地方。那时我们宿舍的西边正在搭建一个放农具的简易棚,那些送食堂当柴爿的竹梢可以利用。我便请搭棚的木匠师傅将竹梢截成两个各35厘米长、2厘米阔的竹片,居中和两头各锥一个洞眼,中间可以生一个挂钩,两头生两个木夹。我还厚着脸皮向木匠师傅要了一张砂皮。我知道搭棚的竹子绝不会出自名门,它们只是竹中草根,而且又是被丢弃的竹梢。但为了晾衣需要,我用了近乎铁杵磨针的耐心,用砂皮细细地打磨竹片,直到溜光圆滑手感舒服为止。我又去食堂讨来橘黄色的漆,细心呵护地漆了两遍,然后给它配上挂钩,用制鞋线生了四只木夹。嘿,一个自制的十字衣架竟从我手上诞生!

从这以后,我白天汗湿一身衣服,它就整夜负起一身的压力;我在田里撒猪塮,累了再没力气洗衣服,它就担起脏兮兮的被臭气熏烤的劳累;我不下田的日子浑身轻松地洗个澡,它却没有闲着……后来我调到蔬菜组当上了副组长,和十五六个被统称为"牛鬼蛇神"的人为伍。一次,试种新品种西瓜需要鸡粪,我们便用船去将鸡粪运回来,用畚箕把鸡粪从河边挑到田头,再一把把地撒进地里;各类蔬菜少不了人粪,我们便到分散得较远的各个连队去掏粪,又将满满的粪桶一路颤颤悠悠地挑回来。有时候累了或是下雨,脱下的衣服没法天天去洗,只能委屈它,让它也没法躲避劳累、恶心和臭味……

后来,它跟我去农村的下伸店度过了十个年头,再后来又跟我各地跑码头。

现在我家阳台的上方挂着十数只衣架,有木制的,有塑料的,也有钢丝包塑的,唯有那只十字衣架是竹制的。它橘黄的漆身已经剥落,中间挂钩处前不久已见裂缝。

女儿几次要将它丢掉,都被我制止了。她不解地问我:当柴爿也没人要了,你还留着它做啥?我说我看着它会置身当年的情景,仿佛又闻到它身上的汗酸、粪臭……它浸淫了太多的风霜雨雪。留着它,可以让我留下回忆甜酸苦辣的温馨。

温馨也来自感觉:它即是我,我即是它!

2015 年 12 月

守住那点"幼稚"

2014年8月底的一天晚上,影视剧导演A君打来电话,说电视台要搞个一百集的情景剧,让我出任总撰稿一职,计划在2015年3月开拍,5月开播。目前先列一个大纲出来,审查通过后,每个月要保证三十集的剧本,费用承包,如果同意就签一个合约。逾期拿不出本子,按约罚款。最后他希望我再忙也要写几集。我打了个顿,正想婉拒。他说汤老师,和电视台打交道总不是坏事,再说要来的人不少,请你慎重考虑。为这个"慎重考虑",我当即答应下来,并说剧本自己就不写了。A君在电话那头也打了个顿,然后说,那我们约个日子,你带上一两个朋友和我及电视台的人三方见个面,具体商量一下,签约后就动起来。

我与A君相识,还是十多年前的事。那时《新上海屋檐下》总编导王辉荃老师因突发意外走了之后,A君担任了后期导演。《新上海屋檐下》拍摄结束后,我们之间再也没有联系过。

A君这次想到我,估计缘于当年对我的印象。

我搁下A君的电话没多久,女儿也打来了电话。她说A君刚打电话给她,他有点不高兴,他说请你爸爸写几集他不肯。我说这儿有一摊子的演出,剧本都要自己写,任总撰稿是利用业余时间,再说我看稿又慢,到时候给作者提修改意见等事情多了去了,我还有时间写剧本吗?她说你先答应下来,到时候你就说没时间写,就那么简单。我说答应了的事再忙也得办,说话守信就没那么简单。末了,她说我太老实。

后来我邀了两位忘年交,在上海和 A 君及电视台的有关人员见面。根据他们的要求,我回来又请了几位朋友,共同商讨剧本的大纲问题。我一方面请忘年交中并不太忙的那位快手执笔,一星期内拿出大纲,另一方面我发动当年那帮作者,盘算一个月能否拿出三十集本子。结果不容乐观:当年的作者有的年纪大了不能写了,即便能写,但能出奇招、写出新意写出味道来吗?大部分朋友愿意写,但一听说每月起码要完成两集,最好多写点时,他们都说不能保证,这可为难了。

电视台那头接到我们的大纲后,宽慰地连连说"蛮好,蛮好",便送上一级审查,同时要求我签约,我说不急。其实我在等待大纲早早审查通过,如果今年 11 月开始写本子的话,到明年 3 月开机,每月交十五集也不会停机待拍,到那时我可以签约了。哪知二审下来,说从大纲看,这个东西不错,但人物要作一点增删,情节调整一下,再修改一稿,两天内交稿。同时我向电视台提出要提高稿费,他们也痛快地答应了,只是要我马上签约。我说希望三审早点通过,到时我会签约的。

如此这般反复折腾了四个月,时间都拖掉了,我只能保证每月拿出十五集。

电视台方面见我如此态度,便找了三位年轻人当编剧,而他们则拍着胸脯保证,签约后如不能履约,即辞职走人。

女儿先前曾来过两次电话,劝我合约先签下来再说。我说签下来完成不了怎么办?那不是随随便便一张纸,那是合约。她还是那句话:你太老实。

本来做老实人,说老实话,办老实事,这"老实"是一个褒义词,到女儿嘴里成了贬义了。也难怪,鲁迅说过,忠厚是无用的别名。

女儿知道我放弃签约后,在电话里借那位快手的嘴说我有点幼稚。

"老实"升格为"幼稚",恐怕我老了不适应这个社会了。

一年半时间过去了,那个情景剧至今也没和观众照面。

我想还是要守住那点"幼稚"——守住那点诚信。

2016 年 3 月

和美终老

据小何介绍,老林年八十,五短身材,一生干过很多行当:最初是老师,后来当过农民、兽医、苗圃的护花使者、招待所员工、烈士陵园守陵人、福利院服务员,等等,一直干到六十九岁。

老林出生在宁波,他娘一直住人家(做保姆),他在上海第五师范学校求学期间寄住在舅舅家。按成分论,他是根正苗红一族。读书毕业后到中学当了一名老师。当他刚展开梦想规划人生,想着如何当好人类灵魂工程师的时候,孰料他在中学求学阶段的几句牢骚话发酵、变形、扩大,一路追踪到他任教的学校,连根正苗红的出身也救不了他,不仅公职被开除,还让他蒙受了五年的牢狱之灾……好在年轻的妻子和幼小的女儿没有离他而去,等他出狱后妻子又为他生了个儿子,和他患难与共一生。

老林从小喜欢画画。在沪求学时,他有缘遇上了海上著名大画家江寒汀,并在其家中学了两年国画。也得益于画画,他在农场改造的时候当上了服刑人员的宣传组长。出狱后,同一条埭上的人们只有在田里、在家门口场地上翻晒东西时能见到他,偶尔在去小镇的路上能碰到他,他一年四季总躲在家里。直到他妻子前几年双目失明,老林才出现在公众的视野:他忙活在口粮田里;他侍弄于一角的蔬菜地中;他洗衣晾晒,烧水煮饭……妻子原本不让他干的活,现在都由他承担起来。自此，家里一年四季弄得杂乱无章，只有儿女回来时才帮着收拾收拾。妻子双目失明后，他一天三顿都很马虎，往往是待妻子吃完饭后便把碗筷通通往水池中一放，便钻进小楼，到他的世界里去了。冬天里没见他出来晒晒太阳，炎热的夜晚没见他出来乘乘凉。

然而，一条"老林会画画"的爆炸性新闻震惊了乡野小镇，惊动了全埭的男女老少。于是有人来采访老林了，有人来向他求画了。

要不是他早年那个同班同学的"揭秘"，没人知道他从监狱回家那一刻起，无目的，无奢望，只是痴痴地画画。

其实老林的同学也仅仅是说了句"他在学校时画画得好"，而对出狱后的老林他一无所知。

那天，我跟小何去老林家，见他那并不宽舒的卧室里，靠窗放着画画用的大搁板，搁板和床之间只能侧着身走。床上凌乱不堪，墙角堆着的不知是纸还是画。老林告诉我，他无论再忙，每天作画两到五小时，几十年了，天天如此。画画的事他从不张扬，也不许家人对外说道，以致连村干部和他的左邻右舍都不知道，待知道了自然十分惊讶。

我问他画那么多画是不是想换钱？他说从来没有想过，即便现在有人上门要他的画了，他也从不讲价，让买家随便给，遇到聊得投机的，他还毫不吝啬地赠送；我问他是不是想把画留给儿女？他说没考虑；我再问他，那你画画为了什么？他说就是喜欢。为了支撑他这个喜欢，为了支付不菲的纸、墨、笔砚和颜料的后期费用，他才坚持打工到六十九岁。

后来他领我们到一间小小的放画的地方，那用年月和心血积累起来的画作，一摞摞地堆放在竹榻上。我们很想解解眼馋，他便小心翼翼地将画一一展开：

《蜡梅》，一派傲霜斗雪的风骨；

《笑弥陀》，大肚能容，容天下难容之事；

《钟馗》,虎目圆睁,嫉恶如仇;

《观世音》,杨柳枝头的水,洒向人间都是爱……

老林说他用画笔描绘色彩斑斓的世界,让美浓缩在画面,让心声在画中绽放就足够了。

好,求一个和美终老,这正是老林一生的写照!

2016 年 6 月

感觉幸福

三年困难时期,我父亲在庙前街的菜场值夜班。这个菜场临松汇路有个竹编的双扇大门,而庙前街西侧,同样的大门还有两个,其中一个稍稍偏南,另一个偏北的大门则紧贴着坐西朝东、有五开间大小的茶馆书场。菜场下班后父亲要关上三个大门,还有一件事绝对不能疏忽,那就是茶馆书场南墙偏东一点的四扇落地门窗,也由我父亲在外面上锁,到次日早上开了菜场大门以后再打开它们。中午,书场在售票前从里面将门关上,演出快结束时才开门散客,直到菜场下班,我父亲才又从外面将这几扇门上锁。

我从小没了母亲,一个人睡在家里自然害怕,所以每天吃了晚饭后,背上书包到菜场来,和父亲在财务室用竹凳搁一个竹榻挤着睡。早上父亲去开菜场大门的时候财会人员还没上班,我在顾客们的嘈杂声中还能睡上个把小时,然后起身拆床……晚上做完作业不想看书了,就拿了把藤椅到西面和书场相连的小花园里一坐,面对窗内书台听书。

忽一日,父亲脸带喜色地对我说,今晚书场散了,你去拾烟头。我听了一蹦老高。

那时候有个怪现象,就连茶馆书场的职工们都搞不懂:当时人人饥饿、面黄肌瘦,而各地书场不管说书先生的水平高低优劣,基本上都能客满，尤其是夜场。这如果用行话"饿煞书"来解释也说不通：在大炼钢铁，大跃进放高产卫星时，全县的茶馆书场歇业，待再开出来后，整整一年没听书的老听客们进书场趋之若鹜，那才叫饿煞书。不过这盛况最多也只能维持三四个月。如今一年多过去了，书场的声势还这么海（行话，意为听客多、业务好），真有点莫名其妙！

听客们十有七八是吸烟的，烟好烟坏，并非能由自身的经济条件所决定，全凭烟券。一般吸的都是一角三分的"勇士"，二角一分的"大联珠"，二角八分的"飞马"等。三角五分的"大前门"属高档烟，分配得少，烟瘾大的也舍不得抽，他们会拿了"大前门"去和说书先生调换其他牌子的香烟。比如两包"大前门"换三包"飞马"，或换四包"勇士"，讨价还价地换三包或四包"大联珠"，香烟照原价，多退少补。其实说书先生凭县文化科的演出介绍信是另有一份烟券的，他们有条件抽"大前门"，最为重要的是可以显示身价和腔调。书场里总是烟雾弥漫，春、夏、秋三季还可以打开两边的窗子散散烟气，一到冬季门窗紧闭，书场内火燎烟熏，但谁也不愿少抽一支烟。散场后，有一两个听客在后面磨磨蹭蹭地弯腰拾烟头，这时打扫书场的员工就会喊：快走，快走，要关门了。说白了书场的男职工都是烟鬼，尤其是负责人老严，他从早上起来一直到晚上睡下始终烟不离嘴，就连说话时也不用把烟拿下来。像他这样的"老瘾头"除了每月要买几包高价烟外，就是靠日夜两场听众留下的烟头来弥补缺口。这几个缺烟抽的仁兄竟让我去捡烟头，无疑是西天出太阳！

父亲告诉我，老严有一桩头痛的事要请他帮忙，而且也只有他能帮上忙，那就是夜场散了之后请他把书场南面那几扇门和菜场的大门开一开。为这事听众已提了不少意见，弄得老严有点招架不住。老严知道这事和菜场领导商量肯定不来三，因为这不仅关系到菜场的安全，还关系到我那上了年纪的父亲：如果领导同意开门，那就意味着一年三百六十五天，除了狂风暴雨、寒冬大雪等天气外，我父亲就得天天守到晚上九点以后才能关门睡觉。考虑到这一点，老严才与我父亲"商量做"。我父亲也知道在开门关门这十多分钟的时间里，菜场万一有什么差错，他要负全责，这一点老严是懂的，但我父亲只是犹豫了一下就答应了。老严知道我家家境清贫，我父亲除了每月十六元的辅助工资外什么都没有，且不说我没有一件像样的衣服，就连读书也是年年免除学费的，只有脖子上的红领巾和手臂上中队长换成大队长的符号，在那里炫耀。我父亲不喝茶也不吸烟，但再穷一天一瓶"小高升"是必需的，这是他一生的嗜好。老严让我去捡烟头变现，也许是投桃报李。

我随手捡了个空烟壳，在书场的长靠椅和几只八仙桌之间，弯腰弓背地来回穿梭，那捡拾烟头的动作就像小鸡啄米。其间，打扫的职工会把我漏捡的捡来塞进我的烟壳里。我发现被踏扁了的烟头比较长，扔下后燃灭的就极短。这一晚我收获的烟头鼓鼓囊囊地差点撑破三个烟壳。

回到财务室，父亲在办公桌上摊开报纸，我把烟头通通倒出来，父子俩仔细耐心地去掉烟头上的烟灰，再一个个剥去烟纸，将烟丝轻轻地扯松堆在一起再捣捣乱，然后将报纸裁成20厘米大小，把烟丝分成五包。

第二天起来，我洗了把脸，父亲给了我一两半粮票，将烟丝交给我说，就去你那学校的路口卖吧，卖掉了买早饭吃。于是我背上书包，去北面十字路口的东侧，先将报纸打开，撕去一半垫坐在屁股下，展开另一半铺平，将小包烟丝分摊在报纸上，又找来一些小砖块将报纸四角压住，防止风吹走。我坐的位子是十字路口的竹竿汇支路，对面是后诸行街，南面是清洁所，北面是可可居饭店，我身后左侧近50米外是启用不久的峰泖小学新校舍，我就在那里读书。

早晨的庙前街是个热闹去处，我对着这涌动的人流，刚羞涩地喊了几声"烟丝要哇"，就有人围上来问价钱，五包烟丝立马被三个人买走。从我坐下到叫卖也仅仅过了几分钟的时间，这生意也太好做了！我起身到可可居隔壁用粮票花六分钱买了一副大饼油条，将油条夹在大饼里，狠狠地香香地咬了一口，想着父亲一天的工资才五角多一点，可这些烟头就卖了五角钱，剩下的交给父亲，不知他有多高兴。晚上还拾烟头，明天还卖烟丝，那早饭……我看了看手中的食品，又狠狠地香甜地咬了一口。嗬，这一刻，我感觉到了幸福。

有时候幸福好像要有点铺垫，要有伏笔。不管如何，忧愁、困苦、灾害都不属于孩子！

2017年7月

醉蟹醉人

外出归来,老婆说晚上宗寿山要来。

宗寿山曾是我女儿学日语时的同班同学,有时候他和另一位同学王国强会一起来我家玩。这么一来二去,他竟成了我的朋友。他儿子结婚时我们曾全家出动去贺喜。好多年不来我家了,这次他说来就来,估计有什么事情。

晚饭后不多时他来了,手上拎着一大瓶醉蟹,一进来就把它放到桌上。我认定寿山一定有事求我。

我寒暄了几句直问,有什么事要我帮忙的?他先是心不在焉地回我问话,而后又认真地说,真的没什么事,就是来看看你。没容我再问,他便指点着醉蟹对我说,我年年总要做一点分送给几位朋友尝尝,听听他们的意见。那 A 君舍不得吃,将我送他的醉蟹转送了好友 B。事后 B 对 A 说,这醉蟹味道真好,问他什么地方买的,他想买几瓶分送亲友。寿山听说 A 自己没吃到醉蟹,便又送了一瓶给他。不久,A 兴奋地打电话告诉他,味道果真不错,A 还试着将浸醉蟹的原汁拌饭吃,或是用它来烧酱蛋,都别有风味。过后,A 多次极力怂恿寿山去申请专利,希望他把醉蟹做成一款松江旅游市场的名特产品,就叫松江醉蟹,让来自全国的游客记住松江。寿山最后说,汤老师,直到现在,我才敢将醉蟹送给你。

寿山原来在粮食局食堂工作,他凭着钻劲,考取了一级厨师的资质证书,后来又在一家宾馆担任了餐饮部经理。有时候我带朋友去吃饭,冷盆中有时会出现醉蟹,他就当众介绍说这是他用自己研制的配方做的。不过,这话已过去二十多年了,他也没离开过餐饮行业,我相信他一直在悄无声息地研究他那醉蟹的配方,不断地试味调整配料。我虽然吃过他自制的醉蟹,但岁月久远,已全无印象了。寿山告诉我,他制作的醉蟹,要用一斤五只左右的黄浦江清水蟹,待可以启盖食用时,已成黑红的酱汁带点凝稠,那滋味和各大超市上架的醉蟹截然不同。

那晚我就一直听寿山说,插不上嘴。

一天晚饭时,我特意开了瓶五粮液,又打开盛醉蟹的瓶盖,一股醇香的淡淡的酒味和那淡淡的绵绵的甜味扑鼻而来。我从瓶里逮了只醉蟹放在小碟子里,看着它静静醉卧的模样:那青色的脊背比在活动时略深些,脚爪背阴处通体呈玛瑙黄。这肉上生骨的佐酒尤物曾馋煞了李白、苏东坡、陆游等不少诗人。不过他们是"啖蟹",是煮熟的无肠公子,我则是"嘬蟹",细细地、慢慢地品。我先咪了口酒,然后折下蟹脚放进嘴里……这醉蟹让你说不出个准确的味道来,也难怪,二十余种的配料,任你怎么想象,想到什么味道就有什么味道。

那天寿山打来电话问我醉蟹吃了吗,我说味道不错,就是舍不得吃。他说十有九人说好吃,说明还拿得出手,你吃吧,我做了再给你送去。有了寿山这句承诺,我便大方地拿出几只送给我的朋友分享。

当我再次拿起酒杯品嘬醉蟹时,倏然想起宋代高似孙写的醉蟹诗:"西风送冷出湖田,一梦酣春落酒泉。介甲尽为香玉软,脂膏犹作紫霞坚。魂迷杨柳滩头月,身老松江瓮里天。不是无肠贪曲蘖,要将风味与人传。"道出了醉蟹的醉美迷人。想着寿山经历岁月配制的秘方,才有了这五味杂陈的佐酒上品。斯时酒香沁人心脾,蟹味绵远隽永,乐得个"且须饮美酒,乘月醉高台"了。

2017 年 8 月

约会

记得那年春夏之交,我正带着文艺小分队在全县范围内进行法治节目巡回宣传演出。已记不起当年是怎么去东勤村的,只依稀地记得去演出那天村里来了一辆手扶拖拉机,到约定的车站接我们。那拖拉机吼喊着开道,在一条逶迤的泥路上一直颠簸到了目的地。接待我们的是姓宋的村书记,演出被安排在船厂的一个车间里。在饭桌上,宋书记指着坐在他旁边那个五短身材、头发微卷、胡子拉碴的人对我说,这位是我们村东勤船厂的胡金才厂长。我欠身和胡金才礼节性地握了握手,宋书记便细数起胡金才的能耐和东勤船厂的蒸蒸日上,并半开玩笑、半认真地说,请你帮着宣传宣传胡厂长和我们东勤船厂,这或许对拓展船厂的业务有点好处。我当时没响。到下午,等我们在船厂职工和村民们的掌声中结束演出,宋书记连连说这样宣传效果真好。我说用这种形式宣传胡厂长不合适,不过我可以试试为胡金才写一篇报告文学。宋书记一听蛮高兴,说那就拜托你了。于是在演出结束后没几天,我再次来东勤船厂,对胡金才作了详尽的采访。当晚在胡金才家和他的小儿子同睡。

万余字的报告文学《属牛的》在杂志的头条发表后,我忙将刊物送去给了宋书记和胡金才。后来彼此就再也没有联系过。

很久以后的一天上午,我设法给胡先生打了个电话,在我通名道姓过后,那头或许是感到意外,抑或是有些许兴奋和激动:是汤老师呀,你好你好!在简短的寒暄后,我说当年为你父亲写的文章已收入我最近出版的《在同一条路上》,我想送一本给你及你的父亲。和你父亲快三十年没见了,也想和你父亲见个面。他连说好好,还邀请我女儿汤小音一起去。我提出让文化活动中心的何文权同去,他说他认识何文权,欢迎欢迎。这胡先生就是当年与我同睡的胡金才的小儿子,现在主管镇里安全生产这一块,事务繁忙,所以约会的日子由他定。

约定的日子,除了胡先生的父母外,胡先生的夫人也来了。我和胡金才见面的那一刻,彼此都愣了愣:岁月弄人,我们都不敢认了。当年我为他写文章的时候他才四十一岁,我年长他四岁,而现在都已是古稀老人了。大家都让我和胡金才坐在一起,何文权忙拿起手机为我们拍照。胡先生的夫人见状,提议吃完晚饭一起合个影。那是必须的。在举杯递箸之间,话题围绕近三十年间农村的巨大变化,在儿女成长中带来的欢乐和经济压力,也说起生活中的烦恼和人在老去中的病痛,感叹人生的不易,最后说到已进入历史的东勤船厂。有这么多故事和经历佐酒,那顿晚饭足足吃了两个多小时。临别时我将签了名的小册子分别赠送给他们父子俩。末了,我还将当年刊有那篇报告文学的杂志双手递给胡金才,说这本刊物也许你早已弄丢了,也许珍藏得很好,但不管如何,我将我收藏了这么多年的东西给你,让你收藏你人生中的那段辉煌,它比起我送你的小册子更有意义。最后我很怀念地说了句去东勤的那条路实在太难走,不然我去你们家的老宅看看你们。胡金才说,那路老早就筑好了,开车很方便,欢迎你来。

临分手时我和胡金才紧紧地握了握手,真诚地互道一声保重。

这个约会,回望了芸芸众生中一员的某个历史片段,很沧桑,也很有人间的烟火味。

遗憾的是把那必须的合影给忘了!

2017年9月

腊八粥

我小时候家境清贫,又遇上三年困难时期,用购粮证购买的那点口粮常使我处于饥饿的状态。

孩子是无忧无虑的,总觉得生活本身就是这样。诚然,也有一点点的奢望,比如新米上市后就盼望着天天能吃到咸酸粥。

家父烧的咸酸粥特别好吃,但又没什么"特别"的地方,只是挑双眼灶上的大锅,将淘好的新米倒入锅内,放入洗净的蚕豆、黄豆、赤豆、花生米等,烧上满满一锅。平时燃料都用稻柴,在烧咸酸粥之前,父亲会在下班后捡一点柴爿或树枝回来晒干,他说咸酸粥要用硬火烧,再用文火熬才好。待粥烧好揭开锅盖撒进食盐后,一股新米的清香和豆兄弟们还在微微欢跳的模样,让我连连咽口水。记忆中第一次吃咸酸粥,父亲盛了一小碗说,先别吃。我不知父亲是什么用意。晚饭前,锅内的咸酸粥已经冷却,父亲点燃稻草再烧,并不断用锅铲兜底翻炒,使原本有点清汤寡水的咸酸粥凝稠。粥稠了容易结锅巴,在它结成锅巴飘出香味诱人食欲的时候就把它铲了。丹阳人叫作"三烤咸粥四烤面",即将吃剩的或者烧好了先不吃的粥、面,就这么三番四次地烧烤、翻炒,才入味好吃。父亲说你现在将先盛的一碗和经过烧烤的比较着吃吃看。我一试,前者清汤寡水且淡而无味,后者咸淡适中,那滋味竟妙不可言。父亲说,关键就在这反复的烧烤中。

一次，听同学说起他家吃了腊八粥，我回去也要父亲烧腊八粥吃。父亲很讶异，他说前几天你不是刚吃过吗？我说那是咸酸粥。父亲笑了，他说那就是腊八粥：我们平时叫咸酸粥，因为条件所限没办法讲究，能填饱肚子就好；如果吃咸酸粥的日子撞上了腊八节就叫腊八粥，这绝不会错。他告诉我，按规矩吃腊八粥应该在农历的十二月初八，十二月为腊月故称"腊八"。后来我翻阅资料还进一步知道，佛教也有腊八节，那是因为释迦牟尼于十二月初八悟道成佛，故也叫"佛成道节"。各寺院在这一天要念经，煮粥敬佛，也在寺院外向众生施粥，即腊八粥。皇家的腊八节极为隆重，粥料品种繁多，除五谷杂粮和各种干果外，还有上等奶油、羊肉丁等。在腊八节前将粥熬好后，皇帝派供粥大臣率领官员首先在佛前供粥，众喇嘛进殿念经，然后把粥献给宫廷，同时装罐密封，由快马将粥送往全国各地按规定品级赐粥。老百姓家过腊八节是将熬好的粥先敬神祭祖，然后分送亲友，最后才是全家人食用。如果过了腊八还有吃剩的，说这是"年年有余"的好兆头。腊八节最早的祭祀对象有八神，后来敬神供佛取代了祭祀祖灵，祭祀的神主要是门神、户神、宅神、灶神、井神等。

细究起来，腊八节内容庞杂，简单点说，这腊八节，佛家、皇家、富人、穷人有各自的过法。以前穷人家熬甜粥放红枣、核桃，我少年时代国家困难，红枣、核桃难得一见，就连放在粥内的蚕豆、黄豆、赤豆、花生米也要用购粮证去买。

父亲走了之后我再也没吃过腊八粥。其一，我不会烧。其二，已不具备烧粥的条件：要用一口大锅，将吃剩下的一烤再烤。现在一个电饭煲能熬多少粥，还有能烤的吗？加之健康理念不同，吃剩下的还要吃上两三天，恐怕早被小辈们倒掉了。

悠悠岁月中，一碗腊八粥尽显富贵贫贱的味道，也如那雅俗、高下和甜酸苦辣的文章。

2018年元月

那位后妈成了我故事剧中的《继母》

2014年11月,已记不清是哪一天了,我被《松江报》刊载的一篇关于后妈用爱撑起整个家的文章深深地吸引了。我知道这是一个编写作品寓教于乐的好材料。巧的是松江区妇联让我承办一台将在全区巡演的家庭美德万家行节目,主题为"议家训家风·创最美家庭·建文明城"。为了更详细地了解这个家庭,我请写这篇报道的记者陪同去作一次深入的采访。

到达目的地,由村委会人员带领我们到主人公的家,见到了头发苍白、已经六十六岁的后妈和她七十岁的老伴,也见到了静静地坐在康复车上的、他们四十三岁的大女儿。当我说明来意,想多了解一些故事细节的时候,老夫妻俩互相补充着述说起他们的结合和后来的不幸:他们原本是一对丧偶的男女,各自有一双儿女。在1986年他们走到一起的时候,男孩分别为十八岁、十七岁,女孩为十五岁、十三岁。这对半路夫妻在旁人眼里并不看好:他们只是在村办厂里上班,小的孩子正在上学,家里还有十二亩田等待他们早晚或休息日去伺候,这明摆着家穷,孩子多,以后矛盾也多。再者,"后妈"在社会上名声不好,尤其在农村,关于后妈虐待非亲生子的传闻很多,所以不看好他们也属正常。但事实上他们夫妻和睦,孩子们感情也很好。待四个子女各自成家,老两口完成了自己的历史使命后,想着该安享晚年了。

可是天不遂人愿,那年,他们的大女儿腿部突然失去知觉,无法上班。父母带着她辗转上海各大医院治病,最后才确诊她得的是"进行性腓骨肌萎缩症"。这种病极为少见,平均每两千五百人中有一个会得这病。这病最初的表现是小腿肌肉无力,逐渐蔓延到四肢,然后是全身肌肉萎缩,丧失自理能力,吃喝拉撒都要人服侍,医生判定一般最多活十五年。大女儿刚有病那阵是住在婆家,这个当妈的每天要步行几千米去帮女儿洗衣烧饭。女儿病情加重后无法大小便,上下床要人抱。当妈的为照顾女儿方便,就和老伴商量后把她接回家。自此,当妈的每天清晨起来,料理家务,抱女儿上卫生间,给她穿衣服、洗漱……当妈的身高只有 1.53 米,体重 45 千克,每天要把女儿抱上抱下好几次,喂水喂饭,擦身按摩,累得满头大汗后,还要下地、做家务。听别人说泡脚对这样的病人有利,当妈的就戴起老花眼镜绣起了花,赚取点手工费为女儿买了个足浴盆,每天用艾草为女儿泡脚。镇政府和村里也很关心他们,镇里还发动全镇的工矿企业为他们捐款……当年女儿得病时二十八岁,当妈的才五十岁刚过,现在岁月留给她的是严重的腰肌劳损、心脏病、高血压、高血脂,而且又多了个糖尿病,她再也抱不动已经是四十三岁的女儿了,只能叫老伴搭把手抬着女儿上下床。医生说过对病人要勤护理,不然会得褥疮的。当妈的不敢马虎,自此夏天天天给女儿洗澡,冬天天天为女儿擦身,睡觉前要帮女儿翻几次身,半夜起来也要翻几次。每天傍晚,她还推着康复车出去,让女儿放松心情。当地镇政府和村里为减轻两位老人照顾和护理女儿的负担,提出如果让他们的女儿去阳光之家,两位老人要轻松得多——当爸的已是七十岁的人了,为了女儿的病想多挣点医药费还在坚持打工,也曾病倒过;当妈的积劳成疾,已出现过两次脑梗。这个决定女儿本人也同意了,老伴想让当妈的省力点当然也赞成,可遭到她劈头盖脸的大骂：她叫了我三十多年姆妈，现在正生重病，姆妈为女儿付出是应该的，哪能好推出去？只要我还有一口气，我就要照顾好她！

她第三次脑梗是救护车急送医院的，医生说幸亏送来及时，否则连命也没有了，要她在医院好好养病。可她想着家里的女儿，也想着老伴照顾女儿的吃喝拉撒太吃力又不方便，所以没听医生的劝阻就回来了。她说我不能走，只希望多活几年，女儿是我的牵挂，她要我照顾！女儿也总是含泪对他人真诚地说，我对亲妈的印象已模糊了，但老天给了我一个胜似亲妈的后妈。

当快离开这个不幸而有政府、村里关心，清贫而又和睦的家庭的时候，我摸出了一个装着我心意的信封，递给了她的老伴。他说：太谢谢你了，老师你姓啥？我说我此来的目的是想写好家庭美德的节目，让这个优良传统发扬光大，我姓啥并不重要。在回来的路上，我对记者说，你能否在报纸上发个短文，别提我名字，就说有好心人向某某家庭捐款，目的是希望有更多的人能向这不幸的家庭伸出援助之手。记者点头答应了。

后来我把采访来的材料写成了故事剧《继母》。剧情没任何虚构和夸张，只是在细节上处理得十分用心。在六十场的巡演中《继母》作为压轴戏，每当演出时总是令观众动容，唏嘘一片，就连台上的演员也禁不住泪水涟涟。

传承家训家风，发扬传统美德，我用钦敬之心，潜心做好宣传。

2018年1月

经纬篇

叶榭友人来电话：脚匾已做好，编来横灵，明天给你送去。

村民都把竹匾称之为脚匾，"横灵"自然是指这匾编得很好。这使我想起了买回来的那只不称心的匾。

那天我在邻区一条古街拐弯处的日用品店里看到了不少久违了的器具：镰刀、锄头、铁锴、火钳、马桶、脚桶、煤炉、铁锴柄……柜台上还摊着各式大小不一的竹制品，诸如饭篮、方篮、匾、刷锅的洗帚，等等。我很惊讶，在农村城镇化的今天，这些器具远离我们已有些年头了，在这儿怎么会应有尽有！那个直径近50厘米的竹匾标价六十元，那个洗帚大的五元，小的仅仅是四元！我的天，这么复杂的工艺，这么便宜，这些手艺人都疯了？以洗帚为例，放在这商店里出售，仅四五元钱（后来我在景区看到过，一个洗帚二十五元），从手艺人那里批来也就两三元钱吧。

我是个怀旧的人，看到这些我年轻时都用过的制品，恨不得一下子把它们都搬回去，慢慢回味曾经的岁月。可最后我只选择了一个洗帚、一只匾。

说实话，我买那只匾，犹豫了老半天后其实不想买了，原因是那匾制作粗糙，用料又是黄篾（即竹子的第二道篾），边框用黄色塑料带箍扎。那做边框的竹条也没打磨，棱角锋利很容易扎手，只能远看，经不起细察。但在我游览完老街后，想着如不把这匾买回去，以后也难看到它了，于是才决定买下来。

而朋友送来的匾一看就让人喜欢。它直径55厘米左右，用的是头道篾，抚摸时手感光滑平整，边框打磨得溜滑，用藤箍扎，经纬交叉间严丝合缝。那竹子的淡淡清香沁人心脾，它高节的品性遇上了高人的制作，成就了这高水平的工艺品。我看着这个竹匾，猜度制作它的人一定也是个心思缜密严谨，做任何事都一丝不苟想追求完美的人。

由匾及人，我很想见见这位制作竹器的高手。

去拜访这位竹器匠人的路上，友人介绍，叶榭竹编工艺源远流长。据记载，五代后周时期，华亭县盐铁庄（现叶榭团结村）有一位叫陈山的竹编世家，其竹刻、竹编曾是吴越国的贡品。叶榭的竹编业兴盛于唐朝，二十世纪八十年代初，几乎村村还都有竹匠，也出了不少手艺出众者。今日去拜访的正是区级非遗传承人、百姓明星，十五岁开始学竹编的唐正龙师傅。

唐师傅的家在一个偏远的村子里，友人骑着电动车带着我七拐八弯竟没了方向，在给唐师傅打了两次手机问路后才知道走过了头。等我们赶到时，他正在门口迎候我们。

果然，唐师傅的家整洁有序，看得出这不是来客了临时打扫的那种，而是性格使然。客厅的西面靠墙处摆放着各式精巧的竹器，与送给我的竹匾在质量上毫无二致。唐师傅告诉我，他有点年纪了，这些样品或说范本，有部分是仿日本竹编样式再创作的器物，放在眼前提醒自己，下次复制就方便多了。唐师傅有个习惯，他凡在外面看到新款竹器时，会用手机拍下来，回来尝试着改造出新。有时为了攻破某个技术难关，哪怕是在半夜灵感突现，他也会马上起床研究试编。唐正龙说，当年学竹编是为了谋生，现在钻研它是一种责任。2010年他和另几位竹编手艺人的作品走进了世博园，2015年他还应邀参加韩国

"筷子节"竹文化展示,获得了一致好评。

非遗传承人的"传、承"两字责任重大,因此现在唐正龙不仅收徒弟教授手艺,还每周一次去张泽学校开设的竹编兴趣班讲课。此外,在区文广局、上海视觉艺术学院"政校共建合作"的"非遗进课堂"课程中,他教授大学生们竹编基本功,共同搞起了文创,还去好几个镇的幼儿园向孩子们展示竹制技艺,忙得不亦乐乎。

我在2018年10月30日的《松江报》"百姓故事"中看到唐正龙的一幅照片,他手拿篾条正全神贯注地制作竹篮,这让我思索了好久。透过照片,我看到篾条的经在唐朝那头,篾条的纬在岁月中排序、编织起草民的生计和竹器的历史,竹器里留存着过往的旱涝灾难、烽火狼烟、太平盛世……

这经在绵延,这纬要有后人续上才能传承无缺……

看着唐正龙低头凝神的模样,一股崇敬之情油然而生:给你点赞,唐师傅,拜托了!

2019年1月

沾光

《松江报》副刊上那篇《小小的一座院子》让我想起了1987年在鲁迅文学院读函授结业后发生的事。

在那之前,我一直在想,在报刊征文中我的习作大多能达到发表水平:比如1974年四届人大召开前夕,县文化馆组织业余作者写诗,这是另一种方式的征文吧。我和一位在郊区小有名气的作者合作,我们商定共同署名,但谁有构思谁写。当时他执笔的没发出来,我写的一首《欢腾的水乡》由《文汇报》发了,还有较好的评论。后来我还在田头的高音喇叭里听到上海人民广播电台的朗诵,再后来这首诗让北京一家教育出版社收进了集子。又如1976年《解放日报》发起征文,我投去的小说《新苗吐翠》发了。再如四川的《青年作家》小小说命题《街头》征文,我寄去的习作也刊登了……但我弄不懂的是,除征文之外偶尔有感而发写的,自己觉得还可以的东西,投出去却极少被刊用,而且往往是在小样寄来之后,朋友们都为我高兴,我更是长颈鹤望习作能早点发出来之际,不少作品却没能冲过生死关,让我空欢喜一场。朋友们都为我惋惜,都说我在创作上多灾多难,那一段时光我也认定自己是运交华盖。正想着自己怎么才能提高写作水平时,恰逢鲁迅文学院函授招生……

1986年春开始,我整整一年在函授学习中,或认真做好作业,或将旧稿寄出,而在老师长长的回复中,我感到他们对我的好感和鼓励。于是在学期最后一次寄交作业时,我恳请老师在代号前面现身,留下真实姓名,以便我择时向他当面请教。可老师回信说学院有规定,不能用真实姓名为学员批改作业,请我原谅。

函授结业没多久,我收到宁夏一家市级刊物的约稿信件。我很奇怪,我和那家刊物从无来往,他们怎么会那么准确地找到我?对了,我的通信地址留在了鲁迅文学院,要找到我这无名之辈这是唯一的路径。不管如何,此生第一次由外省市的正式出版物约稿,这给了我机会,也给了我丰富而膨胀的想象。

于是我寄了一篇小小说过去,他们很快就刊发了。

后来那家刊物的头条发了一篇报告文学,我看后便去信说我也可以为贵刊写报告文学,但要求把文章放在刊物的头条。他们答复说,看了稿子的质量后再决定。于是我寄去一篇近万字的《辰山的形象》,果然在刊物的头条发了。紧跟着我又写了篇《属牛的》,也在该刊头条发表。事后有友人告诉我,他在上海人民广播电台里也听到了《属牛的》,不过,广播稿短了点,题目也改成了《属牛的厂长》。一次,我在一个乡里的饭局上说起这事,正巧坐在同桌的那位乡广播站的同志说,那篇广播稿是他根据我的《属牛的》缩写的,他站起来和我碰了碰酒杯,算是向我打了招呼。

后来我在《河北文学》上看到征文,他们需要报告文学。这可是一家有名的省级刊物,许多大作家都为它写稿,其中一些人还是从这家刊物飞出来的。当我投出《蟠龙风采》时,我没敢提把文章放在刊物头条的要求。我知道宁夏那家刊物是上门约的稿,我要求文章放头条有些底气;这一次是我应征,人家又是省刊,提要求真有点心虚。不久该文竟也在报告文学栏的头条发出来了,我兴奋了好多天。我文中的主人公比我更高兴,因为报社曾经采写过他,当地有关部门没同意发表;

而在我的文章刊登后不多久,《解放日报》也报道了他的事迹。

　　函授中经高人指点有了些许进步,友人却说我这是沾了鲁迅文学院的光,没有宁夏那家刊物开头的约稿,哪会有《河北文学》上接连几篇的文章!沾光?也许是吧,但也许自己在写作上真的进步了。不过,我现在这篇小文倒是实实在在地沾了那篇《小小的一座院子》的光,试想,如果没有它作引子,又哪来我这篇《沾光》呢!你说是吗?

2019年1月

暖暖的，长长的

那天午饭前，我照例先喝酒，酒还没喝完，外孙囡玲玲和她母亲进来。她喊了一声"大大"（她从小喊惯了大大奶奶），然后把两个小礼盒在我面前一放说，祝大大健康长寿，生日快乐！

实际上我一向把庆生不当回事。记得五十岁那年的生日，我没邀亲朋好友，就像平常一样吃了碗面。而上海的姐姐为我买了件衣服，她一双儿女给我这个舅舅各自汇来了一百元钱。我当即把钱退回去，衣服我收下了。退休的前一年，为回应亲朋的"什么时候做生日"，我发了预告：一律不邀。哪知我的小连襟在背后发了脾气：不邀就不邀，像是吃着伊的！当然也有其他杂音，后来我妥协了，把本已回掉的亲朋重新请回来摆了几桌酒。七十岁前，我早早地和各家打了招呼，尤其对小连襟说了，这次别逼我了，但以后你们谁家庆生，我都会去的。

玲玲送生日礼物给我，我一点也不奇怪：她出生以后，就由奶奶去上海照顾她；后来她读书了，父母都要上班，也是由她奶奶扔下我去陪她，照顾她的生活起居；寒暑假她来我家的日子多，所以会说一口纯正地道的松江话，准确地说是一口乡下石家浜话。玲玲和奶奶最亲，即便是在西雅图留学的日子里，她打来的越洋视频电话成了一老一少的两人世界，也让那石家浜话绵密得撕扯不开。

玲玲说阿姨生日我送蛋糕，大大生日我送长寿面和温酒器。然后她急不可耐地从礼盒中取出温酒器和长寿面，放在我的面前。我看那温酒器是一个精巧玲珑的小罐，内有一个容酒小壶，在罐内倒上开水后，小壶放入罐中，塞上木塞，罐口倒扣一个酒杯，待三五分钟酒便温热了。这温酒器用的是景德镇的高白泥，用珐琅彩的制作工艺，加之金丝描边，着色处都有细微的凸起，呈现出不一样的质感和富贵气派。它的下半部仿古江崖海水纹设计，俗称"江牙海水"或"海水江牙"，是常饰于古代龙袍、官服下摆的吉祥纹样，斜向排列着不少弯曲的线条，名为"水脚"，水脚之上翻滚的水浪，水中立一山石，祥云围绕，它的寓意自然是福山寿海。此物具有宫廷风范，要是皇上御用，它的寓意便不仅是福山寿海，更有一统江山的内涵。我把玩了多时才小心翼翼地将它放入礼盒。我又拿起长寿面细细观看，一只四四方方中国红的礼盒，内装同样是四四方方的四小盒蔬菜长寿面，这是北京御茶膳房的食品。一个小盒内只有一根面，其长6.6米，重60克，面上刻有回形纹及喜庆祝寿的话。

本来想放下酒杯吃饭，玲玲则拿起温酒器去洗了洗说，大大，再烫一点酒。其实我在各种饭局上已有近三年不喝酒了，就怕在好友劝酒下不胜酒力出洋相，也曾耳闻目睹上了年纪的人在宴席上喝出事来。但我在家里每晚还是会喝一点的，不过量不多，即便有合胃口的下酒菜，即便老婆女儿难得劝我再喝一点，我也摆手不喝。而玲玲这么一劝，我便毫不犹豫地应了声，好，再喝一点。于是玲玲给我温酒，女儿手忙脚乱地为我下长寿面。酒很快就温好了，可煮那一根面倒足足花了一刻钟的时间。玲玲见状揭下温酒器罐盖，取出内胆拔出木塞，将酒倒入杯中。我则将放入调料的面拌了拌，又挑起来对着明亮处看了看，那清晰可见的回形纹，那清晰可见的"福如东海长流水，寿比南山不老松""生日快乐身体好，年年岁岁有今朝"的贺词让我想了很久。

玲玲看着我问,大大,怎么样?我没急于回答,喝了一口酒后,又把面送到嘴里品了一口,点了点头说,嗯,暖暖的,长长的!

她笑了。

2019 年 3 月

赵世祥家的阿姨

我认识赵世祥老师还是在1961年那个深秋,在松江三个剧团(越剧、沪剧、曲艺)联合招生的考场上。那时她是松江越剧团的团长,是《梁祝》中的梁山伯,《三请樊梨花》中的薛丁山,也是松江曲艺团团长石耀亮编剧的《李太白》中的李太白。那时她二十六七岁,人气旺,风头健,即便在上海市区较大的剧场里演出也有不错的上座率。

时光如白驹过隙,而今岁月磨灭了她当年浓浓春色的形象:如今,舞台上那个为求真爱的穷书生梁山伯老了,那个风流倜傥的薛丁山已步履蹒跚了,那个仰面狂笑的诗圣酒仙已是龙钟的老态了。春夏秋冬的叠加让老年人的病症也一一显现,现在的赵老师吃喝拉撒一刻都离不开别人的照料。

有个从小就是赵世祥迷、叫陈菊芳的,在仰慕崇拜偶像数十年之后,在缘来的2013年,在那个六一儿童节,走进了赵世祥的家。陈菊芳初来的时候,赵老师儿子一家从国外归来探亲,她来是帮着赵老师照看一周岁的小孙子的,那时她每天可以回石湖荡那个并不富裕也不算贫穷的家——一个祖孙三代和睦温馨的家。在赵老师儿子一家探亲结束后,陈菊芳便留下来照顾赵老师,那年她五十五岁。

刚来赵老师家的那段日子,由于赵老师六七年前有过一次小中风,说话含混不清,她无法听明白赵老师在说什么。而现在,赵老师的一个眼神、一张嘴巴、一个动作,陈菊芳就能心领神会赵老师想表达的意思。

今年是陈菊芳一个甲子的本命年。尽管她身体健康,步履轻盈,看上去比实际年龄要年轻很多,但如今在赵老师家她的压力不轻:她是赵老师的依赖,赵老师每时每刻都离不开她。比如赵老师要上个卫生间,陈菊芳要扶着她;赵老师要洗个澡,陈菊芳要帮着她擦洗。还不时去小区卫生服务站替赵老师拿药,一手张罗着买、汰、烧。天气晴朗的日子,她让赵老师坐上康复车,推着在小区里共同沐浴明媚的阳光。她朝朝暮暮伴陪着赵老师,没有时间回家,倒是她老公难得抽空,带上自家种的新鲜蔬菜来赵家耽搁一夜。

今年春节前后,我两次去看望赵老师都扑了个空。第三次去时才知道,赵老师由陈菊芳的儿子接了去石湖荡过年了。这已经是第三个年头。陈菊芳说每年的清明节、劳动节和国庆节,她都会把赵老师带到自己的家中热闹几天,赵老师早已融入了陈菊芳的家庭,从年龄上说,她在她家可谓是"老祖宗"级别了。

赵世祥肖猪,今年也是她的本命年,大陈菊芳二十四岁。陈菊芳管赵世祥叫赵老师,而赵老师叫陈菊芳为阿姨。那天,我正和赵老师说着什么,她突然转身对坐在旁边的陈菊芳说,阿姨,你药膏抹了吗?别忘记噢!陈菊芳说这两天她正患皮炎,让赵老师很上心。

赵世祥和陈菊芳情同母女,而陈菊芳对自己的崇拜者不离不弃,有情有义。这让笔者感慨之余忽发奇想:如果有人把上述故事编个人心向善的越剧小戏,倒是蛮有意义、蛮有张力的。

2019 年 4 月

枇杷那点事

多年前,朋友送来两箱枇杷,个大浑圆,表皮有一层薄薄的白霜。它不是鸡蛋红,倒像小鹅刚刚破壳而出的那种淡黄。这品种虽然好吃,但不是本地货,而是"远来头",以后恐怕也很难吃到它了。

于是选几颗枇杷核播种在南窗下的草地上,异想天开。

我平时也没怎么去侍弄它,不过有时起身开窗的那一刻,多瞄了它一眼,行个举目礼,算是无声的问候,实际上是无声的催促,催促那份鲜甜、催促那份本地区的绝无仅有。

为了日后采摘方便,我连续两年胡乱地修剪枝丫,把蹿高的主干也硬生生地给截去了。

去年冬天,老婆惊喜地发现树上已结了枇杷,我特意下楼去看了看。果然,那状如小胡桃、色如橄榄青的果实紧挨在一起,它们有点好奇又带点羞涩地于树叶丛中探出头来偷窥世界。眼看着枇杷慢慢地由青色转换成淡黄,岂料不速客却来了个捷足先登:那些白头翁成双捉对,悄无声息地飞到树上,乌黑的野鸽子也贴地飞行偷偷地上树,它们自然是冲着枇杷来的。可任我怎么扯着嗓门驱赶,它们就是赖在树上不走。这情景要是发生在四十多年前,它们都是我枪口下的猎物。如今为了保护生态环境,我的气枪早已上交,还渐渐地多了一点佛心的慈悲,只是想着把它们赶走就好,于是急速下楼。在我将要走近墨绿如盖的枇杷树时，它们才恋恋不舍地飞走。我近前一看，傻眼了：那些个大泛黄的枇杷大多被啄得惨不忍睹，有的只剩半个还挂在树枝上，也有不少被啄落的。我想你们吃就吃吧，这样恣意地糟蹋也太让人心疼了。这树第一年挂果，量又不多，这样折腾下去还不被摧残完了？于是我挑出那些成熟的还没被侵犯的枇杷采了下来，拿回楼上连洗都没洗，就和老婆、女儿分享在鸟口中争夺来的食物。刚撕开果皮，那果汁就涌了出来，弄得我满手都是。咬一口，枇杷上的蜜汁就往地上滴，那鲜甜中带点微酸的口味，在我整个记忆里都搜寻不到有其他品种的枇杷能和它媲美的。这也是鸟们厚着脸皮赖着不走的原因。

老婆每天没事时会站在窗口驱赶鸟雀，我有空闲也会下去巡看一番。就这样坚持了两天，采了一些枇杷，原计划是分送给亲朋品尝的，正赶上我有点咳嗽，老婆说枇杷能治，你就留着自己吃吧，待下回采了再送人。

那天下午我从外面回来，老婆告诉我，刚才有两个人在树下，一人采了枇杷放进另一人的塑料袋里，还一边吃一边采，任我老婆怎么制止，她们只是旁若无人地照采不误，让人误认为她们才是枇杷树的主人。老婆让我快去看看，说能采的尽量采下来。我向窗下望了望，不见了鸟雀，便急忙赶到树下抬头搜寻，却全没了枇杷的踪影，就连那青果都不留一个！

我突然明白了什么叫斩尽杀绝。

2019 年 6 月

我快乐

当年,我在下伸店的第五个年头,领导把我从城西公社工农大队(现在的永丰街道薛家),调到了联丰大队的下伸店。和我一起被调去的是个快要退休的老顾,他个子矮小,戴了副眼镜,暗红的皮肤,佝偻的背。他心脏不好,也常见其手抚胃部,扭曲着脸痛苦地哼哼,那模样很吓人。老顾除了每月的休息日回去外,一般不太走动,守店为家。之前,公社的宣传部门经常向供销社借我去搞创作或演出什么的,店里职工很有意见,供销社的领导也不乐意,但也不便回绝。当我调到联丰以后,领导便有了不能借我的理由:联丰店就两个职工,要进货要轮休,一个职工年老多病,说不定哪天瘫倒回家了……

这联丰店比不得工农店。工农店那里交通便捷,小店旁边就是公路,前方五十米处是一个车站,有公交车直达601厂。店里有五个职工,西面一墙之隔是大队部,再往西南一点有翻砂厂、服装厂,服装厂的北面是肉店、理发店。工农店有专职的进货员,进货不是开小货车便是手扶拖拉机,如逢店里少量货物断档,进货员踏上黄鱼车就走。而这联丰店是处在附近没有人家的一个大四合院内,门内两侧面对面各有三间厢房,西侧南面第一间是大队的卫生室,另两间是大队的办公室,东面的第一间是两个女知青的宿舍,中间一间是下伸店的店面,第三间是店员的宿舍兼仓库。再北是一个面南背北高出厢房的大通间,无门无窗,地上用砖块垒起,上搁长长的宽厚的木板,地上还凌乱地扔着小捆稻草和稻草打成的草团。问了赤脚医生才知道,这里是召开全大队会议和文艺活动的场所。这让我蓦然想起延安抗大那艰苦学习的生活。赤脚医生告诉我,每逢大队开会或有文艺宣传演出,小店就会被拥堵包围,店员忙得七荤八素。平时来买东西的人不多,因为联丰离县城近,男人们去县城吃早茶,家里要点什么也就带回来了。听说这小店每个月的利润也不够两个职员的工资,供销社早就想把小店撤了,是这边大队领导的一再要求,才把它保留下来。

我来联丰店时隔壁女知青的宿舍锁着,直到春耕开始,才见到她们的倩影。白天有人来卫生室,或找大队领导,顺便在小店里带点东西回去,一到晚上,大院又没大门,一年三百六十五天,天天向好人也向坏人敞开着,如果女知青不在,小店里只有一个人值夜,偌大的四合院里万一有什么情况发生,那真是"叫都叫不应"。

我的家在金沙滩的人民河边,从这里翻过铁路回去很近,但我享受这儿夜晚的宁静,更享受白天的安谧。在工农店生意忙不说,环境嘈杂,静不下来,每逢星期天601厂厂休,那里简直像是赶集。这儿顾客少,坐着没事可以看书,可以构思,可以创作。店里如果要进大件的货物,比如甏装的酱油、乳腐,袋装的食盐和红糖、白砂糖,桶装的食油,等等,就和同水路的相邻小店商量,为省点费用合叫一条船进货,船到联丰附近的河滩,再请农民工挑着驳回店里。如果平时店里缺点日用食品,我就挑起空箩沿铁路走到包家桥供销社仓库去提货,那一个来回少说也有六七千米的路程。一袋食盐百来斤,一桶食油四五十斤,还有其他的东西,那肯定是挑不动的。因为联丰店的情况特殊,开票后可以先提少量食盐,余下的下次船装,但油桶是马口铁的,必须原桶带走。这样,一个月至少也得跑两三次。如果接到通知分配下来带鱼、黄鱼什么的,还得赶快去拿回来,和大队商量着处理。好在后来经熟悉路径的人指点,抄近路、窜小弄堂,少走很多路。"双抢"大忙的时候,如果在工农店,两个人一辆黄鱼车,装上满满一车的货物可以直送到田头或社员的家门口。碰上进货的日子,还能顺便带上两箱棒冰,一箱在店面供应,另一箱可以带到田头场地。而在联丰,我只能挑着一对篰,装一些生活必需品,比如肥皂、卫生纸、香烟、茶叶以及十几包一斤装的食盐、十几瓶灌好的酱油。当然,担子再沉,一甏乳腐和十几包散装好的萧山萝卜干是一定要带上的。

那一年,在进货的路上,留下了我重叠的脚印,在"双抢"和秋忙季节,田头、场地的沟渠里,哗哗的流水中,倒映着我头戴草帽,肩上搭着擦汗的毛巾,双篰被人围住时那忙碌的身影……

老顾每每见我或进货去,或送货到田头回来,那晒黑了的皮肤上汗水如注,脱下的衣服不多久便绽开白色的盐花。他说,这里比其他的店要艰苦得多,年轻人都不愿来。我说,我是主动要求来的。老顾说,你思想真好。我说,不,我自由散漫惯了,公社又经常借我,那是我最喜欢做的事,现在他们就直接找我了,每次都是你批准了我才走的,这要谢谢你。老顾愣了愣说,我能批准你?我说,每次公社来电话,你总说我在店里,你去吧。老顾听后哈哈大笑。

我快乐。

2019 年 8 月

凡人凡事

沈松棠是我小学时的同班同学，1966届高中毕业后不久，病魔便开始威胁他的生命，那年春节期间急送医院，胃部切除了四分之三。这让还不满二十周岁的他，只能在家里"孵豆芽"养病。松棠兄弟姐妹六人，他是老二，全家八口人，就靠在奉贤酿造厂工作的父亲那一点点的工资苦度光阴，生活上常有舌头舔不到鼻头的时候。多亏他母亲有一手过硬的中式服装的裁剪功夫和漂亮的针线活，她除了为六个孩子买、汰、烧，在豆油灯下催促孩子们认真做功课，还常为街坊邻里制作衣服，就连我们父子也请他母亲做了好几回，他全家也因此弥补了经济上的短缺，在清贫中享受着温馨。沈松棠在动了大手术之后，病体的调养当然是必需的，然而家里的经济状况明摆着，虽然父母绝没有半句怨言，但他心里总不是个滋味：本应分担一点家里的经济重担了，现在却拖累了父母。沈松棠一直在愧疚、自责、不安和烦恼中煎熬。孵豆芽的日子一直持续到1971年的元旦过后，他被分配到松江县饮食集体总店稻香村糕团店当学徒，他惊愕了：一个高中毕业生，还指望着上大学呢，一场大病过后竟被发配到那个不需要文化，也没啥技术含量的饮食店去，他想不通，也没有去稻香村报到。是总店的支部书记上门来做思想工作，也想到自己已经二十五岁了还让父母养着，这怎么也说不过去，他硬硬头皮只好去稻香村上班并拜师学艺。

糕团店的工作很辛苦,每天清晨必须在三点以前到店里生炉子,然后按照师傅的指点和示范学揉面粉,学氽油条,学做糕团,等等,也常常是放下这个拿起那个,整天像陀螺那样不停地转,直到下午一点下班前,都是站着工作的。由于沈松棠工作认真,业务技术提高飞快,在他当学徒的第二年年底当上了稻香村门市部的负责人,这在当年也是一桩不小的新闻。后来他又当上了集体饮食总店的副主任,还入了党。

本以为会在"民以食为天"的天地里施展身手到终老的,岂料在几年以后,沈松棠被借调到松江职校教授学生面点制作。几年后被正式调入松江职校从事烹饪理论和实践教育。松江职校和大江职校合并以后,他仍坚守在琢玉成器的岗位上。值得一提的是在这之前的1996年,泗泾的上海市少管所考虑到让问题少年出去以后能有个谋生的手段,特请沈松棠以每年两期,用星期六、日的时间为这些问题少年进行中式面点师培训,这份工作他前前后后干了八年。

2002年秋,沈松棠被学校派到老年大学从事烹饪教学;2007年退休后,他仍留在老年大学一直干到现在。

五年前,笔者曾建议他出一本烹饪类的书,后来他整理了自己多年来积累下的教学经验,编写了上下两册教材,很受老年学员的欢迎。

沈松棠二十年的教学工作,各类证书奖项一大堆。常听他说有学生为感谢师恩请他去聚餐,也常有学生请他去摊点、饭店、宾馆等现场指导。学生中有竹筷子饭店的老板、现任松江区烹饪协会的会长李聪等。

那天沈松棠来我家闲聊,说起洞泾方面向他发出邀请,今年9月,老年大学开学时有一门烹饪课,请他指点把关……

凡人沈松棠,做的就是凡事。

不过我想，正是这许许多多的凡人凡事，脚踏实地编织着共和国的富饶和美丽！

2019 年 10 月

老人·老马

友人转发一个视频给我,画面上一位老人坐在康复车上,右边的床上只有木棚,没有垫被,一条被子也只有被面子没有被夹里;床的左边地上是一个被放倒的四四方方的木架子,上搁一块木板,旁边是炉子、水壶及水桶等。一匹黑马站在主人的面前,它个头不高,缰绳始终拖在地上。

画面的字幕介绍,黑马在主人身边已经十多年了,如今主人老了,身患残疾,行动不便,黑马也老了。画面上,老人对黑马指指地上那根离自己有点距离的拐棍,黑马心领神会地过去,咬起拐棍轻放在老人的脚脖上;老人在门外路旁晒太阳打盹,一阵大风将帽子吹走,他向屋内的黑马招招手,指指远处地上的帽子,黑马便过去将帽子衔起来交到主人的手上;主人叫他去把晾晒的衣服收回来,它拐进小胡同,从场地上的晾衣绳上收下衣服;这边主人要接水,把塑料管对着水桶的时候,那边黑马咬住电闸手把上的圆环往下一按,主人手上水管里的水马上欢快地往水桶里奔涌;当主人将水壶灌满,示意要烧开水时,黑马就叼起水壶坐到炉子上;主人要吃药了,它会将矿泉水瓶衔到床头;主人睡下了,它怕主人着凉,给他盖好被子……而主人吃香蕉,他先拿一根送到黑马的嘴里;不远处那屋檐下堆放的网袋里可能是马儿喜欢吃的胡萝卜,也可能是玉米棒……

古人是以忠孝节义作为道德标准来普世教育的,而忠孝节义德配的竟是四个动物:羊生下来不用教就跪着吃奶,天性是孝;老虎终老只生一胎,恪守妇道,绝无绯闻,是为节;狗在主人穷困潦倒,养不活它时,它会去外面觅食,填饱了肚子再来守护你,义在不离不弃;马是出了名的忠,当年项羽兵败到乌江边,他让跟随自己出生入死的乌骓马渡过江去。船到江心,乌骓马见岸上主人拔剑自刎倒下后,它一声惨烈的长嘶,纵身跳入江中,随主人而去。我少年时代曾看到过一本连环画《草上飞》,草上飞是一匹解放军的战马,主人身受重伤,无力站起,草上飞卧到地上,让主人爬到它的背上……而视频里这黑马的表现更是一年三百六十五天始终如一的,怎能不让人感动,怎能不让人暖心!

不过,这画面似乎不够完美:不论马的主人是孤寡老人,还是子女不愿尽孝,如果基层的有关部门根据有关的精神担负起相关的责任,让政策成为光照和温暖直达人心,那该有多好!而马的加入只是以行动劝人为善,让那些做晚辈的有触动而自愧自省。

2020 年 5 月

惜福

记得我们上小学的时候,每逢秋收时节,班主任总会带我们去农田里拾稻穗,他请来当地的农民给我们讲述播种和收获的全过程。一切都处于启蒙阶段的我们觉得好奇有趣,一边低头寻找散落的稻穗,一边细听农民伯伯的讲解:同学们,这种稻呀,首先要播种育秧,待秧苗出土长大一点,再扦插到水田里。在秧苗成长的过程中,我们种田人要顶着烈日迎着风雨,拿着长长的耥耙在秧苗的行距间耥稻,以除杂草将土耙松。再过一阵子,我们要扎起草裤(类似席草编织的围裙)跪在水田里耘稻,就是双手似在稻根周围摸索什么,其实是在拔除长大了的杂草。有时在耘稻跪行中偶尔让小砖块、碎玻璃划破了膝盖、小腿,鲜血滴在混浊的泥水中,和泥水共同滋润着秧苗。稻田里要不断地灌水,所以在水田的阡陌间、垄沟边常常有一个拿着长柄铲的放水员快步走动巡看,他的任务是见田里水小了便把水引进来,涝了便赶紧把水放出去。其间还要施肥、除虫,待稻子长大了还要剔除混在稻子里的稗草,稻子收割起来要脱粒、晒场、轧(碾)谷。等新米上了餐桌,人们在回望全过程时会感受到我们种田人"一粒米七担水"的说法毫不夸张,丰收也是靠膝盖跪出来的,所以呀,我们一颗粮食都不能浪费。末了班主任口吟"锄禾日当午,汗滴禾下土。谁知盘中餐,粒粒皆辛苦",在同学们心灵里播下了"一粥一饭当思来之不易"的种子,也让同学们知道了拾稻穗的意义。

那年,我跟父亲去新华书店买年画,我就挑了张《颗粒归仓》。

那个时候,在广播喇叭里经常能听到弹词名家严雪亭演唱的开篇《一粒米》:"一粒米啥稀奇……"说的是积少成多聚沙成塔的道理,也从中知道了毛主席说的浪费是极大的犯罪。

不知从什么时候起,餐桌上的浪费闹大了,由宾馆、饭店蔓延到凡是有食堂的地方。

我们这一辈人,对餐桌上的浪费极为反感。因为当年我们正长身体的时候,国家经历了三年困难时期,忘不了每月的定量只给四五斤大米,其余的都配给麦片、鲜山芋或山芋干等杂粮。为了填饱肚子,想着法子创新:抓少许米放入热水瓶,倒入开水闷上一夜,那味道至今记忆犹新。为了多吃一点,半夜里去菜场排队买分配的蔬菜(去晚了怕买不到),回来烧菜粥。那年头人人忍饥挨饿,面黄肌瘦……

过去亲朋上门,主人会去买菜自己烧,吃剩的仍在自己家的碗里。后来改变了待客之道,流行上宾馆去饭店,吃剩的菜肴当着客人的面拿回来也太那个,于是硬硬头皮有腔调地掼派头,久而久之也就习惯了。难忘那一次,我的好友招待远道而来的宾朋,他出手慷慨,宴毕还吃剩了好多的菜,但在众目睽睽之下碍于面子,那剩下的佳肴都成了餐桌上的垃圾。其实我辈也没有超凡脱俗,看着浪费,皱皱眉头,着实心痛,但也只能从众。提倡"光盘行动"后,饭局结束,主人就有了个打包的"落场势"(由头)了。

近几年过春节,我都会暂离红尘走近香火,去山水竹林丛中的寺院待上几天,享受那里的宁静安谧,嘴上也多了一个词:惜福。吃饭时间,只要居士和僧侣们走进斋堂,不管是围桌而坐或是单独用斋,都不会吃剩饭菜,那是对食物的敬畏。如果凝稠的米粥还粘在碗上,会倒点开水用筷子搅洗干净,连同开水一起喝完。即便是做佛事吃剩了的饭菜,哪怕再吃上十天半个月,也必须把它吃完,这是惜福。

其实惜福是积德,惜福是育人,惜福是大多数人的心愿。

2020 年 11 月

三角包

大概在我四五岁的时候，比我大十岁的哥哥带我去买长生果（花生）。店主问要大包还是小包，我哥哥反问大包和小包的价钱。店主说大包五百块（老版人民币，即五分），小包三百块。哥哥要个小包。店主左手拿起戥盘秤，在柜台上的玻璃瓶里捞了一把长生果一称，然后拿起一张长方形的木色纸张，左手捏住纸张的左下角，把戥盘里的长生果倒入稍稍竖起的纸张上，右手在纸张下方的三分之一处折起，和左上方形成对角，然后变魔术似的这么三折二折，纸张和长生果幻变成了一个漂亮的状如元宝形的三角包。哥哥付了钱把三角包递给我，我颠来倒去地看了很久，从此就认识了这三角包。在我成长的过程中，或父亲差遣，或自己嘴馋，总不免和三角包打交道。父亲差遣大多是买五香豆、花生米作为下酒的配菜，我则大多是在校门口的货郎担上买那花花绿绿、玉米粒大小的弹子糖或甘草橄榄。这些食品都是用三角包包裹的。

后来我家前面的人民河边成了轮船码头，一条条汽油舨驶向四面八方的乡镇。和我们同住在一个屋檐下的陈家伯伯，他原本是走街串巷收纸锭灰的，难度温饱。自这里有了轮船码头后，小街上变得非常热闹，陈家伯伯看到了商机，他马上转行，在乘客候船室的门边设摊，卖起了香烟、火柴、糕点、瓜子、花生及应时水果，生意确实不错。但包装瓜子之类的三角包却将他难倒了。不是包着的食品漏出来了,就是结扣松开撒了满地。不得已他只能将食品放在纸上,两手捧起交给乘客,并一再打招呼:不会包,麻烦你了。乘客皱皱眉头。本来只要打开三角包,一手持包,一手拿食品往嘴里送,多方便,现在要将食品平托在手上,稍有倾斜,食品就撒落到地上,故有的乘客就不买了。陈家伯伯见因不会包三角包而黄了生意,心疼得不得了,收摊后便四处找人求教,一时学不会就请人喝酒,说我是八十岁学吹打,恳请你耐心教教我。来人一边手把手地教,一边说我在南货店里学包三角包,吃了三年的萝卜干饭,你想三天五天就学会,哪有那么容易的。来人临走前将最后包好的三角包往窗外的天井(前院)里一掼,三角包碎了、瓜子撒了一地,而那个扭折成的结(关键点)就是不散。来人笑笑,说这就是吃饭的本事,撒了的瓜子就算你付出的学费吧。

　　三年困难时期,食品匮乏,很少见到三角包。

　　那时我父亲在菜场值夜班。我一人在家睡觉害怕,故在菜场和父亲同睡。菜场隔壁是一个茶馆书场,夜夜客满座无虚席。而场子里总有一个四五十岁的女人,臂挎元宝篮,篮里堆着包得像狗咬似的三角包,包内包着自家炒制的硬蚕豆,每包二十粒卖一角钱,她在场子里还没兜上一圈就卖完了。你想想,一壶书茶只有一角三分,让你享受两小时的耳福,这一包二十粒的蚕豆没人嫌贵,更不计较三角包的卖相难看又不好拿。

　　后来我转岗到农村的下伸店当了营业员,因是半路出家,得从头开始学生意,首当其冲的自然是那个三角包。我见老店员阿牛包得蛮好,便向他请教学习,他说他原是挑换糖担的,进单位后学包三角包也没有师傅教,看人家怎么包,再请教请教。

　　后来,食品慢慢地多了,除了那些南北炒货外,用到三角包的还有少量的食糖、桃片、敲扁橄榄等。其中白砂糖最难包,因其颗粒小,干而散，如果包三角包的功夫不硬刮，白砂糖就会从折边的缝隙中漏出来。

　　逢年过节，婚寿喜庆等礼尚往来送出去的食品是用坑片（粗糙的草纸）包扎的方包或长方形的马头包，包上面盖上一张四四方方、四角又朝向上下左右的大红纸，上面印有福字，左下方标着本店商号、电话和地址，然后再用纸质线包扎。包内大多是红枣、桂圆、红糖、蜜枣等甚至更高档一些的食品，这礼包拎在手上上档次，也"走得出门"。三角包就没有登堂入室的份了，即便作为伴手礼也上不了台面。它包裹的就是寻常百姓的闲趣、消遣、苦中作乐，对包裹它的人而言，这就是饭碗。把三角包比作元宝，那是商家对顾客的祝福。其实三角包包裹的内容还反映着时代的变迁。如今三角包早已销声匿迹，可它留在我心中的记忆却还是那么温馨。

2021 年 1 月

赵世祥走了

惊悉原松江越剧团团长、松江人乃至上海市区的观众都知道的赵世祥老师仙去,是见了《松江人文大辞典》执行主编欧粤先生于2月20日上午11时在群里发布的消息,其称赵世祥在当天早晨4时去世,告别仪式于2月22日上午10时在松江殡仪馆举行。他同时发在群里的还有我于2019年5月15日刊登在《松江报》副刊上的《赵世祥家的阿姨》。我是在2月23日午睡起来偶尔翻看微信才知道的,没赶上在赵老师人生的谢幕时刻送她一程,至为遗憾!

其实,我和赵世祥老师交集不多。她在舞台上风光无限的时候我还小。1962年底,松江三个剧团(越剧、沪剧、曲艺)联合招生的时候,她是主考官之一,我曾当着她的面紧张得有点窒息地唱了几句越剧和京剧。当另几位主考大人点头说我嗓音蛮好时,赵老师说我们越剧团不收男的。

后来能和她接触倒是风雷激荡的岁月促成的。那时剧团停演集中学习,赵世祥和沪剧团的头儿们赋闲在家。当时一个有关赵世祥母亲的故事在社会上传得沸沸扬扬,我便登门当面向她求证,这样便有了来往。当初,她住在竹竿汇街北端面西的房子,我偶尔去她家时总会碰到沪剧团的正副团长施建刚、倪惊鸣及越剧团最早的团长许秀英和编剧沈国民。后来我把好友孙尧春带去了,也无意中成全了他们的姻缘。

　　大约是1992年的春上吧，我带着上海天马影视公司打印的由我编剧的四集电视剧《祝寿》剧本去县政协找到她，我说这剧本是影视公司邀我写的，写成后他们才向我摊牌说，他们公司投入一半的资金，还有一半让我设法去搞点赞助解决，这才找到你，让你先看看剧本再说。当我隔了几天再去时，她显得热情、兴奋，她用那浓重的诸暨话说：汤炳生，我勿晓得侬会写剧本，侬格戏写得莫佬佬好（极好）啦，我一夜天看好，早晓得介么（这样），我老早请侬到剧团来当编剧来！

　　几十年间，我们彼此间接触并不多，倒是尧春在青青旅游世界工作期间，请我去看看，还说有什么创作计划，可以到他那儿去写；他在东部开发区一家企业工作的时候，也叫我去白相。

　　去年重阳节前夕，区文化馆组织老年人到召稼楼一游。原松江越剧团的高艳萍老师对我说，赵世祥在青青旅游世界那边的养老院，她去看过一次。我对她说，你什么时候再去招呼我一声，我也去看看她。可叹人生无常，加上赵老师本就患病多年，说走就走……

　　我在写本文之前，将赵世祥去世的消息发给了我上海的好友叶增基先生，他回复我说，原想待疫情过后，在春暖花开时，约史济华兄（上海越剧院著名表演艺术家）到松江，请你陪着同去看看老赵的，这已不可能了。

　　叶兄紧跟着发了第二条微信，现全文抄录如下：汤兄，仔细看了你的几条微信，心中久久不能平静！赵（世祥）的艺术造诣绝对不比某些名角差，只是平台有限啊。我是南通人，学生时代总要回乡看视外婆姨妈。我清晰记得，有年暑假松江越剧团赴南通市新新大戏院演出（此戏院是电影表演艺术家赵丹父亲所开），场场满座，一票难求。我姨妈是观戏粉丝，一天不漏。几天后她对我说，想不到县剧团这样好，尤其那位小生。后来我到松江工作，在金门剧场（黑鱼弄西边）看过演出,是很好。

  我知道,关于赵老师在演艺生涯中的轶闻趣事不少,不过,这不是本文能承载得了的。如今她走了,她去追随薛丁山、梁山伯、李太白及所有她演过的角色了。我相信,倾慕她的观众、拥戴她的粉丝都心有素花,也在追思这位越剧表演艺术家。

  赵老师,一路走好!

2021 年 2 月

有病的陪伴没病的

那年,老丈人还没迈过九十岁生日的门槛就毫无征兆地急匆匆地走了,他那先苦后甜的一生,是足以让他带着笑意上路的,只是舍下了小他两岁、患难与共、劳碌一生的岳母。那时我的大姨妹夫先我老丈人走了近两个月,于是在一家保洁公司工作的大姨妹就来陪岳母搭班过日子。

岳母白天没人做伴,她也只能慢慢地改变自己。比如,她一人独处时除了看电视外,常常会走向阳台(因住在底楼,也有叫天井的),透过门窗,呆呆地看着路上的车辆、人群,一站就是大半天。有时坐到大门口,看那些比她小一些的老人们打牌,不多时就会打起瞌睡,头一点一点地像鸡啄米。夏季日长夜短,下午5时不到,太阳还高高地挂着,她就关上大门,上了保险,直弄得大姨妹下班回来开不了门,敲门叫她,她又耳聋听不见,很费周章。

然而近期,大姨妹因事不能来陪她过夜了,小姨妹家虽近在咫尺,但媳妇上早班,做奶奶的要照看一直和她同睡又离不了她的小孙女,她只能在小孙女上幼儿园的时间里过来侍奉老母亲,晚上是无法来作陪的。

自老丈人走了之后岳母有了些许的变化,她变得胆小了,一到晚上,这个近130平方米的房子里空空荡荡的,孤灯独影,没人陪伴时她是绝对无法入睡的。于是她想到了我老婆,她问她两个女儿:"你们大阿姐哪能勿来啦?"其实这事我的两个姨妹压根就不想让我老婆知道。因为我老婆左脚开了刀后,至今还扔不掉拐杖。近两个月还患上了带状疱疹,先是请人用土法治疗,后又看中医吃药、针灸,我和阿三(小女儿)每隔两三小时还要帮她在前胸后背的患处涂一次药水,可病情至今还没完全好转,医生的说法是年纪大了抵抗力差。近段日子我和阿三也在吃药。我看的是两条腿,尤其是左半边得病三年多了,虽然不断地求医问药,病情反而越来越严重。目前状况坐着可以,站起来没多久就不行了,这病情还蔓延到右腿,右腿是站着可以坐下来不行,直弄得我坐也不是站也不是。阿三是体虚吃药调理。而我老婆要吃的其中一味药,单煎就要花去四十分钟,每天一上午的时间就让煎药给占了。

如果我老婆去陪她母亲,让她自己去煎药,她那有点马大哈的性格我们肯定不放心,加之上了年纪,在家就曾有过两次忘关煤气灶的吓人事例,因而老婆吃的药只能由阿三煎好了送去。

其实我岳母除了心脏有点小疾,偶尔犯点偏头痛的老毛病外,在她这个年龄段,身体还算是可以的:腰板笔挺,步健体轻,还经常去对过五楼的小女儿家。我老婆去陪伴她以后,有时会带她到外面的点心店去吃她喜欢吃的馄饨、肉馒头。九十二岁和七十四岁的母女俩走在一起倒像一对老姐妹,女儿拄着拐杖一摇一摆稍稍在前,母亲在后慢慢地跟着。

有时我老婆问她母亲,你在阳台边看什么呢?她回答:××说好了来看我的,我望她来;××(她二女儿)说好了几点回来的,哪能还没回来?我老婆又问她,人家在大门口打牌,你坐在那里打瞌睡,做啥不去午睡?她隔了许久才回答:你们都不在,我如果午睡死了,人家也不知道,我坐在门口打瞌睡,如果死了,有人会给你们报信的。问她为什么这么早就关门上保险,她说她一人在家,怕小偷进来,也怕有人要加害她。

这几天,她常去阳台门口向外张望,说阿三怎么还没送药来。如我老婆因看病没及时去她那里,她会叫其他两个女儿打电话来,问我老婆什么时候去。

现在商量定了,我老婆一周去陪夜四天。有病人陪伴没病人,看来阿三每天还得继续为她母亲煎药送药。从我们小区到岳母家,一个来回大约 6 千米的路程……

2021 年 8 月

恻隐之心

那天,我老婆打电话叫她亲戚来把能回收的废品拿走。亲戚在一家私营企业做环卫工作,平时很忙,要趁她有空了才能来。这天她匆匆地来了,把电动车停在楼下的大门外。我老婆和她在车库里把那些纸板箱、报纸、矿泉水瓶等分类捆扎,然后绑在电瓶车的后座上和前面的脚踏板上便匆匆地开走了。底楼101室的张老师和102室的孤老贾医生看到了这一幕。其实类似的情况,她们已看到过不止一次了,这次她们终于问我老婆,这人是定期来收购的吗?我老婆轻轻地叹了口气,又摇摇头说也不知她前世作啥孽!

我老婆的亲戚家原来经济条件不错,但自她男人生了重病,心脏装上支架后,家境就此坍塌下来。房屋动迁那回,她家分得了两套共250平方米的房子,全家人精神为之一振,犹似春回大地。随之而来的是儿子娶妻生子,全家人其乐融融。应该说这样的生活已足以让甘于平淡的人羡慕了。然而好景不长,没见她儿子在赌博、吸毒上有蛛丝马迹,也没见她儿子聚众斗殴、寻衅滋事,但一套在当年价值两百来万的房子就被无形的巨兽给吞没了。这招致小夫妻的婚姻危机,但这内幕如何,外人一概不知,人们只是在"听说"中打转:听说她儿子借高利贷赌博;听说她儿子的老丈人开厂赔本,卖了房子去堵窟窿;听说……一波未平一波又起,有人结伙拿着她儿子写的借条上门索债,而那债务高得足以让寻常百姓窒息。讨债人几次上门,逼得她儿子东躲西藏,不敢现身。最后连那套庇护全家安身立命的住房也拱手拿了出去,结果是小夫妻离婚,孙子也被带走,她男人也在经济和病魔的重压下撒手人寰……前几年,她拿着两千多块的养老金,加上全年没有休息,每天早出晚归近十小时工作换来的三千块辛苦钱,还要为儿子还债。没有了自家的"窝"后还得借房住。为了省点钱,她租借了一个车库,和儿子同住。儿子虽对她说他有工作,但具体做什么她根本就问不出来,反而时不时地还伸手向她要钱。如今她快七十岁了,摆在眼前的现实状况,让她只能咬牙坚持着那份工作,因为她没办法放弃。我老婆看她可怜,所以有了点能回收的废品就积聚起来给她。

张老师听后满脸的同情,她对我老婆说,叫你亲戚再来一次吧,我家也有纸板箱。我老婆说多不好意思呀。张老师说,你亲戚的遭遇也太可怜了,那点能回收的废品对我们来说真的无所谓,而对你的亲戚来说也许能积少成多吧。

张老师和她的先生都退休了,她儿子、媳妇都有一份不错的工作。媳妇生了一对龙凤双胞胎,因此她终日里喜气洋洋地忙得不可开交。她家的废品自然要比我们家多,除了纸板箱、矿泉水瓶、废报纸、旧书籍、杂志等外,双胞胎留下的空瓶空罐也不少。其实,我曾亲见张老师和收废品的人在结算时讨价还价,而她对我老婆亲戚的慷慨让我感动。自那以后,张老师夫妻积多了废品就按我家门铃,叫我们去拿,有时候他们把废品堆在我家车库的门口,这样一年总有九次或十次。贾医生是外地退休回沪的,经济上并不富裕,在听说我老婆亲戚的处境后,也总将整理好的纸板箱、旧报纸,让我老婆转交她的亲戚。

如今,张老师家孙辈双胞胎已经六七岁了,贾医生也近八十岁了,她们给出废品也有四五年了。我想,他们给出的何止是废品,那是炎黄子孙骨子里的仁慈——恻隐之心!

2021 年 10 月

稻草

友人聚会,我按人头要了几份扎肉。那红烧油亮的色泽,那用冰糖收汁的鲜甜和稻草箍扎散发的淡淡清香,使在座的除了夸赞这扎肉的诱人食欲外,竟都议论起了现在难得一见的稻草和稻草制品来。其实像我们这个年龄段的人,小时候家家户户几乎都离不开稻草。就说我们这条小街上,只要不下雨,每天早上总有三五成群的乡下人挑着稻草翻越沪杭铁路,沿街叫卖"稻柴要哇"往县城去。记忆中,那时一担稻草在六到七角之间,小户人家可以烧上八九天。以我家父子两人为例,一个安放两口锅的双眼灶,在两锅之间内侧一个汤罐,靠外有一个发镬(小锅)。烧饭前在汤罐和发镬里盛满了水,一口锅烧饭,另一口锅炒菜。然后我坐进柴仓(灶下),左手抓住距稻草根部10厘米处向上竖起,右手抓住稻草上端的三分之一处翻手向外一扭,稻草被扭成了麻花状,然后将稻草梢头分叉去咬住左手的把位,再将分叉的稻梢捏在一处往外一扭塞进把位的扭结处,一个草团就打成了。你如果拿着它根部向上,草团就是个标准的"6"字;如果根部向下,它又是个标准的"9"字,不管你颠来倒去怎么看总是"大顺"和"久久"的好口彩。待饭菜烧好,汤罐和发镬里的水也开了。那年头老百姓的生活都不富裕,入冬前不少人家买来稻草散开竖在墙根下晒上一两遍太阳,再铺到床上复盖棉胎,摊上褥单,保你能睡上一冬的好觉。

我们街北的西边,有一大片人家都是土坯筑墙、稻草屋顶,这让人联想起古来高士林泉结庐的悠闲,两者生活虽然不同,但是草屋保障了他们冬暖夏凉。

小街的河边住着一位盲人,他深居简出,终日里踏着草绳,每隔一段时间人们总会看到他左肩上背起一前一后晃荡着的两个球形状稻草绳,右手拿着问路棒,一边笃笃笃地问路,一边高喊着"稻柴绳要哇"走向县城。他这一辈子就向稻草讨要生活。

小街上有不少"严州人"(来自浙江桐庐和富阳一带)的造纸小作坊,他们生产出来的草纸一部分进入南北杂货店作包装用,大部分进入上海,供底层的老百姓代替毛巾擦脸,据说它还有很好的护肤功能。

那年小街西面建起了规模不小的造纸厂,造纸小作坊就归入了地方国营单位。自此大量的稻草从四面八方船运过来,造纸厂好几个堆料场平地矗起了高山似的稻草堆。自此小街上就再也听不见叫卖稻草的声音了,这也让整条街上先后都改烧了煤球炉。本来嘛,用稻草烧大灶,饭菜烧好的同时,也有了开水。烧了煤球炉后,你心急不得,只能慢吞吞地烧饭,再挨个慢吞吞地炒菜,尤其在冬天,待菜烧好,饭也凉了。为了给饭保温,稻草制作的带盖的饭窝就应运而生了,人们在饭窝里垫上破旧衣服,饭烧好后,将铝锅塞进饭窝再盖上盖子,可以保温大半天。

那年头,庙前街有一个日用品商店,柱子上一年四季都挂着草鞋、草绳,地上堆放着大小不一的饭窝、祭祖用的拜垫、脚炉窝等;每年的农历七月十五,城乡物资交流集市上各式稻草制品更是琳琅满目,尤其显眼的是那体型较大的、让刚能站立的小孩用的立囤。

在社会上大量需要草包的那几年,我们小街上至少有三四户人家踏草包,有两三户人家踏草绳,街道里有专设的草包厂,收购站敞开大门迎接源源不断的草包,这既满足了那特殊年代的需要,也满足了水利建设,满足了砖瓦厂、药厂、酒厂……

据说稻草有仙气,旧时一些地方用稻草扎成草龙求雨,就有了舞草龙的习俗。每年正月十五的晚上,农户们都会到田头"炟喇子",即擎着点燃的稻草火把,一边围绕在自家的田头慢跑,一边喊着那些期盼丰收的吉利话,远远望去,整个田野是火把汇成的火龙在游动,男女老少都站在田岸上观望,煞是热闹。此外,小孩如果哭闹不止,大人们会用稻草扎成枕头,扔到屋顶上,小孩便会安静下来;出殡时亲人要在腰间束根稻草,以防野鬼,驱除邪气。

民间有这么个传说,一个滴水成冰的日子,某财主对身裹草包的乞丐说,你若能在雪地里过上一夜,我把东街的店铺送给你。次日,乞丐竟然还活得好好的,财主真就把店铺给了他。三年后的一个寒冬腊月天,财主又对乞丐说,你要是在雪地里再敢过一晚,我把西街的店铺也送给你。当夜乞丐穿上皮袄,真的又去雪地里过夜,次日人们就见他露尸街头。这也是"救命稻草"一词的由来。

细数稻草的用途还有不少:状如蘑菇洒落在一望无际的田野里的牛车棚,农家用稻草盖顶,让其守望它的后代;丰收在望的时刻稻草人站在田间,驱赶着鸟雀,看护着它的血脉;冬天难觅青饲料,主人将稻草用铡刀铡短后,拌上豆饼,投喂耕牛,这是上好的让牛养精蓄锐的珍品;用稻草箍扎粽子,让清香箍扎着屈原的故事,在人们心中流传延续;稻草即便鞠躬尽瘁成了灰烬,在春天里落谷(播种)后,苗床上撒上它能防冻杀虫、护幼芽破土迎春;稻草灰和猪塮一起撒入田里,可以改善土质,庄稼苗壮。

当金风孕育了沉甸甸的收获,稻草便谦恭地弯腰低头,向人类奉献它的子孙。

任稻草制成的用品去云游四海处处为家,但它的根始终不离生它养它的土地。

稻草的一生,能不让人怀念!

2021 年 11 月

那情景还在眼前

那年毛主席发出"向雷锋同志学习"的号召不久的某个月底,老师们从各演出地返回团部交账,并开具去下一个码头演出的介绍信后集中到会议室。只见县文化科的同志和团长陪着一位身材不高、年龄在三十五六岁的中年人进来。团长指着中年人说:这位林老师是文化科请来专门为我们讲故事的,他为全县中小学巡回演讲的日程早已排满,这回破例让我们插一次队听他讲故事,我们欢迎!掌声很热烈,林老师显得有点紧张,他说:给在座的专业演讲故事的同志来讲故事,我心里发毛。我讲故事是时代赋予的使命,这次硬硬头皮在关公面前使一回大刀。在座的彼此望望,礼貌地笑笑,那潜台词是:也算有自知之明,你舞你的大刀,我等装着听讲就是了。哪知林老师朴实无华的讲述,把一个有血有肉、可亲可敬的真实的雷锋就树立在说书人的心里了。同年的三秋时节,团长带领我们这帮平均年龄还不满十七岁的男女学员,组成小分队到山阳公社(现在的金山区山阳镇)白天劳动晚上演出,在各大队巡演时团长为听众们讲述雷锋的故事。

1964年7月,我和老师拼档演出,老师做夜场,我做日场。我主动向当地的宣传部门提出晚上去各大队义务演讲《雷锋》。由于当地水路居多,我要求凡轮到演出的大队或摇船或派人接送。宣传部门特别欢迎,说我是在用行动学雷锋。我每到一处都无一例外地搭台、高挂汽油灯，听众人山人海。那时也没有麦克风，全凭父母给的那点本钿（本钱），在夜色笼罩的村落里绽放青春。

1973年，我转岗到城西公社（现在的永丰街道）下伸店当营业员近两年了。城西公社创作和演讲故事在上海市郊是有点名气的。这年闵行有关部门来松江邀请故事员，去他们公园参与五一劳动节的游园活动。有关部门指定城西公社去三位故事员：一位讲《红灯记》，另一位讲《白求恩大夫》，我讲《雷锋》。那次演讲被安排在公园的一个亭子里，我们站着讲，听众围圈站着听，由于面对路口，人员流动大，声音嘈杂。虽然很吃力，但我们还是坚持下来了。

从闵行回来不久，县供销社突然点名要我第二天中午赶到新浜，为县里正在举办的青年团干部学习班讲雷锋。我心里有点不高兴：为什么不早点通知？弄得如此仓促，连准备的时间都没有。到了目的地我才知道，原来是定了市里的评弹团来演出的，突然有了变故，县里又知道我会讲雷锋，在学习班上演讲又正合适，于是就抓了我来救场了。那天不大的会议室挤了五六十人，满屋子生发着朝气。我站在话筒前，讲雷锋成长的过程，讲雷锋的钉子精神，讲一个人生命是有限的，为人民服务是无限的，要把有限的生命投入到无限的为人民服务中去……如点点甘露滋润禾苗，似涓涓细流流入心田。会议室里寂静无声，当我说到雷锋指挥倒车，汽车撞到电线杆，电线杆倒下击中雷锋太阳穴时，会议室里的气氛几乎让人窒息。当说到连长飞奔过来，抱起昏迷的雷锋哭喊着"雷锋，雷锋啊，就是我死了，你也不能死啊"时，全场一片唏嘘、泪目，最后我以四句韵白结束演出。

后来我还在松江第三中学和永丰小学讲了几场。

那一幕幕演讲雷锋的情景，最早的距今已近六十年，却仍然恍若眼前，扎根心中。

2022年1月

过日子的人

最近我发现在我们小区外的广场上，三天两头的聚集起少到五六人，多到八九人的婆婆、妈妈们，她们的年龄层有小到刚退休的，大到七十多岁的，聚集的时间也不确定，或上午或下午。看她们的脸色都像中了大奖似的，偶尔还会听到她们喊：走，给自己加工资去！于是那些穿着不同颜色服装的人们，戴着头盔，骑上电动车、围聚成团地前行，也不顾及后面急于赶路的人揿铃叫她们让路，直至听到高腔大嗓带着怒气的催促，她们才嘻嘻哈哈地让出路面。她们像五色云彩快速地向前飘动，更像是一群候鸟，目的就是去给自己"加工资"。后来，我见在下伸店一起工作过的老同事王阿姨也加入了候鸟群，我把她拉到旁边问：你们出去怎么叫"加工资"？她说叫"加工资"不确切，应该叫"揢（淘）便宜货"，买打折的食品。老姐妹们之所以叫"加工资"，是指揢到便宜的那一部分。我"哦"了一声。其实，我单枪匹马也常去淘便宜货，比如说同一个品牌的馄饨，在一家卖场卖十六元八角一盒，而另一家超市却卖十四元；都说羊头狗颈好吃，那天我跑了两家超市作一比较，前一家羊头二十六元八角一斤，后一家十八元一斤，一个羊头三四斤，你算算相差多少？不用说我也挑便宜的买。

后来，我发现王阿姨竟还成了那群候鸟的领头雁，队伍也壮大了。一次她对我说，汤，你要不要跟我们一起去揢便宜货？我说不用了，我去买也会货比三家的。王阿姨神秘兮兮地说,你跟我们去看看,我叫他们不打折的也打折,打折的还要更便宜。我惊讶地说,你有这本事?她说,其实你也会,但你没想到那一层。那天我兴致勃勃地当了一回娘子军中的洪常青,跟着她们到了一个超市的肉摊前。摊主见一下来了十来个人,他满脸堆笑说,阿姨们要买啥?众人都看着王阿姨。王阿姨对摊主说,打点折吧。摊主指着价目牌说,已经打了。王阿姨说在你打折的基础上再打个八折。摊主连连摇头。王阿姨指着那打折的价目牌说,你别噱(骗)我,你这肉是原价,只不过在提价后打的折。摊主顿了顿说,再打折我这生意还怎么做?王阿姨看看摊主说,阿弟啊,我吃了近四十年的商业饭,恐怕我的工龄比你年龄还大,我说这话的意思你应该懂的。摊主犹豫着但还是说,我要亏本的。王阿姨说你不过是少赚点,薄利多销,你看看,我们十来个人,买个五六十斤没问题吧;再说我们这许多人都拥挤在你的摊位前,人气多旺!你没看见其他摊位的摊主都羡慕地看着你吗?还有顾客赶风头往这里来,对你多有利!摊主没吱声。王阿姨说,你听说过吗,店主为壮声势掏腰包雇人排队?我们诚心要买你的肉,免费排队为你做广告,阿弟啊,我说到这一步,你还不卖,你是笨到家了。姐妹们走,到别个摊头去买。摊主终于急了,说别别别,那你们就多买点吧。婆婆妈妈们高兴了:多买点,多买点!我也顺势斩了一块肉后跟随她们蜂拥着又去其他摊点……王阿姨对我说,在家闲着也是闲着,我们逛超市、兜卖场,给自家祖孙三代的五口之家每月"加工资"四五百元是没问题的,省下的钱在待客之道上慷慨潇洒一把,那才叫过日子做人。蓦地,想起了在我小时候,常见家庭主妇们上街买菜,有的在篮里会放一杆秤,在交易时要用自己的秤称一称,末了,还要求卖主送一点葱蒜什么的,那锱铢必较的画面让我至今记忆犹新。

2022 年 3 月

陪我终老的情人

我刚上小学那年,父亲正和褚家伯伯合作做着收购猪肠制作肠衣的营生。每天只要不下雨,父亲去浴室里洗了澡吃了晚饭,便去岳庙东北角那个简陋的、能坐三四百人的场子里去看滩簧(即沪剧,那时也叫申曲、花鼓戏)。我不欢喜看戏,便向父亲讨要个三分五分,有时还多一点,去老宁波小书摊,花一分钱看上下两册的小人书(连环画)。说是两册,实际是将小人书一分为二,再内夹报纸外用牛皮纸重新装订起来的那种,我和四周围坐的小朋友静中取乐,沉浸在小人书的天地里。待带来的钱看书看完了,估计那边滩簧也放幕了(散场前一刻戏院放人进去看戏),我便进去找寻父亲一起回家。在社会主义工商业改造期间,上头看我父亲年纪大了,就分派他去庙前街菜场值夜班,即每天下午四点上班到次日早上菜场开门后下班。那时菜场给父亲每月十六元的辅助工资,其他什么福利也没有,这就影响了我的零花钱,继而影响了我看小人书。我只得到处去捡碎玻璃和废铜烂铁去废品回收站变现,有时也到公墓里采摘万年青的叶子卖给余天成中药店,有了钱就直奔老宁波小书摊。后来看小人书不解我渴了,听说高家弄西侧面南一家小书摊有民国年间的字书(章回体小说)出租,价钱自然要贵一点。多亏我有了点"经济来源",便租书回家不分昼夜地阅读。那时才小学三四年级,书中不识的字较多,好在手头有一本从我家隔壁造纸厂回收的旧杂书中讨要来的民国时期的小学生字典,它帮我解决了不少困难,能让我看通《七侠五义》《西游记》《三国演义》《水浒传》等不少字书。后来发展到不挑食,什么书都看的境地。之后我竟发展到把"野书"(课本以外的书)带到教室里塞在课桌内偷着看,被老师发觉后又屡教不改,老师便愤而对我罚站。好在我成绩报告单里头的成绩亮眼,唯有品德栏里始终是"乙",没评上过一次"甲",我估摸是不守课堂纪律,常看"野书"被罚站造成的。

三年困难时期,记得一天我守在烧菜粥的煤炉边,正心无旁骛地读着刚出版的《红岩》,结果把粥烧成了一锅焦,父亲回来见状大怒,把我臭骂了一顿:有焦味你闻不出来?焦到如此程度还能吃吗?你魂在哪里?我只能老老实实地坦白:魂在书里了。不久父亲做出了一个重大决定,他花了五元八角给我买了《康熙字典》,四元二角买了一支博士金笔,这整整花了他大半个月的工资。他说我供不起你上学了,看你那读书的劲头,这两样工具帮助你自学吧。

风华正茂的年龄遇上了风雷激荡的岁月,那时读鲁迅,读仅有的《欧阳海之歌》《艳阳天》《金光大道》。读了毛主席的诗词后也曾认真了一段时间学写诗词。后来我被转岗到供销社下伸店当营业员。由于那店大太忙又嘈杂,我便主动要求去一个没人肯去的小店,那个小店购物的人少,对我来说上班时间正是读书的大好时间。不到一年,供销社将我调去筹办小书店跑外勤,身在书堆里,这可遂了我的心愿……

如今,手头的《新民晚报》陪我已整整十年了,还有市作协赠阅的书刊和区里的报纸,它们或站在书柜里或静卧在案头、躺在枕边,任我随兴翻阅,这心里的惬意也不是每个人都能感悟到的。

年轻时我常说书是我的第二爱人,后来有友人和我对酌时话中有话地纠正我：对你而言，这第二爱人的称谓还不太贴切，把书比作你的情人更为合适。

是吗？是的！

2022 年 3 月

狗生

我小时候的家在醉白池东侧一条南北向小街的南头,家里有一大一小白狗母子,大的叫阿龙,小的叫小龙。小街一庹多宽,长而幽深,没有路灯。

那几年父亲托开汽油舨的老板,将事先联系好的各乡镇肉店里的猪内脏带回来,大部分转送上海,剩下的给本地几家小饭店。每过一段时间,父亲会在某个晚上去几家饭店将赊欠的款子收回来。每当父亲离家还有段距离的时候,阿龙和小龙似两重唱那样冲着来路发出的细微声音警惕地狂吠。这时父亲会故意地咳嗽一声,或说声叫啥叫。它们母子俩就会立马停止警告,兴奋地向我父亲飞奔过去,前扑后拥地异常亲热。这幅夜色中的狗狗看家护院图,我还解读出是阿龙对小龙为看家护院作的"传、帮、带"。

在那食品十分匮乏的困难时期,一次我家已养了二年的狗狗欢欢外出觅食,归来时一阵阵地惨叫,我出来一看大吃一惊,它的后腿已被人打断,地上还有点点滴血。住在同一屋檐下的邻居劝我父亲:汤伯伯,有人动它脑筋啦,这年头看中它的人不少呀,倒不如你自己趁早杀了它改善一下伙食。欢欢有灵性,它哀哀地望着我父亲,痛苦地哼哼着。父亲默视欢欢良久,蹲下身抚摸了一下狗头对我说,包扎一下,好好看护它,别再让它出去。

那年我为大女儿租赁五十多亩土地种树盖屋,让我老婆帮着看守管理。那地方离家较远,老婆必须住在那里,女儿就带去一只半大的小黄狗和我老婆做伴。刚开始老婆为小黄狗一天买一只猪肺,烧熟了给它吃,见它吃不完,就改为两天买一只,直吃得它膘肥肚圆,毛色光泽油亮。

现在,除了百里挑一的狗经过特殊训练,成了军警和防震救灾的狗界精英外,大多狗已改行不再充当看家护院的卫士,转而成了人类的新宠。以我女儿养的狗为例,给它领证、打疫苗、买狗粮,定期去宠物店洗澡、修剪美容,病了上宠物医院,一年的费用着实不少。婚丧喜事等亲朋聚会的场合,我也常见养狗的人将餐桌上吃剩的美食带回去让"新贵"们享用。现在养狗的人大多把狗当作自己的儿女,面对它们自称爸爸或妈妈。他们为爱犬穿上漂亮的衣服牵着去公园溜达时,如果毛孩子蹲下便便,他们也甘当狗们的铲屎官。手机上看到不少狗狗上了视频成了网红,粉丝多多,它们能养活自己,也为主人开掘了财源。

人们对于狗的口碑褒贬不一。比如京剧《红灯记》中李玉和当着鸠山的面,痛斥叛徒王连举:"你这条癞皮狗!"又比如人品出了问题的时候,常被骂"猪狗不如""狗到天边改不了吃污(屎)""狼心狗肺",等等,甚至在那特殊年代,还把一些干部骂成"忠实走狗"。其实狗品是很不差的,即便它的主人穷得揭不开锅,已顾不上紧随自己的小跟班了,可它忍饥挨饿还是对主人不离不弃,到外头自找吃的,回来还守着主人。

狗是忠义的化身。千百年来古人以忠孝节义来教示后人,以致现在有人愿意把自己比作狗,当然以前那些被称作光棍的人现在也被叫作单身狗了。

其实从狗生也能看到人生。

2022 年 5 月

养生

  大约是七八年前吧,我从报纸上看到一家网站向海内外的诗、书、画、文的文艺工作者发出邀请赛的征文(包括已在报刊上发表的文章)广告,我便费了点时间写了篇小文,修修改改后搁置了几天,再横看竖看觉得没什么问题了便发了出去。过了一段时间,我收到了那家网站的大号信封,寄来了我的习作获得一等奖的喜报,也附来了习作小样,问我还有什么地方要修改的,同时恭贺我的习作已被选入《名家代表作典籍》,并附有历届邀请赛颁奖大会的现场照片。他们还要授予我当年"××先进文艺工作者"荣誉称号的勋章和红木铜牌。我吓了一跳:我现在是名家了?那习作也成了名家的代表作了?不过入选通知上说,制作勋章和红木铜牌酌收工本费×××元,购书费视购书的多少而定,还邀请获奖者于某年某月某日至某日参加某某文艺名家高峰论坛,食宿费、场租费若干,来去的飞机票等一切差旅费自理。在某某大会堂举行的高峰论坛上,在众人瞩目之中,在耀眼的聚光灯下,将由前辈名家为获奖者颁发证书。一切自愿。如果交完了如数款项不参加高峰论坛,网站会把你应得的证书和奖品按时寄到你的府上。

  第二年,那家网站再次召开文艺名家高峰论坛前,发来了我那篇习作已升格为特等奖的喜报。同年夏,我把前两年在《新民晚报》上发的小文投了过去。网站先给了我个一等奖,后来又上了特等奖。我第三次投稿得了个二等奖,隔年又给了我一等奖。前后三次获奖,我不掏腰包放弃领奖,但后来网站还是陆续为我寄来了三个一等奖的证书。

去年的下半年,我又看到该网站刊登在报纸上的征文广告,我寄了篇小文过去。不久网站发来短信,说这期新春特刊要重点宣传、集中展示推广我的创作业绩……使之扬名全国,要我再寄诗词、散文共几篇多少字……重磅推出永久展示,并收取编辑制作推广费若干,自愿办理。我回复我可以寄一些习作支持你们网站,但真的不需要办我的特刊。

记得在这之后我曾在区里一个协会填过一次表格,在奖项一栏里,我没填那三个一等奖,在与友人闲聊中,也从不提及这个话题,直到写本篇小文。

话说回来,这是一家合规合法的知名网站,它靠收费生存无可厚非。如果作者愿意付费,既可去旅游胜地或北京、上海参加高规格论坛,又可见到当今大咖、前辈名宿和各地同好;既可文坛扬名,又可载入典籍流芳,这是两情相悦又双赢的事,何乐而不为呢!退一步说,你想出书也要自己掏钱的。但是现在,名利于我而言,同饮酒作文一样,都有了很大的变化:年轻时常与三五"狐朋狗友"聚酒,好胜而畅怀逞能,常烂醉如泥;作文急功近利,又不愿修改雕琢,总期盼着一举成名。到了承上启下的岁月,阅历和经历让我稍显老成,饮酒时能在将醉未醉之时搁下杯箸;对于作文,也总是看看改改,直到自己满意时才拿出去。夕阳红后的春夏秋冬,五百毫升的白酒可以咪上七八天,细品过往的甜酸苦辣;草成的手稿反复修改,还不拿出去,要搁上几天,拿起来再看看,再润色。浮躁已离我远去,名利已不再属于我的年龄。现在就是做自己喜欢做的事来充实每一天,而每当专注于谋篇布局孕育腹稿时,每当专注于笔下慢慢成形的习作时,我感觉正在逼走老年痴呆，驱逐莫名的焦虑。这写稿、改稿到发稿的过程，正是我最为享受的过程。这过程味甘有嚼劲，也是我养生的不二法门。

2022 年 5 月

赶网

二十世纪八十年代中期之前，农村里几乎家家户户都有赶网，不用时就挂在墙上或屋檐下。闲时拿起赶网在就近的小河里随便这么逐几下，下饭菜就有了。赶网在日用品商店有售，它大小不一。记得绷好了的大号赶网两块八角一只，拿回去就好用。如果买了网回家自己绷，起码好省三分之一的钱。城里那些喜欢捉鱼摸蟹的，或说家境窘迫的人，也会买了赶网改善伙食。不过，赶网都在河边上，赶来的鱼都不大，也杂，都是那些小鳑鲏、小鲫鱼、小昂刺鱼、小螃蟹，偶尔也会有黄鳝、泥鳅，最多的则是大大小小的虾，赶网基本上赶不到大鱼。

赶网的形状就像现在公园里常见的上为半圆形、坐地为长方形的帐篷，网底一般长100厘米、宽50厘米、高70厘米。它用两根比拇指略粗的竹竿对角十字交叉地把网左右及后面绷起来，留下正面敞开。在十字交叉的捏手处竖一根竹竿，让一个绳扣宽松地扣着它，使它能上下活动，另一头将竹竿扎在网底的居中边沿，下网后用竹竿使网底紧贴河底，防止鱼儿漏网。起网时竹竿把住网门保持平衡，就怕网内的水一时来不及从网眼漏出而向网门外倾泻，致使到手的渔获脱逃。赶网另一半的工具就是将鱼赶进网内的三角形的网趟头。这东西用自然长成的"人"字形的树杈最好，"人"的脚上装一根甘蔗般粗细、超出"人"脚大约15厘米的木棍。再加上一个鱼篓,赶网的配备就算完整了。

我赶网是眼红邻居家赶网的那份收获和乐趣。刚开始父亲怎么也不同意,因为我不会游泳,他怕我出意外。还有一个没说出口的原因是:买个赶网连带鱼篓要三块多钱。后来父亲见我在家门口的河里能游好几个来回了,他才咬了咬牙陪我去买了赶网和鱼篓。他说这是用开伙仓的钱买的。其实事后也证明这个决定是正确的,我每次出去赶网从没空手回来过。这也给了父亲些许宽慰。一次我见他在烧好的小鱼小虾中挑大的带到他上班的菜场里去,在办公室喝酒时,他指着碗里的鱼对同事们炫耀:这是我儿子赶网赶的!

那年秋收在即,我去火车站南面的池塘里赶网。那季节塘里的水不太大,塘面上稀稀拉拉的野菱叶随风飘动。我走下池塘,面对塘岸,站在不到齐腰深的水里,左手放下网,右手张开后将网趟头放下水,向着网内一顿急促地赶逐,等惊慌的水族们进网后起网,把收获一一装进鱼篓……当我正在享受这网起网落的快乐时,突然网里一阵火爆般地腾跃,掀起的水花直打到我的脸上。我一阵激动,庆幸撞上了大货!我急急起网,一条黑鱼险险乎蹿出网外。我赶紧将网一拎,把黑鱼甩到了岸上,可它挣扎蹦跶着又滚下塘来。我一急,丢了手中的渔具,双膝跪挡黑鱼落入池塘,两手死死地将它抓住,走上岸后才小心翼翼地把它塞进鱼篓。这时我才发现我的右膝盖被碗爿划破正在渗血。我顾不得这些,拿起赶网一路飞奔着回家。父亲见状让我快去包扎伤口,他自己拿起秤棒称了称黑鱼后,满脸喜悦地说:炳,有三斤一两!当时黑鱼在议价市场上卖二块六角到二块八角一斤。我正想说花钱买我们吃不起,自己捉的吃了吧。父亲却指着黑鱼头让我仔细看看,说看到七颗星了吗,你祖父曾对我说过,姓汤的人家不能吃七星鱼。我没见过祖父,也无法证实这话的真假,但我知道这鱼是我父亲足足半个月的工资,所以我也知道该怎么处理这条鱼了。

赶网,赶的是生活。

2022 年 6 月

脚头泥

上海市郊有句农谚：种田吭花巧，全靠猪墈红花草。

二十世纪八十年代之前的农村，家家户户都有猪棚和粪坑。特别在那"猪多肥多，肥多粮多"的号召下，养猪就是为了积肥。农家的生活垃圾，比如菜叶、豆壳、瓜皮，土豆和山芋的根叶，稻草、玉米秆叶及豆萁麦秆等，有的晒干了既可当柴烧，草木灰倒进猪棚，是极好的肥料；有的用铡刀铡短了是猪牛们上好的青饲料，它们吃着爽口痛快，躺在上面浑身舒服，吃饱喝足了便一泡屎一泡尿地掺和在它们的食物里，而后彼此在嬉戏撒欢中追逐着转圈、踏压和打滚。过段日子，猪棚内的饲料经过发酵有了臭味，农家人就在这臭味里闻到了稻花香，看到了丰收年景。那个红花草，农家也叫它草子和紫云英，它是一味中药，人们喜欢拿它腌着吃或炒着吃，除此之外，它既是牲畜的可口食品，也是改善土质的基肥。那年头家家户户粪坑里的大粪，生产队会以每担二角五分的价格统一收购后，浇泼在集体田里。由于肥料缺口太大，还得按上面分配下来的大粪计划，派船去城里的清洁所（现在的环卫所），并按他们指定的厕所去掏粪，也经常摇船路远迢迢地去上海排队等候装粪，有时为了装运大粪先来后到的顺序，经常会和其他的船只陡起争执互不相让，甚至动粗。农忙过后，生产队会分派小媳妇大姑娘带上饭盒，摇了船去远离村庄的地方割草；每年的冬闲，生产队都会组织男女社员去小河里罱（捞）河泥。那年头每家每户也储存着低头可见的肥料——脚头泥。

  农家人一年四季风里来雨里去，自谑"爬泥虫"，和农作物土地打交道，习惯了赤脚或穿草鞋，足迹遍布在稻田里或沟渠边，或自家门口的场地上，加之人们本身脚底有那新陈代谢搓洗不完的皮屑物。在日常生活中，家人们朝朝暮暮又离不开房间、灶间和客堂间，还有乡邻们相互串门间，从脚上落下来的泥土，在经历了岁月的积淀后便形成了脚头泥。在农家人的屋里，除了水泥地和方砖地外，但凡双脚所到的地方也都留有脚头泥。再则，农家人大多把鸡窝鸭舍搭在大门外的两侧，谨慎的人家怕鸡鸭被小偷惦记，也会把它们的窝搭在门内的两边。鸡鸭们早出晚归在外活动，只要见主人回来，它们就争先恐后地跟回来讨食吃，有狗的人家也总会见它窜来窜去地"轧闹猛"，灶间更是它们不肯离去的地方。它们随处拉屎，主人见怪不怪，在灶膛内弄点草木灰盖上，然后用扫帚扫起来倒进猪棚；没注意到鸡鸭屎的，就被踩在脚下照样走动。久而久之，前头屋大门内外和灶间的地上就隆起了明显的黑褐色的泥土，方寸之地不经意间就有了坑坑洼洼。据上了年纪的种田好手们说，前头屋大门内外和灶间里的脚头泥是最厚也是最肥的，因为大门是人畜进来的第一脚，灶间自然是人畜脚印聚集的地方。脚头泥一般都施在自家的田里，但也有生产队组织女社员去挨家挨户铲来给队里施用的。我老婆就参加过队里铲脚头泥的劳动。她们扛着锄头、阔刺铁锸和长柄铲进入社员家里。有的人家脚头泥要留着自用，不愿意被队里铲去。好在那时的人们集体观念强，一经生产队长劝说或被高腔大嗓地批评后就没了声音。我老婆说给队里铲一天脚头泥，记八分半人工，合五角钱不到……

  如今脚头泥早已紧随贫穷和落后离我们远去了，留下的只是那个年代关于脚头泥的实录。

2022 年 8 月

我家的故事

前几天,学生A没提前告知突然来了,我说我们全家都阳了,怕感染你,回去吧。他说我放了东西就走。我说不行!

前段时间,我二女儿家老房装修,她便和儿子暂住在外婆家。就在二十天前我外孙阳了,可怕的是连他自己也不知道,结果感染了他母亲和我的姨妹夫妇,更让人忧心的是连家里九十四岁的老人也没躲过这一劫。正"阳康"着的姨妹和我二女儿急忙陪着老人去医院。只见偌大的医院里人山人海,老人也只能在走廊里接受观察治疗、吊盐水。之后老人度过了四个惊悚的不眠之夜。其间正阳着的我们也不敢去医院"轧闹猛"探望老人。经历了如此阵仗,细思极恐,还敢让A进我家的门吗?于是我让小女儿去楼下把东西拿上来,A告诉她,他今年要和老婆、女儿去泰州岳母家过年,下午就走,那是他老婆的坚持,因而提早来我家拜年。同一天,友人C来电话说,汤老师,答应你的醉蟹,我原本想等疫情稍好点就做的,哪知现在风声更紧,我不敢做了,即便做了,那生醉的活货在高风险疫情下谁敢吃?吃出病来我担待不起呀!老C的醉蟹是佐酒上品,我好这一口,现在看来是没这口福了。

好几年了,我们家的年夜饭都是在岳母家吃的,现在他们都处在"阳康"中,我家也在缓慢"阳康"中。因而我提出自求多福,今年的年夜饭就不去吃了,姨妹也很赞成。

我在供销社时的老同事王阿姨前两天打来电话，我们彼此询问了家里人是否感染疫情，然后她话题一转说，汤，东门菜场你去过吗？什么时候你跟我一起去看看？我惊讶：你现在还敢带领老姐妹们去淘便宜货？王阿姨说，现在疫情正在好转，又临近春节，老姐妹们多次催我一起去活动活动关节。她还告诉我，在家附近的几个菜场，以青菜为例，宁夏的小青菜一斤十一元八角，一般的也要卖到六元八角，而东门菜场最贵的也就四元一斤，我上次去一下子从乡下人手里买了十斤真正的霜打菜（大棚里的霜打不到），平均每斤才两元五角。那里的熟食也便宜，味道也不错，像酱鸭一斤三十元，冻肉一斤二十八元，卤鸡一斤三十元，白切山羊肉一斤一百元。可我在手机上看到一个食堂的年夜饭熟菜酱鸭整只一百二十元；冻肉二十八元一盒约三百五十克，白斩鸡整只七十二元，白切山羊肉一斤一百二十元。汤，这么一比较省了不少钱，饭桌上又可添加好几道菜。老百姓嘛，持家就贪日常的那一点点比较。

生活正逐步走向正常，想着近几年被疫情耽搁的事或游玩规划，至今都放不下心来。比如我那本快要蒙尘而还未出版的散文集。还有文友们提及什么时候再作一次短途旅游。我瞩目于嘉定的南翔，虽然前几年我曾受邀去那里开过讲座，可惜的是来去匆匆，没时间拜访和问候那个连接过去和现在的老街。早就预订于上海某知名饭店的宴席，也因疫情几次想退订，看来今年春上可以去品尝全新的滋味了。还想着朋友C什么时候能送醉蟹来……

窗外，此起彼伏的烟花爆竹声，正在驱散三年多来的疫气，描画着癸卯年的美景，这美景也注入了央视春晚那台丰盛且豪华的年夜饭。

辞旧迎新是个规律！

壬寅年除夕

主内的钱　主外的钱

　　我小时候邻居家的男主在浴室工作,夫妻俩有两个儿子和两个女儿,一家六口就靠他每月不到四十元的工资支撑着过日子。我有时听到男人们常说的那句:女人的钱千万别去动它!我纳闷:女人的钱怎么了?一次,我见邻居男主发了工资在交给他女人的时候说:我烟酒钱拿了,其余的都在这里。至此我才明白女人的钱是开伙仓的钱,紧巴巴的,要看看、算算、用用,如果哪一天计划出了纰漏,没等到男主发工资,就会舌头舔不到鼻头了。女主操持家务,日常开销她心中有数,也不会有太大出入。即便要添置四季衣服,也在计划之内,会早早地从牙缝里挤出来的,何况孩子们也习惯了阿大穿新衣,阿二承旧衣,阿三穿的破连肩,阿四总穿八卦衣。那时候家家户户如此,兄弟姐妹间没什么可争论的。孩子的鞋破得大脚趾快探出头来了,做娘的早早地将那些破旧布料用糨糊一层层地糊起来做鞋帮和鞋底备用,再翻箱倒柜寻找以前制衣用剩的布料,看看做鞋面是不是合适;去菜场买菜,篮里放了杆秤,与摊主一阵讨价还价后还怕摊主做手脚扣斤压两,便用自己的秤称一称……女人的钱就是这么筋上刮刮、皮上刮刮省下来的。家里如应酬人来客往、婚丧喜事,更新一些不可或缺的物件,或如女主家小我四岁的大女儿上学,等等,女主纵有再大的心理压力,也不会向男主另外要钱或让他省下烟酒钱以解燃眉之急。她觉得这样会过意不去：你想想，男主三天两头下河赶网，吃不完的小鱼小虾时常会分送一点给左右邻里，邻里们也常会回馈那份情意。余下的小渔获煮熟了晒干，成了冬天的下饭菜。秋后，他会拿了麻袋捎着"拉拉扒"去马路两边的行道树下，将各种枯黄的落叶扒回来晒晒干当柴烧。她一直认为男人的钱是解乏用的，是男人们之间穷开心时用的。每逢家里要花大钱，女主便会向街坊邻里坦言自己遇到的困难，发出辩会邀请（一种民间互助的形式）。那次她邀约了十多个人，每人每月出两元钱，头会自然是女主使用，余者抓阄，按抓到的月份收会。她用这未来的钱办眼前的急事，也属那个年代的特殊现象。

　　有人说，一个家庭如把女主比作后勤部长或内务部长什么的，那男主就是总理兼外交部长了，若把这内外两个"长"都当好了，内无后顾之忧，外呈祥和之气，温馨和幸福自然会找上门来。于是我信手为此小文拟题为"女人的钱，男人的钱"。后来，想想此题失之偏颇：女主勤俭持家精打细算过日子，那是"做人家"；男主周旋于外，哪怕事情再小也要讲究个情面、场面、台面的意思，那是"做人"，可以让"家"处在良好的环境中。其实主内和主外，跟是男是女没关系，何况现在的社会，那些大公司、大企业的女老总多了去了。不管是家庭或企业，如把"做人家"和"做人"都处理好了，换来的自然就不用说了。

　　于是就有了本文现在的题目。

2023 年 5 月

魂牵梦绕的地方

我后悔没要春华的手机号,不然随时随地可找到他。现在可好,三天里给他家打去了五个电话,始终没人接听,心里嘀咕:晚上也没回来睡,去什么地方了?

其实我和春华认识也就是在三天前的那个下午。之前街道文体中心提供给我一份材料,请我为他们写一个说唱类节目,我提出要采访一下材料中的主人公。于是在一个下午,在文体中心的安排下我见到了材料中的这位老阿姨。采访结束后她热情地邀我去她家坐坐,也就认识了她的老伴春华。春华早就知道我,因为我的二女儿是他的近邻,交流也就有了"自来熟"的氛围。他拿出手机翻出已被岁月染得泛黄的照片,照片上是两个穿着军装的英俊的年轻人。他指指左面那个对我说这是我,你看像不像。我看看他的脸,又看看照片,仔细辨认和比较了许久,怎么也看不出"像"来。我问他是哪年参的军,部队驻扎在哪里?倏然间春华兴奋起来,眼里闪烁着电光。他自豪地说,1968年之前他就当上了生产队的队长,当年正处于工业学大庆、农业学大寨、全国学习解放军的高潮中,所以征兵时他毫不犹豫地卸下风头正劲的生产队长一职,戴上大红花辞别双亲,投身于毛泽东思想的大熔炉接受淬打。他先在浙江温州的无线电通讯班培训,后来被分配到福建海防前线当了一名海军无线电通信兵。春华告诉我,1965年的秋季,国民党两艘300吨的军舰仗着绝对优势,趁着夜色进犯我崇武以东海面。他所在的部队奉命出动小其一半吨位的四艘炮艇,四艘鱼雷艇以合围之势,像离弦之箭劈波斩浪冲向敌舰,那是一场捍卫海疆的生死决斗。我方的炮艇刚击中敌舰的指挥台使其瘫痪,在鱼雷击沉另一艘敌舰后,也迎来了黎明……

春华所在的部队,主要任务是护渔、护航以及在恶劣天气下进行救护。那年月,台湾方面不断深入我防区骚扰,刺探军情、伺机破坏,故我方舰艇在护渔、护航中高度警惕,凡在公海捕鱼的非大陆渔船,进入领海一律扣留:是敌特冒充渔民的,即抓起来;是误闯领海的,便为渔船回归加足机油,提供足够的淡水、粮食和蔬菜,然后护送他们离开。临别时台湾的渔民兄弟们还和海军战士们相互致意,依依惜别。那时候,国民党的飞机几乎天天抵近大陆沿海窥探,严重威胁到来往的商船,而我舰船上那迎风飘扬的五星红旗下,炮口始终紧盯着企图不轨的敌机,为来往的船只护航。春华就是在这多事之秋入的党,在探亲假中完的婚,也在探亲假中欣喜若狂地抱起襁褓中的儿子……他在部队待了足足七年。在离开部队的时候,他恋恋不舍地告别驻地的营房、竹屿海军码头和时刻待命出征的战舰,还去那座被历史尘埃遮盖的小镇走了一遭。他留给这里的是人生最美好的青春,将要带走的是这里的一切和入党时在党旗下的誓言,还有在战舰上与战友们的合影……

春华将存在手机里穿着军装的照片,一张张地翻给我看。他说照片是他从镜框里翻拍到手机上的。这么多年过去了,每逢好友熟人和刚结识的新朋友提起那段往事,他都会将照片发给对方看看。他说在部队的那段经历永远忘不了!

晚上,二女儿突然来电话说春华一家刚刚到家,是出去旅游了。

当见到春华的那一刻,他笑得很开心。他告诉我,他儿子知道他的心结,故这次毅然做出决定:祖孙三代支持他并全程陪同出游,目的地就是他魂牵梦绕的地方——他当兵的地方。旧地重游,他兴奋地为儿孙们一一指点着原来的营房、篮球场和战舰停泊的竹屿海军码头。他和老伴还在近码头边合影留念。他感慨地说,离开这里快五十年了,这里当年荒凉贫穷的旧景还在我的脑海里,如今旧貌换新颜,是真正的天翻地覆!竹屿变得年轻漂亮富裕了,也让我认不出来了,而他,夕阳红了!我突然对他说,我找你,就是想写写你……

2023 年 6 月

老张小传

我和老张相识,缘于他那个当了十年知青,后来按政策顶替,成了我下伸店同事的老婆。第一次和老张见面是在他的家,那是一座住着两户人家的小楼房,有着饱经岁月沧桑的老年斑墙面,一个不大的天井里,几只鸡正悠闲地在墙角觅食,倒扣着几只大小不一的水缸,砖堆上摆放着各式盆景,真个是满院春色,馨香可人。偶尔点缀一二声公鸡懒散的打鸣更显幽静,小天井这环境让我眼馋。见我连声"啧啧",老张说这是他闲来无事弄白相的。

听老张说,在他刚学步的时候父亲就走了。不久,母亲扔下他远嫁南京,从此他便和奶奶相依为命。是奶奶调和了春夏秋冬,为他增加了暖意,减少了寒冷和孤独。初中毕业后,他进了一家市属厂半工半读。

老张其貌不扬,一米六不到的个头,用他自己的话说,我要卖相没卖相,要钱没钱,要才没才,就是一个普普通通的工人。女的么,不是爱男的身材相貌好,就是爱家有钱财或腹有诗书,而老张一个都不沾边,也不知他当年用了什么魔法"骗"到了漂亮老婆,与他白首偕老的。可他就是有女人缘。记得有一次我去他家,闲话中他毫不避讳地扳着指头对在场的几位朋友说,他有几个卖相都不差的精神上的女人,还说她们待他有怎么怎么好。大家都说他吹牛不打草稿,但他老婆当众证实有这么回事。其中有一个在老张生日的时候送了他一件四百多元的羊毛衫,其他的也都买了礼物送他。她们和他老婆的关系也蛮好,听说在其中一个生病时,老张夫妇还特意炖了只鸡带去探病。当年我在老张家见过这女的,比老张小近二十岁,脸上总挂着笑,论卖相那要掼老张好几个门面。

老张豪爽且心直口快,心里从来只记快乐,不装忧愁怨恨。前不久,我在公园里碰到他老婆,说起老张,她抱怨他年纪大了,脾气也坏了,时常高腔大嗓地和她吵架。

这次我和女儿去老张家吃饭,他正赤着膊在厨房里忙,趁着我女儿走进厨房,他老婆领着我在一个小间前站了站,说,汤先生,你看看。我一看,木架上、台板上,上上下下摆满了各种瓶装的、罐装的,名贵的、普通的白酒、红酒、洋酒及各种花式酒,连地上也是。毫不夸张地说,这些酒足可开一爿小型的酒类专卖店了。他老婆说,这些酒都是他看中了买回来的,早年他滴酒不沾,现在一天两顿。她劝他年纪大了少喝点,可他根本不听,有时还会把酒买回来。她叹了口气说,老了,变了。然后她又带我去空着的北房,我见床头码了一大堆各种保健品。她说他喝他的酒,她吃她的保健品,同时还不忘劝我吃点羊奶粉。我说,你讲你老头吃酒,你呢?这些保健品你到哪一年才能吃光呀!一旦过了保质期吃出病来,那花起钞票来就不是一张两张的了。

等老张从厨房忙完出来,我惊愣了:一个快奔八十的人了,胸肌、腹肌的线条轮廓分明,凹凸有致,如和那些健美人士来一场 PK,也绝不逊色。前两年老张乔迁到这里,我曾来过一次,如今两年多过去,他竟有这么强健的体魄!老张说这两年他抽出"买汰烧"的间隙,早中晚三次俯卧撑,每次半小时,三次能撑近千下。说着他当场伏在地上给我演示,见到他那上下起伏、又快又标准的动作,我羡慕不已。然后他又仰面将双脚搁在凳上,两手反撑在另一只凳上,悬空的身体就这么反复着上上下下的动作,这可比俯卧撑还难,而他却气不喘、脸不红,轻松自在。老张说这两年多来,他雷打不动每天锻炼,朋友们都说以他这样的年龄,能有这样的体魄很是少见。于是他萌生了要孙子为他拍摄几张照片,放到微信群里接受朋友们点赞的念头,因为我们的到来,他才让孙子改日来拍。

举杯动箸间的交谈,老张声声句句似和人吵架,就连对过人家也能听到。想着他背后常夸"我老婆蛮好,是我前世修来的福气",倒是他老婆把他中气十足、狮吼般的嗓子误解成吵架了。

老张近几年经常和老婆在国内外旅游,很是惬意。老婆吃保健品,他喝酒,对彼此都有看法,但又谁也说服不了谁,互不干涉。他们大体上属于月光族,想吃就吃,想玩就玩,用老张的话说,只要身体健康,享共产党的福,没什么后顾之忧。但有一件事他觉得疏忽了,即孙子大了,自己多少要积蓄一点,到时候总要拿出点做大大(祖父)的样子,不过现在存一点也不晚。

那天老张让我吃点桑葚酒,还说了此酒的诸般好处。我女儿夸他烧的菜油少、清淡,是健康的吃法,他很高兴。末了,我举起酒杯说,老兄,你的晚年生活算是精彩出挑的!来,别喝完,留一点点,以后如有老年人的健美比赛,你一定能拿奖,你的生活也一定会延续你的精彩,届时再延续这杯美酒……

2023 年 9 月

从婚房里的中草药说起

我是在那个特殊年代里结婚的。新房做在乡下那个有些年头、显示出原主人富足的老屋的北房,北面临小天井的东西墙仅80厘米高,墙以上是四扇玻璃窗,窗户拦腰有一根能脱卸的窗闩。还在新婚假期中的我,在这窗闩下的两头系了一根制鞋线后,便挂上了第一把就地取材的新鲜辣蓼草。来串门的乡邻见此情景,都用异样的目光看着我说,小汤,这辣蓼草随处都有,你把它挂在新房里当宝贝了?我说我先要感谢它,然后要认认真真的研究它。乡邻们听后都笑我是"白脚爪"(什么都不懂),这草有什么可研究的!

我年轻的时候身体单薄容易患病,尤其受了点风寒,就会得痢疾,症状多半是一天要大便好几次,每次总是急着去出恭,唯恐拉在裤子上,但坐上马桶后除了有极少的鼻涕状的黏性污物外,再也拉不出什么。虽然去医院看病拿药,但一时半会也不见好。这不算大病的病,却折腾得我精疲力尽,什么事也做不了。直到有一次遇到了一位懂点中草药知识的老人,他拔了一把草放到我的面前说,这叫辣蓼草,你拿回去洗净烧水喝,或许能治好你的病。辣蓼草,乡间也叫水辣蓼,随处可见,遍地都是,这能治病?我按照土郎中的要求,将辣蓼草煮了一小碗的浓汤喝下,不到两小时,奇迹出现了,屎急现象不再,以后的日子里大便正常,没有了急得像快要拉在裤子里的感觉。即便后来我稍不留神旧病复发,一把辣蓼草就可解决问题。乡邻们听我讲了这治病过程后,纷纷向我提供了本地常见的草药,有的甚至领我去指认采摘,还向我讲解他们所知道的各种草药的功效:比如蛤蟆叶(即车前草)煮水喝能清热下火、祛湿利尿;凤尾草能治疗肝炎和喉咙肿痛;牛筋草清热解毒治乙脑;半夏能治疑难病;瓦花(即老屋上的花,也有叫瓦松的)据说能治百病;灯笼草能清肺治肝炎……实际上各种草药的功效远不止乡邻们所了解的。我既然将它们挂在新房里,就是想要好好地研究它们。

一次老婆对我说大姨夫病了有几天了,我们抽个时间去看看他吧。大姨夫家在另一个公社,我们赶到他家时,大队医务室的医生背了个药箱也来了。他先问了问大姨夫前几天吃了药好点没有,然后打开药箱,用小纸袋装了三天的药量,并说这点药吃下后估计身体也好了。那几年全国前后两次降低药价,而大队医务室有自己的百草园,上海那个专治疑难杂症的群力草药店很受病家追捧。想着自己的肠道病也正是一把草药治好了的,脑海里便出现了一个问题:全国两次降低药价后,这草医草药还要不要?于是我向这位医生请教,他说草医草药是个方向,不然大队的医务室也不会去种植草药。我追问中草药治疗效果到底好不好?他说那是肯定的,而且有不少病家是在吃了成药不见效果后才改服中草药的。我又问那为什么不直接使用中草药?他说发几粒药多方便,用中草药多麻烦,且不说中草药从地里收起来洗净晒干,用铡刀铡短收藏,给病家配好药后,病家拿回去还要煎了喝,不像成药可随时随地就着开水吞下,再则,就是将成药和中草药放在病家面前,让他们自己挑选,他们也会选成药。对于医生来说,治同样性质的病,配发几粒成药当然省力;对病家来说,更不想在吃药上花费时间,自找麻烦。

那时我正痴迷于学写诗歌、小说,简直到了废寝忘食的地步,我想我可不可以把亲历的草药治病和这位医生所说的情况糅合在一起试写成小说？也巧，当时《解放日报》副刊正向全国征文，于是我毫不犹豫地写下四千余字的习作寄了出去。过不多久，编辑部庄稼老师用铅笔给我回了封短信，大意是考虑原稿刊发，但觉得小说中对白多了点，请我去报社谈一下改稿的事。在报社，接待我的是工人作家边风豪，他拿着我的稿子对我说，写乡村医生钻研医技的稿子很多，只有你抓住了这个视角……

直到现在，我家里的辣蓼草和蒲公英仍然不断，以备不时之需和做些随手的善事，也还藏着那篇岁月久远的小说处女作。

2023 年 10 月

布衣三迁

　　那年,我家那一片地方被部队征用了,我们便打算搬迁到东面距家约四百米的金沙滩去。前两年母亲得病走了,姐姐也去了上海市区做了新娘,就剩下父亲和七岁的我去金沙滩。

　　金沙滩的房子原本是丹阳人的会馆,也有我父亲的份,前两年这里还是丹阳人客死后暂时停放灵柩的地方。它在街西一块缩进约十米的围墙里,两扇破败的围墙门关不住围墙内的破败:南围墙有多处倒塌。这坐北朝南三间一百多平方米的房子,门面墙壁不见了踪影,屋后那几垛墙也已或凹凸或散落。这惨不忍睹的景象自然是不能住人的。于是,父亲和要一起搬来的邻居商量,我家出资,他家出力,赶快把房子修缮起来,好早点搬过去。好在邻居家的男主人在浴室工作,他上午无事,有的是时间,便到处去捡三合土(破砖),然后买来砻糠掺入黄泥中用水搅拌。每天砌上几层砖,待墙垒成后,用早就掏和好的纸筋石灰抹上墙面。过了一段时间看墙面干了,我们两家就搬了进来。在这里,我开始了人生路上的求学、工作阶段,经历了那个特殊年代,也送走了老父亲,自己结婚生子。1965年,老屋纳入房管所管理后,前后又搬来了三户人家。这里没有隐私,嬉笑怒骂甚至打架都一览无余。冬日里,屋小人多,虽显得逼仄,倒也聚暖;但夏日里,那空气中弥漫着的汗酸味久久不能散去。后来那三户人家搬走后,屋里才显得空间宽畅,舒服了许多。但小街的路面数十年来经几度修筑增高后,老屋就处在低洼中了:每逢下大雨,雨水倒灌进来却出不去,尤其是后天井的水无孔不入地渗进屋来。房管所来看过好几次,说这里要重新排水管的话,起码要高过路面下的水管。而要实施这么个工程,牵动面太大,根本不可能。那么多年了,我们总是在大雨过后,用提桶将水一桶桶地往外面拎,用面盆将水一盆盆地往外端……

那年,我凭着手头有几张票子,想买房了。前后看了好几处地方,最后在新城区的一个小区看中了一套房子。这里原来是大片的稻田,据老人们说,这地下没有墓葬,干净。但我看中的是环境幽静,交通方便。我在金沙滩时,因害怕屋漏和雨水倒灌而常做噩梦,故在这里买了个带车库的看上去就像是三楼的二楼大套,从此我们再也不受雨水倒灌和屋漏的侵扰了。春夏秋冬,岁月悠悠,我在这个小区里不知不觉地到了退休的年龄。

女儿怕我们年纪大了上下楼会有困难,于是想买个电梯房,条件是交通方便的,地段热闹的,离菜场和医院近的。其实我不喜欢热闹,但毕竟每天的买汰烧是她们母女俩的事。后来我们看到一处十字路口东南方的一幢高楼,觉得再合适不过了:这里菜场卖场多达七八个,也是老婆和女儿轧闹猛的去处;这里一出门前后左右都有公交车,东北边步行十多分钟就可到达九号线地铁站;这里周围有三家医院,最近的一家只要走三分钟就到,最远的也不超过二十分钟。于是我们在这里买了个比新城区那套还要大一点的房子。

如今搬迁来也快一年了,不知怎么的,我时不时地会进入那个每逢大雨雨水倒灌又屋漏的梦境,以及从买了新城区住宅到目前这种脱胎换骨的心境。现在,有时我踱步在书房的窗户前,俯瞰隔街那个中学的操场,见学子们分成几队正快乐地进行着各项体育活动时,蓦地想起孟母三迁的故事：孟母是为了儿子能有个好的学习环境而三次搬家，我呢，一介布衣也三次搬了家。平头百姓么，就牵记着生活向好！

2023 年 11 月

二

旅游杂记之一：外应添堵

酝酿已久的远足旅游，终于得以付诸实施：4月10日那天，在夜幕快降临时，我们这个夕阳红团队，乘上了由上海南站开出，途经松江西去昆明的K79次列车。

操办这次活动的老陈旅游经验丰富，他花了不少时间在网上搜索昆明当地的旅行社，和他们谈要去的景点，强调纯玩，不进商店购物，并要将这一条写进合约。然后又在好几家旅行社之间，对信誉度、价格、服务态度等方面作了比较，选取了一家较为满意的旅行社，几番砍价，直到再也找不出更低的价位了，才拍板让他们届时到昆明火车站接站时签约。这儿我们可以节省给当地旅行社的费用，估摸着每人可以节约一千余元。老陈原计划组织三十人的旅游团队，上述消息一经传出，一下子竟有五十三人报名参加，后来的只能婉拒。车票早在二月廿五日就预售了的。在兴奋、议论和盼望了那么多天后，总算踏上了旅程，开始远足旅游。团队中有十三人在前一天先乘飞机去思茅了，他们把最宝贵的青春年华留在了那里。他们要去看看那个铭刻在心中的第二故乡，去看看至今还留在那里的"献了青春献终生，献了终生献子孙"的松江人。

刚刚找到铺位，还没安顿好行李，列车就启动了。邻位一个老者笑容可掬地冲我点点头，我以为是我们团队的，一问是上海市区来的，也是去云南旅游,旅行社将他们几个安排在我们这一节车厢。

大概是列车转轨的缘故,车身哐当哐当地发出强烈的响声和震动,但人们并不在意。我们这些平均六十五岁的人相聚在一起,有的原本是同学、同事或街坊邻里,也有很大一部分人彼此是不认识的,如今上了同一趟列车,去同一个目的地,在熟悉中很快地热络起来,在交流中兴奋起来——因为我们这些人不管原来是在哪个岗位上工作的,都有共同的语言、共同的故事。你想啊,经历三年困难时期、十年"文化大革命"和三十余年的改革开放,只要有人为故事开个头,谁都可以说得很精彩,只不过具体到每个家庭每个人的细节不同罢了。

团队中有一对较为年轻的夫妻,男的身体结实微微发福,和另一位男士摊开带来的酒菜正举杯对酌,闲聊中得知前者是铁路上在职职工,他好出游,这次利用假期带夫人一起去放飞心情,和他对饮的这位刚退休不久,这次也是夫妇俩同行去饱览西南边陲风光。

我由小女儿陪伴,那是因为做小辈的对我出远门不放心。其实呢,我的身体还可以,从现在开始,只要自己喜欢去的地方,再忙也想出去走一走。

女列车员过来,满车厢地喊:要节约用水,水箱只供洗脸刷牙……

车窗外那路、那树、那屋渐渐变得模糊,远处的灯光似点点流萤飞过。不知从什么时候起列车那强烈的震动已换成了悠悠的晃动,它穿行在黑夜里,像摇篮,催人入梦。

我一觉醒来去方便的时候,正遇上列车员拿着簿子迎面过来,他问我:你们是四十三人的团队吗?我答是。那位笑容可掬的老者冲我俩点点头,散开手中刚洗好的棉毛衣裤晾在过道窗口挂窗帘的绳子上。

清晨,我被嚷嚷声吵醒,原来人们都在抱怨:怎么这么早就没有洗脸水了?

当我要吃早点,去过道拿那放纸屑的不锈钢小盆时,我们团队的一位女士提醒我,她刚刚看到那位笑容可掬的老者往小盆里吐了一口痰。

我过敏了:这是不是外应,预示这次旅游将会有添堵的事?

2016 年 5 月

旅游杂记之二：
野象谷与四张票

列车昼夜不息地行驶，在4月12日的早上到达昆明。下车后我们拖着沉重的行李箱，随着涌动的人流挤出车站。还没来得及看上一眼刚刚醒来的熙熙攘攘的昆明早晨，我们就被导游接走。在七拐八弯不辨东西南北中，我们被领到要乘坐的大巴车前。我们按早就被告知的座位入座。老陈则在车下和一个叫作娜娜的旅行社负责人确认旅游景点，再次强调纯玩不进店购物，整个旅程分三次交付费用：签约后付三分之一，旅程过半再付三分之一，旅程结束费用付清。这样我们就有主动权，约束旅行社按协议上承诺的办。老陈在认真地看了娜娜递上的协议后签上名，付了钱款便上车。

按旅游行程表，大巴车接站后前往西双版纳，中途在思茅接那十三个人，抵达西双版纳入住酒店休息，次日去野象谷景区和原始森林公园。

从昆明到西双版纳野象谷的行程600千米。大巴车上了高速公路，除了限速路段外，几乎是在狂奔。中午在定点处吃了午饭后即刻上车赶路。旅途中有全副武装的边防公安上车检看身份证。大巴车司机黄师傅说，这是为防止贩毒人员设置的关卡。在大巴车快要到第二个安检处时，老陈和先期到达勐腊的十三个人联系，确定了接他们的地点。

大巴车刚过关卡,就见马路左侧十多人都在挥手。车刚停稳,他们提着茶叶等物品穿过马路,临上车时不忘向站在稍远处送别的一男一女挥手道别。大巴车已经缓缓移动了,那两人抹着眼泪站在原地仍在挥手,那情那景才叫真正的"依依惜别"。上车的人告诉我们,他们就是留在云南的松江人。我朝车后望去:想那眼泪里有些什么,应该是五味杂陈吧!

黄师傅告诉大家,西双版纳日长,天黑得较晚,如果大家不累的话,下午就可以去野象谷景区。车上的人一下子兴奋起来:难得来云南一趟,现在这个年龄,不可能下次再来了,何不抓紧时间,争取多去几个景点!于是,好似一下子年轻了许多,竟忘记了列车上三十七个小时的劳顿没得到喘息,一上大巴车就千里奔命。于是,旅行社派出的随团导游翠翠和当地导游联系,告知其本团人数后,我们便直奔野象谷。

快到目的地时导游告诉我们,车外右侧的山谷里,是野象出没的地方。尤其是近一个月间,游人时常可以看到野象带领全家出来冲澡嬉戏或悠然闲逛,它们不用护照自由自在,经常出入于老挝、缅甸和我国西双版纳之间。下午4:30许,我们到达景点,导游把五十三人的身份证交给入口处的管理人员,让他们一一核对放入。我们原先就知道,满七十岁的人是免票进入的。可在这节骨眼上却卡住了:本来免票的四个人已被当地导游刷卡买票,为此在售票处纠缠耽误了一点时间。在里边等待的当地导游打电话来催促,大象表演已接近尾声,再晚就看不到了。于是我们先进去看大象表演。

这里游客很多,只见一头大象固定在原地供人们坐上去拍照,另外三头大象在场中央,根据主持人的指令分别表演吹口琴、敲鼓、跳舞等,现场气氛热烈。有一头大象鼻子上钩着塑料袋,袋内放着香蕉、苹果等,到观众席前晃悠,有时把观众吓得一大跳。等人们回过神来才看清,它在向观众兜售水果。谁取了水果就在袋里放上二十元钱,大象再把袋子送到跟着它的主人面前。观众掏了钱,水果就给大象。大象会当着你的面吃,并向你频频点头表达谢意,让人忍俊不禁。这个节目最为有趣也最招人喜欢。大象得到了物质奖励,自然也很卖力。

我们看完大象表演,游览了蝴蝶馆、蟒蛇园等出来也不过一个多小时,售票处还是不肯退那四张票的费用。当地导游的解释是:一时疏忽,忘了问有几位是免费的。这儿都是刷卡的,不能退。

我们坚持要退这四张票。为此老陈和昆明娜娜作了几个回合的沟通,也没有明确答复。我对老陈说,主动权在我们手里,到最后结清费用时把这钱扣下就是了。

2016 年 5 月

旅游杂记之三：想看看湄公河

疲劳让我睡得很死，以致半夜细雨光临叩窗也没有丝毫感觉。早饭后上大巴去原始森林公园的路上，见街道两边那傣族及异域风格的建筑物像洗刷过一样。转入景洪市宣慰大道，那有四五层楼高的挂满果实的椰子树，那被青藤缠绵的高大的榕树，那紫红花、三角梅，似在列队迎宾。我有一点杞忧：那么高的椰子树，果实怎么采摘呢，万一椰子熟透而掉落了，砸在行人的头上、车上怎么办……

在探索了神秘的原始森林，争看野生动物驯化表演，一睹孔雀放飞的壮观场面，满足了眼福以后，想着昨日提前去野象谷游览，空出今天下午的时间可参加其他的景点活动。于是，导游推荐了一个项目：三月十五日（也就是后天）是傣族人民盛大的泼水节，也就是傣历1378年的新年节，今天开始景洪市全城大联欢，下午主要街道封锁交通，有花车巡游。每年的这个时候，澜沧江两岸和大桥上人山人海，瞩目江面上赛龙舟的宏大场面，导致根本就无法通车。自电视剧《湄公河大案》在央视播出以后，游人就冲着案发地的异域风情蜂拥而来。据导游介绍，顺澜沧江而下进入缅甸，就是湄公河了。今天下午有游船去中缅边境的湄公河，船票很紧张，要去的话马上订票，每位二百六十元，满七十岁的人也要买全票。此言一出就有半数人报名。于是导游和司机商量着抓紧去码头，万一交通封锁了怎么走，等等。

我们匆匆吃了顿没按标准的让人不愉快的全素午饭，愤愤然上了大巴车后直奔码头。果然停车场几乎已没有空位，上船的进口处排着几条长龙。导游拿了我们的身份证挤着去购票。

检票后登船时已是下午1:30，我瞄了一眼中间的船舱，里面坐满了人，船头方向是一个舞台，音响的分贝高得刺耳，观众席是一式的长条桌，上面放着水果、椰奶和蜜饯之类。在这上一层还有一个同样的舞台。那些穿着少数民族服装的演员和外聘的漂亮"人妖"，在上下层之间奔忙，在船廊里来回穿梭，轮换着上台。

我们被安排在船头，姑且称为观景台吧。这儿视野开阔，正前方一览无余。澜沧江（当地人大多叫景洪港）江面微波粼粼，对岸约1千米长的江滩上蚁动着密密的人群，那岸上好似还搭了一个很大的舞台，借用老陈的相机，拍摄后放大了看，才见舞台上方的横幅上是"中国西双版纳2016澜沧江—湄公河渔业资源增值放流活动"的字样。有不少人都站在江里，江水没膝。时而，江面上出现港监的小汽艇来回巡逻。时间没到还不见龙舟，我们的船也没动，只是船上两层舞台上的演出更热闹了。

我误以为这观景台是我们的贵宾室，喝着椰奶吃着瓜果，等着开船去湄公河……岂料，等到江面上龙舟赛开始、加油的呼喊声一浪高过一浪时，还迟迟不见开船。在演出人员到船头上专门为我们歌舞一曲后，我们找到船上管事的问船什么时候开，他明确告诉我们今天江面上赛龙舟，开船不安全。我们都傻眼了，来情绪了。我们也明确告诉他，导游说的要去湄公河，我们就是冲着这个来的。管事的一听也愣了，他说那这个事他也不知道，他只能等通知开船。

直到下午3:30演出结束，我们也没去成湄公河。倒是驱车去了一家玉器店，据说有近几年发现的黄龙玉……

事后我们听说，那天因为不去湄公河，船票仅一百六十元一张。

2016年5月

旅游杂记之四：在曼卡村

云南景洪市勐养镇有一个叫曼卡村的傣族村寨。据介绍这是个开发还不到三年的景点，它完整地保存了傣家人的民俗风情，在那里可以看到傣族的吊脚楼。随着傣家人生活的改善，最早的竹制吊脚楼是没有了，现在能看到的是木制的和少量水泥的吊脚楼。

旅游大巴车行驶三个多小时，由高速公路转行一段不太好走的碎石路，而后又转向好像新筑成不久的、只能一车通行的水泥路。这儿路两边是连片的香蕉地和一眼望不到头的橡胶林，远看人家的大巴车穿行其中，宛如大海上微微颠簸前行的舟船。路旁停靠的大卡车正忙着装运刚割下的香蕉。这时我发现，凡是停靠大卡车的地方，路面加阔，两车能交叉通过。终于我们在一个不太大又高低不平的泥路停车场停了下来。我们下车后导游再一次强调入乡随俗，尊重少数民族的习惯及要注意的事项。等不多久，吊脚楼的女主人小玉穿戴她本民族的服饰过来，对我们这些"老窝头"（傣语指六十岁以上的男性）、"老妮头"（指六十岁以上的女性）表示欢迎。小玉身材苗条，看不出已有三十八岁的年龄。她上过高中，汉语很好，是村寨里的女秀才，所以村里把这一份接待游客的"外交"任务交给了她。

小玉家很干净。我们奇怪吊脚楼的柱子怎么是方形的，小玉说以前村寨里蛇多，现在有时候也会出现，如果柱子是圆的，它会顺着柱子游上去，这方柱它就没法上楼。她问我们是否知道她家这地面为什么呈斜坡状。我们没有一个能回答。她说她家建在一个斜坡上，万一有大雨或水涝什么的，家里进水后水能顺着斜坡很快排出去。她说以前楼下是牛羊待的地方，因为要迎接游客参观，才让牛羊搬出去，仅仅存放些农具。

我们上了二楼以后，一眼看到木炭火盆和乌黑的水壶。小玉说傣家人家家户户都是这样，木质吊脚楼就是靠这个天天烟熏，所以没有虫蛀，有了也得熏死。我们走进中间那个接待室，见楼板上排了好几十只矮凳，小玉旁边那位女的忙着拿杯子舀上银盆里的水递到每一个人的手上。

小玉说傣族有自己的文字，有自己的纪年历法。他们那里的男孩到了七八岁便送去庙里当小和尚，学文化、诵经，学习制作银器的手艺，到了嫁娶的年龄后还俗。男女青年相爱了，男方便成了女方家的一员，但并不洞房，下地劳动、打制银器，反正一切的活计他要抢在前面干，经受三年考验，女方满意了就成亲，反之就走人。成亲后女的干地里活、操持家务、生儿育女；男的不干活，任意吃喝玩耍，在家带孩子。傣族是一个重女轻男的民族，只有女方休掉男的，从没有男方休掉女的。"文化大革命"中，曼卡村也来了知青，他们朝气蓬勃，积极向上，有的傣族姑娘就嫁给了汉族知青。后来终因这儿生活条件艰苦，有个别人偷渡去了缅甸，有些人偷了傣族家的鸡到山上去烤了吃。这事如发生在本族人中，可是个剁手指为戒的事，可发生在知青中，他们便对汉人有了看法。小玉说汉族人聪明，知青回乡探亲带来的肥皂，寨子里人见用它洗衣服干净，很稀罕，想要，知青拿一块肥皂就能换到六只鸡……

小玉说，他们对知青是又爱又恨，爱的是他们当年帮寨子里开发种植了橡胶林，有的连生命都留在这里了。傣族人是没有坟墓的，他们死后火葬，把骨灰撒在地里，现在留在地里的坟墓都是当年知青的坟墓。他们大多葬在用自己心血栽植的橡胶林中，他们的坟墓朝着家乡，却还看护、死守着橡胶林，让傣族人民怀念他们。恨他们的是留种不留情：在知青返乡大潮中，已结婚生子的也说走就走，全然不顾留下的妻子、儿女。傣族女人开天辟地头一回被男人休了，而且还是汉族男人，这让做妻子的在寨子里实在抬不起头，以致曼卡村对外封闭，不和外界接触。直到当地政府再三劝导，才于2014年开始接待游人。

小玉讲完以往的故事，又当众介绍起本村手工打制的各式银器及其诸般好处。我女儿当场买了个银镯和小巧的银戒指。

在去石林景区的路上，导游又让我们进了一家大型的银器商场。她两次冲着我说，老窝头，这儿的银器好，你买我可以对商场说说九五折优惠。我碍于情面买了一把梳子。

2016年5月

旅游杂记之五：有点煞风景

捋捋到过的景点，回忆起来已很吃力。也许是年老记忆力衰退的原因，也许是天天这么几小时耗在大巴里，蜷缩在座位上，等到达景点，精神头熬没了，软塌塌的。于是在砸了大钱远道来玩的胜景前，在规定了的局促的时间内，只能是一眼掠过了，现在想起来竟似遥远的往事。

去了游人如织的石林。没感受到鬼斧神工的"天下第一奇观"，处身于两亿七千万年前浩瀚海洋的海底，漫步在世界最大的喀斯特地质公园，倒是嘀咕不该赶这旅游旺季来人看人"轧闹猛"。

在西山上俯瞰滇池，波光粼粼中飘动着一二渔舟，滇池周围楼宇林立错落，西山的景色朦胧地留在心里，仅仅是多看了一眼远在山坡上的聂耳墓。

元谋的土林颇具特色，姿态造型各异，那半山间的凌霄宝殿，那相拥的情深男女，那威严的武士，那灵动的狮、狗……在这里可以穿越梦幻，穿越古今，刷新想象，无所不能。把这儿称作"南国宝地"实至名归，来云南，来元谋土林，在千奇百怪中穿越，足矣！

那个早晨，我们去了洱海，由于天气阴沉，后来还夹带了小雨，自然无缘看洱海日出了。在远处，我看到一艘如弯月般的小船，它桅杆高耸，静静地泊在绿树映衬着的海边。我回望无边无岸的洱海，觉得这小船应该是从天的尽头、从远古驶来。这儿是它的归宿，它似在展示着什么,讲述着什么。

这儿,一里不同俗,十里不同天,后者让我遇上了。下午,在我们从元谋土林回来的路上,在楚雄彝族自治州牟定县境内,毫无征兆地突然倾下起赤豆粒大小的冰雹,打在大巴前挡风玻璃上啪啪作响,整车的人都觉得好奇又有点害怕,担心车窗让冰雹砸碎……好在下雹仅仅持续了几分钟,或许是大巴已穿越了下雹区。

今天我们要去的是5A级旅游景区玉龙雪山。

早上车辆稀少,这条路上大概也没有限速。大巴上路后,车窗外的景色开始急急地后退,我们正对着玉龙山顶那一抹神奇的雪白飞奔,玉龙雪山也正带着雪白的神秘故事向我们迎来。

这里有甘海子牧场,有隐蔽在原始森林中被称为"云杉坪"的草坪。我们是冲着山顶上的雪来的,想近距离地欣赏、探究。可惜索道到不了那里,以后也没有计划到那里。早知道仅仅是为山顶这一抹白色特地来远眺,其实,我们出了宾馆大门,站在马路边上就能看到。

下山的时候,各旅游团每个人都无一例外而稀里糊涂地排队被拍了照,出口处又稀里糊涂地拿了照片,付了二十元钱。当很多游客拍拍自带的相机说不需要照片时,对方跟你稍稍纠缠几句也不勉强。

回来的路上,导游说给他一个面子,去一个卖螺旋藻的地方,不买不要紧,他们只是点点人头,让他对公司好有个交代。

于是我们去听讲、试吃,售货员自然说了吃螺旋藻有几大好处,等等。等我们上车后,售货员还追上车来说,现在只卖出十四袋(每袋五百克二百九十元),如再能卖出二十袋,每袋加赠八十元一瓶的螺旋藻。见无人回音,售货员便盯住我。我说你卖出十九袋,第二十袋我来买。她没达到目的,又对我说,如果我买两袋她就加送我两瓶。我说我要那么多干吗。大概她见车厢里的人脸色难看,便怏怏地下了车。

2016年5月

旅游杂记之六：横生枝节

终于到了心驰神往的大理古城。据景区简介，大理古城又名榆城、紫城。早在西汉武帝元封二年（公元前109年）大理就设置叶榆县（属益州郡），被正式纳入中央王朝管辖。大理古城之"古"，不仅体现在四周围有城墙城门及门楼，还在于有大量的古建筑和古街、古道遗址。在它的周边地区分布了多达二十八处文物古迹，是历史、宗教、民族、建筑等文化最为集中的展示区，有极高的历史、艺术、文物价值。但好好品味这里的一切要假以时日，跟团旅游是没法做到的。所以我们在洋人街上也只能是步履匆匆地东张西望，前顾后盼地"掠"过去了。我们去大理农村电影历史博物馆逗留了一点时间，在学生时代看到过的电影画报和那些片名，又勾起儿时进电影院看电影时那快乐的情景。

我们也去了大理唯一的5A级旅游景区崇圣寺三塔，这儿被称为佛都。三塔为崇圣寺五大重器之首，主塔为千寻塔，建于唐代南诏国时期（833—840年），南北两座小塔建于大理国段正严、段正兴时期（1108—1172年）。南诏建极大钟，原钟铸于公元871年，即南诏建极十二年，故名南诏建极大钟。此钟亦为崇圣寺五大重器之一，原钟毁于清咸丰、同治年间的战乱，1999年重铸的南诏建极大钟重16.295吨，为云南省第一大钟，中国近代所铸第四大钟。雨铜观音殿中的雨铜观音,原铸于南诏中兴二年(899年),也为崇圣寺五大重器之一,毁于"文化大革命"期间,现在的雨铜观音像是大理地区特有的男身女相,根据清末遗存照片于1999年重铸,高12.6米,贴金,重11吨,其慈祥善良的女性脸庞,伟岸挺拔的男性身材,和中原地区的观音造型不同。善男信女们来这里洗涤心灵,追求信仰。游客们在这神圣肃穆的殿堂里缓缓移步、仰视,心中许愿,祈求保佑。

我们游览丽江时,我对始建于南宋末年的四方街很感兴趣。丽江古城就以这四方街为中心区,以江南水乡般的美景和别具风貌的建筑风格特色被誉为"东方威尼斯""高原姑苏"。怪我孤陋寡闻,我在这里对一家从皇城根过来的专售鼻烟和鼻烟壶的门店有了浓厚的兴趣。店主是一个六十开外的男子,一口京片子。从挂着的四幅画像上知道店主五代都是靠制鼻烟壶、售鼻烟谋生的人。鼻烟有健身、明目、醒脑的功效,来店里光顾的人不少,让我驻足了很久。

据导游介绍,丽江旅游业如此火爆,和电影电视剧中有它的镜头并讲述它的故事助推是分不开的。先是《千里走单骑》《一米阳光》让旅游业起步,后来是《北京青年》《木府风云》,旅游开始火了,到了张艺谋、王潮歌、樊跃联袂执导的所谓"雪山灵魂之作"《印象丽江》,被称为"一场荡涤灵魂的盛宴",更是把旅游业推向了沸点。2014年丽江接待游客数量为1 731.17万人次,实现旅游综合收入238.38亿元。今年的3月和4月,每天来丽江旅游的已达八万人次,这是何等可观的收入!我感慨:历史留下的遗存,祖先留下的家业都在源源不断地为后代子孙创造财富,大自然造化的天下奇观,为国家为后人默默无私地做出奉献,我们真的应该好好保护它们,善待它们。

大巴在返程的路上,只见导游和老陈嘀咕了一阵后,老陈就征求大家的意见说,原来说好的特别赠送丽江玛卡炖鸡,但餐馆提出现在物价较高,每人加收五十元餐费……车厢内顿时议论纷纷,说赠餐是旅游公司自己提出的,是写进协议的,怎么现在要增加餐费?有的说去掉玛卡炖鸡吧;也有的说你送餐也是羊毛出在羊身上,我们的餐费标准是每人二十元,现在每人要增加五十元,这还叫送吗!

2016 年 5 月

旅游杂记之七：虎跳峡之游

离开"长江第一弯"，天空中飘起了小雨，大巴沿着弯曲的盘山道蛇行。

快近中午时分，我们透过车窗，已能清晰地看到路边地标性的建筑——高耸的石柱上踞着一只斑斓猛虎，仿佛还能看到它昂首长啸，腾空跃向对岸的雄姿。这里是世界著名的虎跳峡大峡谷。

虎跳峡分为上虎跳、中虎跳、下虎跳三段，峡谷内礁石林立，险滩密布，由于山岩断层塌陷，造成无数跌坎，有的甚至高达10余米，雾气空蒙中的瀑布"轰轰"地冲击着礁石，激起的水花飞溅乱蹿。因山势落差悬殊，江流湍急，旋涡漫卷，一路呼啸怒号，形成山和水的奇观。这儿海拔高差3 900余米，其峡谷之深，位居世界前列。最窄处仅30余米。远远望去，看似双峰欲合，却是如门半开。身入谷中，看天一条缝，看江一条龙，头顶绝壁，脚临激流……我们顺着石级往下走，倒也不觉得什么吃力，只是忙着搜索美景捕捉镜头，把虎跳峡那惊涛裂岸、飞泉流瀑等美景带回家。待拾级往上走时，似有点力不从心了。加上细雨来袭，撑起了雨伞，不管石级或木梯都有点打滑，每走一步都格外小心，每到歇脚处坐下就不想起来了……

那天的午饭是在虎跳峡吃的。那个餐馆生意特别好，一拨拨的人似排着队进去，也一拨拨像排着队出来。我观察了一下周围，同是餐馆,有的店面门可罗雀。人的心理也挺奇怪的,我在家出门买东西,也总往人多的地方挤,一是可能这地方的东西便宜,顾客蜂拥而来;二是生意好的店家货物周转快、新鲜。导游是根据我们旅游景点所用的时间推算,再打电话在定点的餐馆预订吃饭的。集中在同一个时间段、同一个店用餐,自然要拥挤了。

我们五十三人,五桌,有三桌是坐十一个人的。导游根据实际人数报给餐馆厨房,当饭菜上桌时,每桌都是十个菜。我们马上提醒店方,十一座的桌上每桌少了一个菜,店方略顿了顿说,给你们每个菜都加量了。我疑惑:是十一座的桌上"都加量"了,还是五桌"都加量"了?比比邻座其他团队桌上同样的菜,我看不出我们"都加量"了。其实"量"的标准没有公示也不掌握在游客手里,只是店方凭良心做事,加不加量他自己心知肚明。我心里像吞了只苍蝇,先前那种大自然造化虎跳峡的叹为观止的神奇感觉荡然无存。随之而来的是一时难以消解的"活塞",要是去掉三四十年,以我急躁的性情,肯定会该出手时就出手地"虎跳",非和店方斤斤计较一番不可。

时停时续的细雨,一直陪伴我们进入香格里拉。

听导游介绍,香格里拉市在海拔3 300米左右,位于云南西北部,是云南、四川及西藏的交会处,也是金沙江(即长江)、澜沧江、怒江"三江并流"的风景区腹地。香格里拉意为"接近天堂的圣地"。全市有藏族、汉族、纳西族、彝族等十几个民族。香格里拉市原名中甸县,历史文化悠久,自然风光绚丽,它拥有普达措国家公园、独克宗古城、噶丹松赞林寺、虎跳峡等景点。我们不远千里,就是冲着虎跳峡、普达措国家公园来的。明天,我们要去云南之旅的最后一个景点——普达措国家公园。

2016年6月

旅游杂记之八：也快乐，也添堵

我们到达香格里拉是在4月19日下午两点多一些，司机找了一个停车的地方。下车后，我们便去了藏医藏药博物馆。

它在一个我叫不上名的广场的左侧，广场对面好像是依山而建的仍让我叫不上名的漂亮的建筑。在旅游行程中本没有安排参观藏医藏药博物馆的内容，大概是下午时间富裕，导游临时所作的决定。于是来不及细看一眼周围，我们便鱼贯进入这个博物馆。

由于参观的时间不多，馆内的讲解员择要中再择要、压缩中再压缩地为我们讲解。最后的环节，讲解员告诉我们，这里有德高望重的、令人尊敬的藏医名家坐堂，他们可以免费为我们看手相面相诊病，然后在这里配药。讲解员教我们如何用藏语和这些专家、名医打招呼。我们觉得在此次旅游中这好像是捡到的最大的便宜……

到宾馆里安顿好以后，按计划晚餐将在藏族村寨的藏民家访中进行。

大巴进入一家院落，身穿藏族服装的女主人一脸灿烂地出迎。两位藏族姑娘满面笑容，用藏语欢迎我们，并向我们每一个人献上洁白的哈达后，依次让我们每个人站在她们中间合影留念。然后由楼上的歌唱声把我们带进大客厅。这客厅很大，居中搭建一个高约60厘米、宽约 6 米的舞台。四周都是长条桌、凳，除了一方的前半部分为我们预留了五十三个座位外，整个客厅早已坐得满满当当，不少于三百人。我坐在贴舞台的一排，桌上放着青稞、酥油茶、青稞酒、烤鸡及马奶。我一边看着藏族的歌舞表演，一边品尝着眼前的特色食品。不一会，一位女主人（也许是工作人员）拿着照片微笑着依次过来，当她到我面前的时候，我只是礼貌地笑笑，说声不要。坐在我右边的那位问了问价，嫌贵也不要，她说你可以随意给，他掏出十元钱（因他们夫妻俩是分开照的，有两张照片），那女的笑了笑，摇摇头没有成交。

　　由于音响太刺激，也觉得身体有点不舒服，我提前退出来到大巴车上和黄师傅闲聊。

　　第二天早晨，我不舒服的感觉加重，担心上海拔 3 500~4 200 米的普达措国家公园身体会受不了，为此只得忍痛放弃了这个机会，作废了这张门票，在宾馆和那些有高原反应而不敢去的人一起，专等他们游园归来，分享从他们嘴里流出来的童话世界里无任何污染的景色。

　　但是，他们回来没说森林公园的湖光山色、花海草甸，却带回来有点奇葩的故事。奇葩之一，有了门票必须自费购买电瓶车票，理由是公园面积太大，乘车游览也需要好几个小时，不坐车根本无法玩转它。有人提出，我们随兴游览可以按时返回。但交涉无果，有十人硬生生地被挡在了门外，门票不退只得作废。奇葩之二，早在旅游公司发给我们的电子邮件中，除了写明旅程内容的安排，还标明了各景点自费电瓶车的价格。在普达措国家森林公园一日游中，标着"电瓶车八十元自理"的字样，到了景点门口才发现电瓶车票价是一百二十元，说八十元是三年前的价格，这是旅游公司工作人员的失误。奇葩之三，景区内强调要买氧气罐，不买后果自负，还举例曾有不买氧气罐丢了性命的。实际上有人买了氧气罐没用上，拿在手里又怕麻烦，在回来的路上用了；有人拿回来做了纪念品。

同一天,老陈给了我三百元,他说满七十岁和有残疾证的五个人都退这个数,而野象谷该退的门票一分没退。其他的诸如说去湄公河而没成行的费用是否退还在这三百元之内,我没问老陈。

　　这次旅游正印证了"松江人好和头"的说法,老陈没有听取我在野象谷时说的"钱在我们手里,主动权就在我们手里,到最后结清费用时把这钱扣下就是了"的建议。我们也终于在这快乐和添堵的相伴中结束了这次旅程。

　　别了,云南!

2016 年 6 月

清凉寺见闻之一：动因

大年初一的午后，女儿带着我和老婆，收拾好行囊带上两只塑料桶，驱车直奔浙江长兴的清凉寺。

促成这次行程已是两年前的事了。

那天女儿带来一袋茶叶，说是清凉寺方丈海觉让她送给我的。我和方丈素未谋面，估计女儿是说了些什么的。女儿说那寺建在山顶茂密的竹林丛中，已有一千四百余年的历史，寺旁有三眼清泉颇为神奇，曾喝好不少皮肤病患者，现在天天有山下的村民和远道开车来的各色人等，拿了塑料桶上山取水。寺中的菩萨也很灵验，有两个真实的故事："文化大革命"那年，山下发生了一场瘟疫，迅即蔓延。一位母亲为三四岁的儿子久治无效，急得她背起孩子连走带爬地上清凉寺求菩萨保佑，并许愿如孩子能逃过这个生死劫，以后考上大学、参加工作，一定重修寺院，为菩萨再塑金身。说罢虔诚地叩了几个头，也让还不懂事的儿子学着自己规规矩矩地对着菩萨叩拜。后来她儿子果然考上大学，参加了工作。为了当年母亲许下的诺言，也为了响应党的宗教政策，他各方动员重修了清凉寺。此外，我女儿熟识的一位沪上文艺界名人曾亲口对其说，她有个亲戚结婚多年没有生育，在她游览清凉寺时，代为她亲戚叩拜菩萨，若求得子嗣，定当来寺院烧香还愿。后来她亲戚果然怀孕了，也由她来代为还愿。女儿劝我,清凉寺值得一去。我原本喜欢佛门的清净,前两年还是在寺院中过的春节。

前年年底,我岳父以九十刚过的高龄,毫无征兆地突然驾鹤西去,五七那天来做佛事的就是清凉寺方丈海觉师父所带的僧众。在女儿当面作了介绍后,海觉师父递上一袋茶叶给我说,伯伯,这是我们当地产的,我们山上空气清新,茶好、水好,你什么时候方便请过来。我满口答应。

大概和年龄有关,现在做任何事都有点懒散,手头一篇稿子还是2010年动的笔,后来拖拖拉拉地再也没有耐心写下去。要不是小女儿三天两头用诸如"年纪上去了,那稿子再不完成,恐怕只能有头无尾,要前功尽弃了"之类的话催促,我是不会以蚂蚁搬家般的精神,愚公移山般的恒心和毅力,耗着心血、耗着时间去完成初稿的。于是我决定上清凉寺改稿去。

路上车辆稀少,收费站免收过路费,到达目的地的车程缩短了一小时。小车在进入上山的黄泥砂石小路时,因前两天雨雪,坑坑洼洼里都汪着泥浆水,车子就像浪里小舟一路颠簸。到停车场,见那里就像一个水塘,根本没法停车,只好再爬上一个高坡,在一个建筑工地前,选择一块能落脚的地方停了下来。女儿指点着前面一一告诉我,这里是清凉寺新扩建的所在地,眼前是刚夯实的大雄宝殿地基,往上走是藏经楼,这两边都是配套的用房。忽然她对高处往下走的僧人喊了声师父,因为我不认路也不认人,她提醒我这就是送我茶叶的方丈海觉,我连忙上去打了个招呼。他指指放在地上的一堆食品礼盒说,要去山下看望几位孤寡老人,晚饭前会赶回来,叫我们今天在山下住一晚。说罢他让其他人帮我们把行李拿到房间里去,女儿则领我去看望从上海来的赵阿姨。

赵阿姨像个笑弥陀,一脸善相,今年已经八十六岁……她说她来此近二十年了,原本是在山上的,现在年纪大了腿脚不便,故搬到山下来了。她劝我在山上多待几天。

用斋前女儿又提醒我:佛门规矩,吃饭时千万别说话。

2018 年 3 月

清凉寺见闻之二：上山

上山有两条路：一条是从山下停车场右侧上山，那是新铺设没几年的石板路，好走；另一条就在我们住的这幢楼有个后门，抄近路上山，要少走四分之一的路，这也是年轻的僧侣们常走的路。不过这小路路陡易滑，容易摔跤。海觉师父建议我们让女儿陪同，笃悠悠地从山下走那条石板路，看看山野的风光，看看沿路的摩崖石佛，走累了可以坐下歇歇，这样也安全可靠。我采纳了海觉师父的建议。临上山前他来送我并递给我一根作登山杖用的树枝，说路上可以借借力，还说你们所有的行李都由能源他们帮着送上山去。我忙把早已准备好的两本书签名送给了他。

也许是天助人愿，大年初二的上午阳光普照。我们是在上午九点多一些，各人仅背了个小包出发的，到了入口处，我匆匆看了看竖在路旁的景点简介。在过一座新建的小型石拱桥的时候，见桥下溪流淙淙，似在不断地讲述这里的千年历史。河不宽，水不大，水流因河床而弯曲。这山原来叫成山，相传西汉末年，琅邪樊崇、于苕起事后，率赤眉据此垒石为城而得名"石城山"，山上有石城遗迹。这么说，这条小河就是当年的护城河，这石拱桥也极有可能是当年吊桥的遗址了。

石级平坦，走来并不吃力，放眼四野，山腰下全是茶树，半山以上才是茂密的竹林。女儿告诉我，这山上原本满山都是毛竹，村里考虑到经济效益才砍竹种了茶树。路的右侧,每隔一段距离就有明代的摩崖石佛,由于经年累月的风吹雨打、暴晒寒袭,石佛风化销蚀,肢体残损,面目模糊。不过这不影响他们享受善男信女们虔诚的膜拜,这可由他们面前的供品和烧剩的香烛证明。

当我们到达山顶时,能源他们正忙着在为我们晒被子、打扫灰尘,他见了我,又忙领我去看了几个卧室,让我挑选,还告诉我,在寺中打理的戴阿姨今日下午回上海,要到清明节之后才来。她一走,寺里就没人了。能源法师担心我们分散住害怕,建议我们住在一起。女儿后来告诉我,戴阿姨已经七十多岁了,家中还有个九十七岁的父亲。我奇怪:她不在家中照顾父亲,老远跑到清凉寺来,不担心家中会有突发事件吗?女儿说戴阿姨父亲以前身体一直不好,自她来清凉寺后,她父亲身体竟一直安然无恙,所以她愿意待在寺里。女儿还说,寺里总共四个师父,加上上了年纪的居士也不超过十个人。春节里法事多,而且寺里正把大量的精力放在山下的扩建中,对山上一时也没法顾及。幸亏我们来了,明天山门可以照开。

能源师父临下山时对我说,你们生活中还需要什么,我们会及时送上来的。说完,他和其他几个人就急急地下山了。戴阿姨见我有空了,就热情地关照我,告诉我茶叶放在什么地方,以及她从上海带来的腐乳和橄榄菜都没启封,叫我们抓紧吃掉。她还告诉我,万一有游人求签,右侧门背后挂着对应的签语条,抽屉里有解签本,别问求签者给钱多少,请他们塞进随缘箱;如有人捐款,请其在功德簿上留下姓名和捐款的数目……戴阿姨像办移交手续,弄得我压力重重的。她午后去山下交了账目就直接回上海了。

那一夜雨不小,风声也大,在睡梦中只听"啪"的一声,沉沉的。我再也没有睡着,脑海里蓦地编织起恐怖的故事来。

2018 年 3 月

清凉寺见闻之三：客串

我们按寺里的规定，早上正七点开了山门，迎接的第一个人并非香客，也不是游人，而是拿了塑料桶从山下来取山泉的村里人。他见了我像老熟人似的，点了点头说了声"早"，径直往泉井走去。我伸了个懒腰，看到东南屋角下有一堆新摔碎的瓦片。联想到昨晚寂静中那惊心动魄的一声"啪"，原来是大风大雨刮落的瓦片在制造恐怖。

趁着早饭还没烧好，我在寺外周边溜达了一圈，最后见寺北路边的拐弯处，插着一块清凉寺简介的牌子，说它最早建于南朝宋文帝元嘉元年，即公元424年，当时称为慈氏院。唐武德年间又建寺，称清凉禅寺，俗称城山寺。后来屡建屡毁，到明朝的时候重建，才形成规模宏大、远近闻名的古刹。现在的清凉寺就像北方的四合院。我看到过该寺重修前的老照片，它坐西朝东，古佛殿的千手观音隔着院中的放生池正对圆形的山门。而现在的山门开在北面，迎接游人的是笑口常开的弥勒佛，其背后是韦驮菩萨。隔着放生池便是毗卢殿的释迦牟尼佛。古佛殿东面原来的山门处现在供着送子观音。从北面边门经过古佛殿走廊，出南面的小门，左侧是"金泉三台"，这井并不在清凉寺的围墙内，人们取水走其他山路也可以到达，只不过从寺里走便捷。三眼井南面的高坡上有一个坐南朝北三开间的建筑，我正想上去看看，老婆来喊吃早饭了，我就没有上去。

我原本想改稿结束去寺外走走，好好享受这里的环境，可是我错了。我放下碗筷，急匆匆去卧室坐下没多久，嘈杂声慢慢地打破了幽静，阁楼下那杂乱的脚步和偶尔的咳嗽干扰了我的思路，越来越多的南腔北调声声入耳，弄得我心烦意乱。此时女儿又喊有人求签了，让我去解签。我忙从阁楼上下来，见女儿在入口处正为敬请香烛的游人忙碌，我就在古佛殿问了声谁求签了，有三个小伙子立马站到我的面前。我先让他们去门背后找来相对应的签语条，便逐一为他们解签。这三人是大学的同班同学，本命年，都肖狗。如果说我解签是糊弄他们，那是万万不敢的：寺院是十分虔诚，又讲究因果报应的所在。我看过这方面的书籍，也收藏着有些年头的手抄签语本，对解签算是有点了解吧，但我和其他解签人不同，我会问求签者的出生年月，主动说到某些人的家庭情况和其个性，然后提出忠告，让他在人生的旅途上要注意点什么。三个小伙子都露出了敬佩的神情，一再要我的手机号，今后登门求教什么的。我说明年今日你们来清凉寺吧，或许我们还有缘分见面。我让每位求签者在签语条的背面写上来清凉寺的日子，把"缘"带回去。

也有求了下下签哭得稀里哗啦，小姐妹们怎么也劝不好的。那个二十二岁的女孩文气又漂亮，已哭红了双眼，她坐到我的面前。我笑着说：哭什么呢，签语只是告诉你运气不好，要知道祸福相依的道理，你这么灰心丧气的，这一生怎么过？我建议你多参加公益活动，广种善根、广积善缘，德厚自有福来。不是说命运掌握在自己手中吗？末了，我叫她在签语条背面记下我的话带回去，相信对她有点作用，也算我做了一桩功德。

在清凉寺的几天里，我为不少人解了签，他们有为婚姻的，有为读书或事业方面的，求签人中还有少数民族女性结队来的，而大学生占了很大比例。

改稿只能在上午九点半之前和晚饭以后，其余时间就由不得我了。

2018年4月

清凉寺见闻之四：疑问

在山脚下，对于旅游景点的简介有两个部分：一是城山寺（即清凉寺），二是石城山。对于城山寺是这样介绍的："……茂林修竹，碧池倒影，其处即是城山寺院，唐开元期间，诗僧主持，万历重建……明末改为五运宫也。"2013年3月，此处成为全国重点文物保护单位。

而清凉寺路边对寺院的简介则称："……唐武德年间又建寺称清凉寺，俗称城山寺。后屡建屡毁，到明朝时重建，形成规模宏大、远近闻名的古刹。"这个简介中没有"明末改为五运宫也"一说。后来我去南边小门外，在登上高坡走进那个坐南朝北的建筑时，见里面供着三尊神仙，居中那位是纯阳老祖，进门靠右有一张书桌，殿内打扫得很干净，看得出香火也盛，就不见道士或协助管理的居士。室外西面的屋角下斜倚着一块石碑，字小颜色又淡，根本看不出那上面写的什么。等我拿来了老花眼镜才知道，这是建于明代的纯阳祖师殿，求签问卜的人不少，尤其是"官员纷至求术，有善果"。于清同治初年重修大殿，定名五运宫。"文化大革命"中被毁，后有当地善男信女及干部群众资助重建，碑中记录了出资者三十四人的姓名。在1994年重阳日立碑时，这五运宫已是长兴县文物保护单位。见此，笔者糊涂了：山下的景点简介中，清凉寺是在明末改为五运宫的，而这明代建成的纯阳祖师殿，在清同治初重建大殿后，方定名为五运宫。这期间难道曾有过两个五运宫？除了观音菩萨跨佛道两家外，把寺院古刹改为庙观、宫阁，必定要大动乾坤请住家通通搬场的。可是在什么情况下，能让两个五运宫在一墙之隔的地方同时并存的呢？再者，在前后相距两百三十余年里又是哪一年重又把五运宫改回清凉寺的？景点简介中对这个没有交代，虽然有"冯梦祯、朱国祚在他们的《城山寺记》和《石城山毗卢佛像记略》中都有详细的记载"，但笔者无缘接触到那两本书，只能就事论事提出疑问。

准确说，这里的求签问卦属于五运宫的业务，佛家是不兴这个的。女儿告诉我，清凉寺一直为五运宫的事务代劳，如宫内的打扫，游人敬请香烛，为求签者解签，等等，随缘箱和功德簿上的收入也归清凉寺处理。

两个五运宫的疑问让我久久地挥之不去。虽然无法厘清这个疑团，但饭后睡前我总乐意在寺中各殿和宫内走走，也常常看着柱上的对联品味、思想。如五运宫中有：有关国家书常读，无益身心事莫为。善者不辩辩者不善，信言不美美言不信。清凉寺弥勒佛两旁一联，奉劝世人：大肚能容容天容地与人何所不容，开口便笑笑古笑今凡事付之一笑。古佛殿门联是方丈海觉的手书：唤醒人类纯洁爱心，颂扬观音慈悲情怀。殿内一联富含哲理：若不回头谁替你救苦救难，如能转念何须我大慈大悲。

反复咀嚼这些醒世警世的联句，或让人开悟，或让人迷途知返。蓦然间，觉得这关于五运宫的疑问不那么重要了，重要的是佛道两家都是劝人为善，种德收福，人心向好，往大里说社会和谐，长治久安，乃国家之幸，百姓之幸！

2018年4月

清凉寺见闻之五：留恋

正月初五的午后，来寺里的游客已经稀少，女儿要带我们翻过东面并不高的山坡去看看石城的遗址，还说山的那头是个旅游景点，门票八十元，清凉寺的部分游客就是从那边过来的。

还没上坡，我觉得我们三个都走了，山门开着，寺里没留人不放心。女儿说现在的时间不会有人来了，来了也不碍事。我想起电视和报纸上报道的两起偷盗寺院功德箱和锡箔灰的事，便说不去了，寺里如有闪失我们是有责任的。女儿说要不我守着寺院，你们自己过去看看。没人导游，我们不一定能找到石城的遗址，就此想退回来。女儿说明天要回去了，下次也不知等到什么时候再来。我愣了一下：是呀，就是冲着这里的环境来的，进了寺院之后连周围竹林的景色都没去看上一眼，尤其是那个石城遗址。我抬腕看看手表，又看看寺院那边，正巧见西北那条上山的路上来了四五个游客，我依依不舍地说了声算了算了，幸亏没走远，那边有人来了。

来者是江苏兴化自驾游的香客，他们慕名专为清凉寺而来……

古佛殿的后面（西面）是斋堂，正对几个撂荒了的坵头。坵头原来是赵阿姨侍弄的蔬菜地，自赵阿姨腿脚不便下山之后，戴阿姨一人里里外外忙不过来，这菜园也就荒了。我想如果我在这里重新把坵头整理好，播上种子，又不缺肥料，一年四季能吃上新鲜蔬菜。有清新的空气、幽静的环境,早晚点一炷清香、泡一壶山泉茶,一卷在手,抛却人世间的烦恼,那采菊东篱下的农家之乐,那梅妻鹤子的隐逸逍遥,或如竹林七贤释放自由、任性不羁,这恐怕是最好的养生了!

我原本想多住几天的,无奈女儿要赶回去排练节目,尤其是戴阿姨一走,我无法留下来,因为我没能力照应游人和香客,我不想给寺院添乱。

那一晚我什么也没想,什么也没做,早早地进入被窝,在闲听寺外风动翠竹、翠竹舞风声中入眠。

第二天上午,能源师父带了两个人帮我们把行李和两个灌满泉水的塑料桶拎下山去,我们则从来时的路上下山。

现在我知道,这石城山峰高365米,海拔227米,台阶有1 271级,步行长度为180米。就这个地方,除了相传西汉末琅邪樊崇、于苔率赤眉于此起事外,三国的严白虎也借此抗吴;明初张士诚残部王大德据此落草,洪武荡平;隆庆年间强梁陈秀亮在此据山为王,由嘉靖进士归有光和长兴县丞,就是那个写《西游记》的吴承恩剿平。我相信吴承恩曾不止一次光临过寺院,就不知道他是否把在这里的剿匪经历融入《西游记》中,成为唐僧取经路上的妖魔鬼怪。他是否知道,当年金戈铁马的战场,而今已是兆民共享太平的盛世,这清凉寺也正享受着旺盛的香火。

有道是山不在高,有仙则灵。清凉寺高坐在石城山上,掩映在翠绿丛中。这环境制造了仙境,仙境又让人有了好的心境,能不留恋!

2018年4月

三

重走大涨泾

重走大涨泾，那是因为要写松江老地名的故事，再说大涨泾和我是有些关系的。这先得说说我小时候报名读书时发生的笑话。

1952年七八月间，父亲带我到竹竿汇的峰泖小学去报名。当时报名的孩子很多。报名处的老师是个男的（后来知道他叫许约瑟，是教导主任），不苟言笑，满脸严肃。在问过我姓名住址后，随口出了一道数学题："8+5是多少？"我回答"13"。当时周围有点乱哄哄的，这恐怕影响到了许老师，他有点情绪地叫小孩"不要闹，不要闹"之后，回头便问我："13拿掉8是多少？"我见他满脸"凶"相，一吓，出口就说不知道。大概他心中想着"这小囡勿来三，笨"，后来我也确实没接到开学通知。

我在四岁时没了母亲。父亲几乎天天出门做小生意，姐姐又刚出嫁上海市区，让七岁的我一个人待在家里父亲不放心。于是想到了让我上私塾。其实，我家出门左转没几步再往东拐就是个私塾，很近，那位受人敬仰的江北先生为人也很和善。但父亲可能是嫌先生用满口纯正的苏北话教书，故他舍近求远，在打听到大涨泾也有所私塾后，想想从家里过去也不远，于是带我去报了名。

为还原我幼时大涨泾的面貌，我通过金沙滩居委老陆的牵线，采访到了至今还居住在大涨泾的陆阿姨，请她和我共同回忆当年大涨泾的情景。

　　大涨泾的东头,一河之隔是小涨泾。河面原本有一座拱形的大石桥,也不知道造于何年何月,大概是因街得名,谁都知道它叫大涨泾桥(后来河道要开阔便把桥拆了)。桥堍下往南沿河有一条一庹多宽的小路,这儿有一家面东临河的糖果店,店主叫林阿三,往南去还有一家国营的轧米厂。别小看这条沿河小路,它是南来北往越过铁路及铁路桥,走大涨泾去县城的必经之路。桥堍北面原有一座小庙,临街往西坐北朝南依次有豆腐店、剃头店;而桥堍南面,临街坐南朝北的从东往西的第三家,就是我就读一年的私塾了。这房是前后屋,中间有一个较大的天井。后屋原本是个客厅。这是宋守平的房产,陈先生的姐姐是宋守平的大嫂,大概是因为这层关系,宋家让陈先生把这客厅改作了私塾,而陈先生一家就住在这客厅的西房。客厅成了教室后,东面是讲坛,墙上挂着黑板,学生大约有近四十个,分一、二、三年级,那些长桌长凳都有些年头了。教室是敞开的,无论是谁只要不高声喧哗可以站在天井里听课。一年级从前到后都坐在外侧,我就坐在外侧居中的座位。二年级在中间,三年级在里边。学生中最大的已像大人了,自然坐在最后面。我读了不到一个学期就当了三个年级的班长,以至我参加工作后,那些同学看见我还会"班长班长"地叫我。陈先生瘦瘦高高的,皮肤也黑,我偶尔看到他在批改学生作业时,戴着断了一条腿而用棉线维系着的、耳后跟晃悠着铜钱的老花眼镜。陈先生有两个女儿,一个在峰泖小学读书,一个和我们坐在一起。陈先生家境清贫,陈师母帮人洗衣服补贴家用。据说陈先生有烟瘾,他有时会通过学生向家长讨烟抽。陈先生也曾来我家向我父亲借钱。那个年代我家也很清贫,以至于父亲把领养的与我同岁的孩子送还了人家,自然没钱借给陈先生。

　　话说这私塾西边紧挨着的是一家面北的糖果店,在这儿转弯,南北向30来米的路两边,东边是一个操场,西边从南往北依次是宋守平的老宅、寿家的棺材店。棺材店往西的转弯处路北朝南的是现在的大涨泾36号,是宋守平建造的颇有气派的两层大宅。这儿往西直到王家弄,这段路较长,路的南北散落着几处住宅,路北有严州人的造纸小草屋,屋后有稻柴堆、柴囤(也叫草囤),洗浆就在北面的护城河里;路南的屋后是大片荒地、几处坟茔,这儿是严州人晒纸的好地方。从王家弄南端进入到北面出来就是新开的人民河。王家弄窄窄的路面,小青砖侧着铺地,路两边的房子面对面很整齐。门面有的是排门板,有的上半截是木窗,用铁钩撑开着,下半截是墙。看那格局,这儿似有某段岁月也很热闹。但在我读私塾路经这里的时候已很幽静,只是在王家弄北面的进口处,面西的一户人家,还有老人在制作纸锭。据说这里原本就是纸锭作坊。北面往西转弯,临人民河的路边,有一座高大的石库门。这建筑气势宏伟,上下两层,有走马楼,庭院很大,四周高墙。我小时候跟着父亲进去过一次。那是个晚上,居民在这里开会,人很多,上方居中挂着一盏汽油灯。这房子是宋守平父亲置下的产业。

　　从金沙滩沿人民河往东有一条小路,黄包车、三轮车都能通过,因为左侧高泥墩上新搬来的几户人家中,有一家是拉黄包车的,一家是蹬三轮车的,他们早出晚归就是从这里出发的。我去大涨泾读书也是从这条路上往东走约40米,向右转弯走上开河后刚刚造起的木桥,在桥那头往东转弯沿河走,路经宋家石库门右转弯进入王家弄,再经过这么三次转弯才到达私塾。

　　前面说的大涨泾36号,是松江区第三次全国文物普查新发现的文物点,门旁钉有铭牌"民国宋守平宅"。据陆阿姨说,她家在她十二岁时从西果子弄搬来,就住在这宋宅东北角的楼下,楼上住着詹姓严州人,他家的孩子和我同岁,后来成了我峰泖小学的同班同学。这宋宅最多时可能住过十八户人家。据说这房子造好以后，先是汪精卫的和平军占住了，抗战胜利后又让国民党部队作了营房，后来是解放军的驻地。宋守平压根就没在这住过一天，他家一直住在路对面寿家棺材店南隔壁的老房子里。前两年宋宅后屋起火，起火原因至今还是个谜。宋宅东南方那个操场是当年解放军出操打篮球的地方。后来拆大涨泾桥，那么多石料都堆在这个操场上。

在大涨泾，宋家就有四处房产，宋守平平时为人口碑不错，至于宋家靠什么发迹，目前没人说得清楚。

大涨泾旧景不再，那街面的墙上大多写着大大的"拆"字，居民大多已搬走，留下的也在作搬迁考虑。

重走大涨泾，让我重新走进六十一年前的人物、景物，竟然还能让我展开丰富的想象：大涨泾桥把小涨泾和大涨泾联系在一起，铁路南边的人们从沿河小路过来，有挑着稻柴去卖的，有带着土仪去走亲访友的；小庙内香火绵绵，庙场上人们用物资做着交流，那个轧米厂机声阵阵地来"轧闹猛"……大涨泾，这条曲曲折折的路，呈现的是历史的曲折、沧桑、巨变。现在沿人民河河边有一段方块水泥砖铺成的路，以前是没有的，而以前王家弄南面往西转的一段青砖路，现在也没有了。但不管有或没有，这里边都藏着变迁的故事——一段不能湮没的历史！

2015 年 5 月

往事捡漏
——也说阔街

唐西林先生的《阔街旧记》(以下简称"唐文")我拜读了好几遍。文章写得翔实精彩,也勾起了我对阔街的回忆。

我在阔街小学读了三个学期的书,求学期间从金沙滩到阔街天天要走两个来回(包括回家吃午饭)。

1954年的下半年,我离开大涨泾的私塾到阔街小学读一年级。阔街小学北面面南的一排是有走廊的平房,由东向西除了西面那间是老师的办公室外,其他的是教室。这排平房背后紧挨着若瑟教堂。隔开一个操场,南面与平房相对的,是两幢面北的西式两层红砖建筑,东面那幢是一年级教室,西面的是二年级教室。这楼上我们从来没上去过。阔街小学有三个操场:从阔街进去靠东有一个操场。我上学大多走松汇路,从小塔前右转弯沿小河走30来米抄近路向左转进一条不知名的小弄堂,其两边都是不太高、我一踮脚就能看到里边的破损的围墙(这大概是界墙吧),走过围墙就是学校东面的操场。这操场南面还有一个较大的操场,它东靠松江县结核病防治所(原德琼医院),西面就是我教室的位置。那平房教室和两层红砖教室间的操场较小。看了唐文中说"教堂南边原有若瑟医院",莫非阔街小学的前身就是若瑟医院?

唐文提到的金门大戏院的正对面,有一个修套鞋的摊头有点小名气,它门边挂一牌子"老王修套鞋"。这里有两个老王,弟兄俩长得一模一样,外人无法分清谁是老大谁是老二。后来我才知道,修套鞋的是老二,他那领养的女儿是我阔街小学的同班同学。同学家清贫,家里养着两只羊,学校放学回家,她先得背起草筐去割草。她连小学也没读完,后来去了刚成立不久的奉贤县越剧团。她的养父母和我讲话很随意,特别是养母,在"文化大革命"刚开始时,她告诉我养女的亲生父亲是地主,她本人则是一个国民党将军的小老婆。她的烟瘾大是因为胃病,一抽烟,胃就舒缓。那个大老王的女儿女婿都在松江越剧团,女儿是演员,女婿是乐队演奏员。

唐文中提到"阔街东段靠近食品厂,还有一个小旅馆",这家旅馆的老板姓钱,他的女儿是我阔街小学的同班同学。旅馆的正对面有一家印刷厂,也就是个印刷作坊,老板叫吴凌霄,江苏镇江人,夫妻俩,有一个儿子,母亲和他们共同生活。我父亲和他们有走动,和吴凌霄的哥哥吴镇元还有生意上的来往。吴凌霄的家临街是楼房,后面是灶间,前头屋到灶间有一个较长的走廊,走廊左侧是一个长方形的天井,内植花草。灶间后门是一条东西向的小弄堂。我在学龄前,父亲有时候会领我去吴家玩,主要是老人的大儿子吴镇元或让我父亲顺便从上海带点东西来给她,或有什么话叫我父亲帮着传达一下,和吴凌霄倒接触不多。父亲让我叫那老人"大大"(音"豆豆"),丹阳人的称呼,大概是奶奶的意思吧。老人身材矮小,一双缠绕成粽子状的小脚,终日笑眯眯的。吴家大门敞开时,能看到迎门靠南墙居中的红木八仙桌和两边的太师椅;靠西墙摆着一台印刷机,靠东墙竖着一口上好的寿材。我看到那寿材总是"吓势势"的,恨不得马上出逃,而老人在话题上总会走过去摸摸寿材,满脸笑意。

据1991年版的《松江县志》记述,1956年8月1日那场强台风,使人民大礼堂等5座大型建筑物及1 644间瓦房坍倒,死6人,伤146

人。吴凌霄家就在这场罕见的强台风中倒塌,妻子、儿子、老母亲也被强台风带走。那天吴凌霄因在上海而幸免于难。后来他只在原址上造起了平房。公私合营时他进了松江印刷厂。

这一年,阔街小学被部队征用了,所有的学生在离家较近的学校插班,有的去了白龙潭小学,有的去了蒋泾桥小学,我和一部分同学则去了峰泖邨小学。

2015 年 6 月

金沙滩往昔

我家原本住在长桥南街南面,紧邻一街之隔的是育婴堂(通称"小囡堂")。1951年,这地方被部队征用了,我们便计划着搬到金沙滩去,一同搬去的还有邻居卞姓人家。

要搬去的房子在金沙滩最南端,它最早是丹阳同乡会的会馆,有我父亲的份。抗战时期,这里曾一度作为乡帮客死暂停灵柩的地方。之后,我父亲也曾在这里开过糖坊。在我们搬来之前这里墙坍壁倒已破败不堪,有一个人高马大、自称姓卫的外来流浪汉,在墙的一角胡乱铺着稻草,扔几件破衣一卷烂棉絮栖宿在这里。此人形象俊朗身体健壮,但不肯做事懒得出虫,只是早出晚归乞讨,但绝不做偷鸡摸狗的勾当。老卫谈吐高雅,气质不俗,饭量惊人。有时他乞讨不着,邻居见状可怜,用他的海碗给他盛上满满的一碗,他会用筷子把饭压紧,要求施舍者再盛一点,直到压成高出碗面的半圆状,然后用筷子挑起饭团往嘴里送。我曾亲见他吃过两海碗,那吃得香喷喷的样子,令我至今记忆犹新。

自我们收拾好房子搬过来后,老卫也不知所踪了。今天想来,当年的背景正是镇压反革命运动,老卫是不是外逃的被镇压对象也未可知。

据2014年版《松江地名志》:金沙滩位于岳阳街道城外新西门护

城河西岸,南起人民河,北至松汇中路,长约320米、宽1.7~3米,水泥混凝土路面,北段有一支弄,东西方向长约66米、宽约1.5米,水泥混凝土路面,经金佰利纸业公司大门,直通松汇中路,为居民区通道。该支弄旧称湖桥弄,俗称胡桥弄。

《松江地名志》中关于金沙滩的这段叙述存在两个问题:第一,胡桥弄西面往南拐约20米许是金佰利纸业公司的大门,往北拐是直通松汇中路的。而这条南北走向的路,南面直通到金佰利纸业公司里面,大卡车进出货运方便,但对行人来说,松汇中路走来往东拐进入胡桥弄才能去金沙滩。所以胡桥弄无"金佰利纸业公司大门"。第二,金沙滩从人民河边往北走约40米,原来两边还有残存的石牌坊立柱,往东拐有一条东西向的路,有近两个胡桥弄那么长。路南一片空地,路北拉开距离散落着六七座坐北朝南的房子,那门牌上至今都标注着金沙滩××号。可这在《松江地名志》上没有记载,这是最大的疏漏。如果金沙滩没有东西向的这段,就缺少了一段历史,故事也就不完整了。

而上述40米的范围内,祖居的松江人有奚家和金家,他们都在街的西边。自从我们搬来后,多了汤姓的丹阳人和卞姓的句容人。在我家西面近40米处,有一座孤零零的较大的房子,它的前院很大,只是围墙门右面塌了一角。房子的主人叫张阿牛,绍兴人,儿子叫张龙根,孙子张根水是我小学的同学。张家做印花生意,且专做妇女的包头巾和打包裹的包袱。印花是以石灰、黄豆为主料,再配以其他辅料放入缸内化成浆,然后用印版在白布上印出各式花卉图案。虽然只是单一的蓝底子印花,但质量好,生意兴隆,据说印花行业松江唯此一家,故说起"印花阿牛"无人不闻。严州人屠家老大祖孙三代就借住在他家。这街的东面,从南往北依次住着孙家、潘家、吴家,他们都被叫作"严州人"。而那东西向的金沙滩,西面第一家是个私塾,教书先生姓吴,苏北人,夫妻俩为人慈善和气,人人尊称他们为先生、师母。为表示先生间称呼的区分,背后人们叫这位吴先生为江北先生,但这绝无贬义。紧靠私塾的是屠家老二,再往东,临街有几间造纸的小草棚,草棚后面的空地是堆草的料场,那里一年四季总垒有好几个高高的稻柴堆。地上还有两只直径五六米的圆形柴囤,柴囤深约30厘米,底上平铺厚厚的石板,四周也用石头砌成。柴囤是造纸的第一道工序:柴囤里放上稻柴,铺上一层石灰,再放上水,让稻柴发酵,过一段日子再用柴扒翻一翻,捣捣乱,大人或小孩骑上牛下柴囤,转着圈地踏,直到踏成柴浆(也叫草浆),再装入布袋,拿到北面的护城河边,把布袋扎在比扁担略长的圆形木棍上。这河中竖着一根粗粗的木桩,桩头上有一根光滑的毛竹,它另一头固定在岸边的木桩上。把百来斤重的布袋放在河里,木棍搁在那毛竹上,人站在水里的石级上,紧握木棍的另一头,就这么一推一拉来来回回地洗浆。这是个体力活。这条街中间的一幢房子住着屠家老三及其他人家。再往东就像前面说的那样,有临街的造纸小草棚,后面垒柴堆,地上有柴囤,洗浆有河滩。造出的草纸方方正正,呈稻草本色,但颜色要深一些,草纸就晒在路南面及其他的空地上。它大部分被销往富阳,一部分进入南货店作包装用,还有一部分被送往上海,供底层的大众当作毛巾擦脸用的,据说这草纸还有美容的功效。街东的尽头有两幢房子,分别住着潘家三兄弟和金家。这条街上除了金家是松江人和江北先生外,全都是严州人,他们大多是浙江的桐庐人、富阳人。而金沙滩上的严州人,又绝大多数是造纸的。其中潘姓有四弟兄,吴姓有三弟兄,屠姓有三弟兄,还有孙姓人家。他们弟兄间都分门立户,在金沙滩生育了第二代,大的恐怕已近八十岁了。

　　金沙滩由南往北约80米处向东有个弯,拐弯处坐北朝南是杨家的剃头店,再往东10余米向北拐弯处是王和尚的棺材铺,也打马桶、脚桶(松江人称"打"不叫"做")。棺材铺的北隔壁是香烛店,紧靠香烛店的是石炭行。棺材铺街对面是护城河的拐弯处。护城河为南北流向,在这儿往东拐弯,可以看到前面右侧两个造纸洗浆的河滩,以及竖在河中的木架。这儿的拐弯处又是一个河滩,花岗岩石级,在没开人民河之前,我家洗菜淘米、拎水等也要到这河滩来。河滩的北面是前临街、后依河的豆腐店,北面紧挨豆腐店的是磨剪刀的蒋家,那时候常可看见老蒋在夏天搬出矮凳杌子喝酒,据说他就着一只虾可以喝掉一个"小高升"。再往北约14米处又是一个河滩,要说该河滩和前河滩有什么不同的话,前河滩河底有多处石级已经脱落,潮水小的时候无法在浅水处用水,而后者的河滩两边用花岗岩石块砌壁,石级整齐划一,没有脱落,就是蹲在最低的石级上也可以用水。从这里到松汇中路间还有家孵坊,约有两三个门面,前面临街,后面傍护城河可以泊船,虽是平房但进深宽大。我小时候路过孵坊时,经常可以看到孵坊的门口放着一两只直径很大的竹匾,匾内拥挤着小鸡小鸭,叽叽喳喳地用童声欢唱着咏春调。孵坊的老板姓章,浙江萧山人,人们常能看到他在门口为顾客加工制作皮蛋、咸蛋。老板的大儿子在余天成,工作就是骑辆自行车,在前车挡和后车座上分别挂着帆布袋,袋内装着状如热水瓶的小型保温瓶,瓶内是为病家煎制好的汤药,按地址门牌号去送药。保温瓶分红蓝两种颜色,那粘贴在瓶上的单子上写明一个是上午喝的,一个是下午喝的。那时代煎代送只收三分钱。而他,就这么兢兢业业地走街串巷满世界跑,不管刮风下雨按时将汤药送到病家手中。

当年,在胡桥弄的北面、金沙滩的西侧,那一大片以草屋为主,居住着苏北人,也有一两家绍兴人。

生活在金沙滩的人们,总体来说是清静的,但三天两头的,也能听到传得悠远的笃笃声,那是卖小馄饨的。也能看到铁路南面的乡下人,挑着稻柴临街叫喊:"稻柴要伐?"也有赶早挑着蔬菜,逮着鸡鸭拎着鱼虾,上小菜场匆匆而过的……

当年,南北向的通通是石皮路,东西向的是用小青砖侧着铺成的。

1952年,为发展航运,改善城市环境条件,在火车站北新开一条宽25米,全长2.96千米的人民河,它一路往东和护城河会合,过铁路桥进入黄浦江。

人民河一开,金沙滩就热闹了起来。

南面尽头就是人民河,在这儿筑起了河滩,成了客运码头。凡经黄浦江的汽油舨,诸如山阳、漕泾、新五、浙江平湖等都在这儿上船。等候上船的旅客自然要有一个歇脚的地方。于是,紧傍河边的奚家客堂间就成了最理想的候船室。但这个候船室小了点,冬天还能将就着挤挤,夏天热得吃不消,于是在跨过路面的东西屋顶间搭起了凉棚,棚下两侧放几条长凳也好坐不少人。那时刚从菜花泾搬来的陈家父女,和我们在同一屋檐下居住。陈家伯伯是绍兴人,原来是收纸锭灰的,见轮船码头热闹,有商机,于是他敲敲打打制作了一块约100厘米长、50厘米宽的搁板,还有一个十字撑脚架,在候船室门外,用撑脚架撑起搁板摆上香烟、火柴、糖果等,脚边的箩筐里时鲜水果散发着清香。陈家伯伯改行后,还兼带收纸锭灰。这可忙坏了他十三岁的女儿小毛:她要为父亲烧饭、送饭、洗衣,父亲去进货时,她还要帮着看摊头。不管怎么说,陈家伯伯的家境有了起色,更不必跑遍县城的角角落落喊收纸锭灰了。他待最后一班船开出后,便收摊回家,弄两三个小菜咪起了小老酒,高兴时常常会哼上几句绍兴大板。

金沙滩有了客运码头后,有一家祖孙三代也搬到了这里,他们住进了我家对门的严州人吴家。那老人的老伴已走,只有儿子、媳妇和一个幼小的孙子。儿子是开汽油舨的,媳妇烧饭领孩子,老人是负责候船室的工作人员。我至今都不知道他们姓甚名谁,街坊邻居当面背后都管那老人叫老绍兴。老绍兴瘦瘦的身子,黝黑的皮肤,伛偻着背,乌毡帽下罩着一对小小的混浊的眼睛。我认定，金沙滩的早晨就是让他喊醒的，不是吗？不管春夏秋冬阴晴雨雪，每当天蒙蒙亮，他那洪亮的声音越过金沙滩上空，穿透云层响彻四方：喂——平湖班开来，平湖班开来！这一吼喊，会让正在赶路去平湖的旅客加快脚步，因为去平湖的汽油舨一天一个班头，冬天早上在6:15许，夏天在5:45许开船，当天赶回。无论哪个方向的班头，在开船前的一刻，老绍兴那一嗓子的提醒，让旅客放心。老绍兴的吼喊不仅因精气神足，还有一个重要原因是他有点耳背，生怕旅客听不见，耽误了坐船。也因为耳背，他和人说话总像在吵架。

开了人民河，有了客运码头，金沙滩同时还添了丁增了口：长桥南街那条通往火车站的小路，依稀记得有条小河，河面上支着窄窄的木桥，木桥那头住着四五户苏北人。新开人民河时，要经过那几户人家。于是，他们搬迁到金沙滩来，在沿河的东侧，在北面挖起的河泥墩上，面临人民河接连造起了四座房子：由西往东连着三家草屋，东头造瓦屋的人家和我同姓，户主在铁路上工作。自此，金沙滩就常能看到一个双目失明，左肩上前后背着绕成球形的稻柴绳的人，他一路用指路棒笃笃笃地问路，一路不紧不慢地用苏北腔的松江话喊："稻柴绳要伐？"

有了客运码头，做小生意的人也多了起来。馄饨担原本是流动的，那时就固定在船码头不走了；有个鞋匠阿狗也看中了这里，和我家商量着在门前路口搭个草披摆开阵势。由于我家门口离候船室近，阿狗还兼着卖糖芋艿。还有那些卖老鼠药的、卖糕饼的、卖豆腐花的都往这儿挤。唯有卖糕饼的后来不见了踪影。那是因为陈家伯伯觉得这生意他也好做，他是金沙滩的"土地"，又有着固定的摊位，卖糕点的不败给他那才叫出鬼呢！

转眼到了1957年，靠人民河，在金沙滩西侧划地建起了光荣造纸厂（原址就是金佰利纸业公司所在地），也把印花阿牛家的房子给划了进去。于是张阿牛和厂方讲斤头，谈妥后，张阿牛搬离自家的住宅。而屠家老大离世不久，其余家人就借住到我家。造纸厂冠以"光荣"，那是他们专招部队复员、转业、轻残军人的缘故，而造纸厂的业务骨干就是那些造纸的严州人。只要严州人愿意，没有政治错误，都无一例外地进入光荣造纸厂。开厂时，大门即是现在金佰利纸业公司大门的方位。不过，光荣造纸厂的大门还要往内缩进四五十米光景。后来，另一个大门设在杨家剃头店西侧的拐弯处，厂门朝向东南。随之而起的，在紧挨造纸厂大门的南边很快有了坐西朝东的低矮小屋，并很快开出了烟酒杂货店，店主是个盲人。

至于这地方为什么叫金沙滩，其中还有什么故事，我无意考证，留待那些对金沙滩历史有兴趣的人们去探究吧。

2015年8月

怀念的理由
——长桥南街纪事

据我姐姐回忆,我们家初来松江,先是蜗居在竹竿汇,继而寄身于景家堰,后来在长桥南街的南端东侧架梁造屋,与一街之隔的育婴堂为邻。三间瓦屋不算大,坐西朝东,房前平整出来的场地不小,东南角植桑树一株。场地正东方是一片杂乱无章的坟地,其间有一座南北向拱形小石桥,正对超果寺,桥下有一池塘。现在想来桥下应是东西向的小河,后来或堵塞或填平了。走过那片坟地(现在是松江一中的跑道)就是金沙滩。据说坟地是育婴堂的,是埋葬病死孩子的去处。我们房南侧是进出长桥南街的通道,通道外侧是一条长条石凳。我不知道当年父母亲为什么在这通道边安放这么一条石凳,总不可能在家里不坐,坐到石凳上去吧?这儿又不是风景区,有谁会这么无聊到这儿来坐坐?后来问了姐姐才知道:来往育婴堂的人有要孩子的,有要送掉孩子的,他们进出没个歇脚的地方,可石凳放在路边又不容许,于是就放在自家的过道边。好在育婴堂的大门在我们家的西南面,凡从育婴堂出来的人,一眼就能看到这条石凳。

北面和我们家平排紧挨着的是孙家,两家间仅隔着一垛齐胸高的矮墙。孙家的男主人是在百岁坊浴室专门挑水的。那时浴室里用的水,都是用水桶到河滩头,百十来斤的分量,这么一担一担、上上下下地挑上来的,这足见吃这碗饭的压力。孙家夫妻是应了先开花后结子的话,先生女儿后育儿子。距离孙家东北方二十余步路的光景,是坐北朝南的卞家,巧的是卞家的男主人也在浴室做生活,他们的大女儿和我同岁,可惜早夭。在松江解放的前后他们又生下一女。

我们家造好房子不久,北边房隔为两间出租。一间借给一对中年夫妻,他们领有一子,读书成绩蛮好;另一间借给在火车站售票的人家,我们家到火车站蛮近的,往西南过一座小小木桥就到。中间一间一隔为二,后面是灶间,前面放了一台摇面机。南边房就是我们家的卧室了。

每天,父亲和姐姐背着蒲包早出晚归,或步行或坐船去收猪腰、猪心,并定时到轮船码头去拿货,诸如新五、张泽、叶榭等凡通汽油舨的地方都会托船送货。到下午将货集中后即送上海,然后坐火车连夜返回。母亲则在家里摇面,除了送往长桥街上几家饭店外,其余时间就在门面上照应生意,张罗家务。

我就出生在这长桥南街上,出生在我家的南边房里。

生我那年父亲五十三岁,母亲四十五岁,可说是晚年得子。据说我从母体出来就嘴着地、背朝天地摔在地上。父母见我没吭声,早已吓得半死,待回过神来,他们才急得哭了。大概是他们的哭声感染了我,老半天,我也"哇"的一声,冲着这多灾多难的人世大哭,而父母则破涕为笑了。

第二年的春夏之交,我父亲收货回来,见石凳上坐着一对年近三十的夫妇,他们脚前放着一对篰,一个篰内是包裹着的小孩,另一个篰内是小孩的衣服。他们边哭边和抱着我的母亲说着什么。母亲见了父亲便说,他们姓顾,是佘来庙(泖港)来的,想把小孩送小囡堂(育婴堂),堂里见小孩病重不收,他们回去也没钱医治……父亲见小孩瘦得皮包骨,问了问年龄只比我小一个月。父亲见着可怜,叫我母亲喂他奶吃。可这小孩连奶都不会吮吸。母亲说儿子还在吃奶,反正奶多,是不是留下这孩子。父亲犹豫了一下,他知道留下意味着要给这孩子看病,花费且不说,能不能看好他的病还是个问题。这对夫妇见我父亲犹豫,就跪了下来。父亲忙将他们扶起,一咬牙,顾不得考虑以后的日子,就把这孩子收养了。

后来,我父亲前后接连请了三个名医为我的这位兄弟治病,花了一大笔钱却都没见效,最后请了钱青士(我读小学时钱医生住在竹竿汇)看了两次,病情明显好转,身体慢慢康复,正式成为我家的人员,改汤姓。有了兄弟,最辛苦的是我的母亲,他虽然病好了,但体弱无力,不会走路(直到四岁时刚刚会挪步),也不会吃饭,需要耐心地喂。家中多了这么个小病人需要调养,经济负担自然加重了。不得已,母亲便到超果寺的池塘去撩水草晒干当柴烧,能省一点钱也好。因为常撩水草,母亲得了水鼓胀(血吸虫病),后来住院(医院地址在松江一中斜对过,污水厂庙前泵站的东侧,停车棚前的广场处,解放前是医院,后来成为解放军的枪械修理所)。住院期间姐姐带我去看她,姐姐让我叫姆妈,母亲也催着我叫,但我死活不肯,急着要下楼,硬被姐姐拉住要叫,我在楼梯口背对母亲叫了声姆妈就冲下楼了。后来听说我母亲哭了,她说:连自己的儿子见了都怕了,我要死了喂……

那年我母亲走了,我才四岁。

那几年,我家连遭厄运。在我姐姐出嫁的前一年,一天,父亲和姐姐都不在家,我不知得了什么急病,竟背气昏死过去,而我那同母异父的哥哥又少不更事,等父亲回来见此情景就乱了方寸,他含着泪连说:小人没用了喂,小人没用了喂。我姐姐大哭着大骂两家房客:你们是死人啊,就不能帮着请个郎中啊?说罢还狠摔房客家的碗。父亲则抹着眼泪请邻居帮忙去买棺材。此时借居在我家北面的佘来庙人,以拉黄包车谋生的大进提醒父亲,快去请郎中或许还有救。那时父亲已认定我不行了,倒是大进代人做主去请了张召秀(后来成为松江一中校医)。万幸,张召秀给我那一针让我大难不死,重新睁开双眼,有机会阅尽人间风霜雨雪、春暖花开。

后来我姐姐出嫁上海市区了,我那同母异父的哥哥,由我父亲为他娶妻回丹阳完婚了,再后来我父亲一人带着我们兄弟俩,实在无力支撑了。

好在乡下正在土地改革,父亲让大进转告我兄弟的生身父母(大进和我兄弟的父母同村,又是兄弟进我家的保人),让他们将兄弟领回去。我兄弟回去后还分到了土地。他们的日子好过了,我们则每况愈下。

长桥南街上,芸芸众生为多,都是门对门、面对面的,街这边有人咳嗽,街那边马上有人关心:怎么了,伤风啦?我这儿有药,要不我给你烧碗姜糖汤?街这边应答:不用,就会好的,喏,抓把瓜子去嗑嗑。

自然也有进深气派的石库门房屋,还有明清名人王槐亭宅。

我们家往北近百米处,往东拐地势略高。这里有个门坊,一条小路通过门坊往偏东北,就到唐代名刹超果寺了。由此看来,那门坊是超果寺的小山门无疑了。

从我记事起,超果寺已破败不堪。长桥南街上的人们都知道,鼎盛期的超果寺是要"骑马关山门"的,据说它的山门远在铁路南面,可想而知它的范围有多大!超果寺小山门的街对面有座石桥,桥下是一条南北向的河流,往北和城区的河道相通,往南和1952年新开的人民河相连。从西南方由南往北,在石桥处向西拐弯的地方,紧闭的大门正对着小河,这就是1959年正式对外开放的醉白池公园的前门(即现在的后门)了。石桥北拐沿河一路直达松汇路,这条路就叫榆树头。

古来建城筑屋讲究个风水。街西的民居屋后是河,取水用吊桶,也有一家独用的河滩,非常方便。沿河每间隔一段距离就有个公用河滩,街东的居民用水也就在家门口。小河水清澈见底,水族小生命在河滩边悠闲地玩耍觅食;河上小舟往返有运送货物的,也有去医院接送病人的。有了小河,家有水缸,即使有个火苗隐患什么的,少有后顾之忧。

河流是城市的血脉,是生命的源泉,它给家家户户送福去祸,带来一份安逸。

松江一中的西大门,面临长桥南街。过街后河上有桥,莘莘学子的宿舍、食堂就在桥的那头。

整个长桥南街,凡是门面上装着排门板的,十有八九以前是开店的。在我朦胧有记忆时,街上只有两家店了。一家是剃头店,我曾在那里剃过头,它开在街的北面,距松汇路三四十米左右的地方,面东。店主可能是扬州人,五短身材,胖嘟嘟,一对眯起的小眼睛,年龄和我的父亲不相上下。另一家是南货店,在街北面尽头向西的拐弯处,店面呈"L"状,北面门前就是松汇路,东面门前缩进五六米是一块场地。至于这南面紧贴南货店的房屋成为城厢镇劳动服务站,那是后来的事。

长桥南街,从历史里走来,便有了底气;它依傍醉白池,也就有了秀气;和小河厮守,增添了灵气。长桥南街其貌不扬而内秀,其在悠长岁月中修炼,骨骼清奇而不露,独领风骚而低调,这不是因为我出生在长桥南街而对其过誉溢美,你看看:它头枕育婴堂,腰系超果寺,脚踏松汇路,谁有它这等气派?

能不怀念它!

2015年8月

心中的竹竿汇

我小时候入学读书,似乎比别人多了点经历:到峰泖小学报名,那道该死的13减8的数学题吓掉了我的答案,以至于无缘入学,便去了大涨泾那个私塾;那年在阔街小学上得好好的,可在上二年级时,学校让给部队了,我便和一部分同学转到了峰泖小学。峰泖小学在竹竿汇的中段西侧,比到阔街小学近一半的路程。自此,周一至周五每天在竹竿汇要走两个来回(中午要回来吃饭)。金沙滩北面,跨过松汇路正对面就是竹竿汇的南头。南头拐弯往东,原本是新西门民国年间造的水泥桥,拐弯处有一家酱园店,它四角方方,围墙高大,大门朝向西南,门楣上有"茂丰酱园"字样,南面临松汇路的围墙上也有这几个字,只是放大了好几倍。由于路面高,门口有十余个宽宽的石级。店内柜台呈暗红色,揩得锃亮。老板是无锡人,主要经营酱菜、酒类、酱油。屋后临护城河,有河滩,方便船运。隔街西面是一家面南又面东的,是我同学武姓人家开的糖果店,这里经营炒货、香烟。往北就是毛竹行了。街东面西的是毛竹行的经营场所,进出货、开单付款都在这里。在这屋檐下墙脚边,我曾出过一次不小的洋相:一日中午回家吃饭,同学们排队走出校门,我在队伍的中间。那时我虽小,看书却很入迷,也有个习惯,只要是放学排队回家,我总排在队伍的中间,一边走一边看书,跟着前面的同学,跟着那个感觉走准错不了。可那天前面的同学恶作剧,故意往那屋子的墙脚边走。也不知哪家的马桶,早上刷了到中午还没拎回去,还斜靠在墙上。我只管看书自然没有注意,突然脚下一绊,书落在地上,两手掌撑在了马桶里,同学们笑得前仰后合。这事过去快六十年了,恍如发生在昨天。

街的对面是毛竹行的堆场,堆场南面专门用围墙围着的小楼房是老板的住所。堆场临街有用竹子编织成的竹墙。据说一位在这竹行里当学徒的,后来成为县里响当当的笔杆子。竹行往北,街西是电灯公司的围墙,街东是一大片空地,有一个电灯公司的吸水口和一个厕所。笔者自思:这里怎么是一片空地?会不会是当年日寇轰炸西门时殃及池鱼房屋被毁?后来在这块空地的一边建起了煤球厂。竹竿汇东侧的所有房子,屋后都紧傍南北流向的护城河。再往北是一座围墙高高而又气派的住宅房。门内的故事,像我这样一个十一二岁的小学生没法知道。这房子的北面有一条狭小的弄堂,看上去蛮幽深的,弄堂的那头是河滩。小弄堂北侧似有四开间门面、带点西式风格的建筑物是一家染坊,后来也开过粉丝厂。两个厂先后在南边的空地上晒过染纱染布和粉丝。八十年代,这儿还开过一家羊毛衫厂,我妻妹在这厂内也工作过一段时间……隔街和羊毛衫厂面对面有两三家居民住宅,它的北面也是电灯公司的围墙。而羊毛衫厂北面间隔两三户人家,有一家不起眼的门口挂着一个牌子,上写"钱青士"。我从没见过这位钱老先生,但我一看到这个名字就知道,这位是救我同岁异姓兄弟的恩人。在《我的同岁兄弟》一文中说到过,1946年春我那兄弟的病,前几位名医都没把他治好,而钱青士到来,初诊、复诊仅前后两次,他的病就痊愈了。钱宅的北面有一大块空地,好像也有一个厕所,北面紧挨空地的,又是一座围墙高大的大户人家,门开着的时候,能看到一个天井,教我们算术和唱歌的杨老师就住在这里头。这正对面就是我就读的峰泖小学了。峰泖小学的围墙南面和电灯公司(后来称供电所)的围墙相贴,高低也差不多,所不同的是电灯公司的围墙上有铁丝网;学校北面围墙拐弯,那条东西向的路就是峰泖邨了。峰泖小学面东临街的围墙居中是学校的大门,在峰泖邨北围墙紧挨教室有一个较小的边门。围墙内东面是一个操场,西面坐西朝东是一排五间低矮陈旧的房子,除了中间一间狭小逼仄的办公室外,其余四间就是教室了(好像没有五六年级)。

峰泖小学北侧隔街转角处那座房子,是我宋姓同学的家,再往北大约隔开两三户人家,是永兴酱园的作坊,房后有一个堆放甏甏罐罐的场地,我同学沈松棠先生的父亲就在这作坊做生活,他家就住在峰泖邨,跨过街面往东北方走几步就到酱园作坊。永兴酱园的门店,开在庙前街接中山中路西侧的拐弯处,有两个门面。上了年纪的松江人一定还记得,那是一幢西式两层楼,临街有个北阳台。后来这儿成了糖果店,三年困难时期开放自由自场,糖果店除了用票证购物外,还有高级糖、高级酒卖(议价)。后来那房子在改造庙前街中山中路期间拆了。现在那拐弯处在卖衣服,门牌号为中山中路123号,这就是当年永兴酱园的门店。从永兴酱园作坊往北有一家糖坊,是我一个姓浦的同学家开的,但在我上小学时,糖坊已经歇业。再往北推进五六家住户,有座小庙,是不是五圣庙就搞不清了。小庙的斜对面是我林姓同学的父亲开的剃头店。这儿往北20多米左拐就是竹竿汇街的支路。《松江地名志》对这条支路有如下记载:"日晖桥南的'T'字形街,东西长约170米,南北长约80米,宽约4米,弹石路面。旧时两侧有茶楼、酱园、鸡鸭行、电灯公司等;后建供电所,农机工业局、教育局等。"在我记忆中,这条支路的路南除了一些建筑物外,还有一座不知名的破庙,破庙里有一批学生,上课的吴老师是个女的,年轻漂亮,嗓子发音始终是沙沙的。那时我听别的同学都管这儿叫绍兴学堂。后来也并到峰泖小学来了,其中一部分学生还成了我的同班同学。这儿的西南方有一片荒地和高泥墩,南北向有条约七八十米长的路,南面和峰泖邨相接,再往南20余米就和松汇路相通。这条路是不是峰泖邨支路或有其他路名,就不得而知了。隔开这条不知名的小路,西面坐南朝北的高墙大院是清洁所的所在地。上午约十点以后,清洁所大门两侧陆续停满了粪车和垃圾车。我小时候正全民动员除四害,我拍了苍蝇数了数,装入火柴盒就交到这儿来。苍蝇的数字由自己报,工作人员填写一张收据之类的字条写上我的名字盖上章,我就好到学校去领成绩。清洁所隔街正对可可居饭店的南墙,饭店的屋后有一个公共厕所(在这饭店和厕所的北面,是放小猪的小猪行所在地,很是热闹)。

有一件事令我至今难忘:竹竿汇支路过庙前街,对面就是后诸行街的东端。这地方北面拐弯处是个豆腐店(和可可居面对面),南面是个常有马戏团来演出的很大的高泥墩。这南北之间的空地开阔,常有扯铃卖拉铃糖的或卖治伤膏药的摆场子。有一回我看到一个肤色暗红、满脸麻子、满嘴酒气、年纪五十开外的盲人,他面前放一只搪瓷小碗,好多人围着他,看他拉二胡。我见他二胡上没有千斤箍,他的手指上下翻飞,拉锣鼓声惟妙惟肖,几可乱真;拉京剧流派唱腔,马、麒、余、杨韵味十足;花脸、老生、花旦、场面、伴奏等一总活儿,全在他两根弦和手指间表达出来,让听者倾倒。散场后,他用献艺所得的辛苦钱沽酒买五香豆,可说是黄连树下弹琴,苦中作乐。听人说他夜晚就宿在饭店后的厕所里……

后来,在竹竿汇支路的西南荒地上造起了新校舍,把原来那个作为校舍的破庙也翻修了一下,1959年的下半年,峰泖小学从竹竿汇搬迁到了竹竿汇支路上。后来在这条支路的南面,从东到西依次有松江县食品公司的屠宰场、农机工业局、峰泖小学等。再后来在峰泖小学的旧址上有了教育局。竹竿汇支路东接竹竿汇,北边靠近民居处有一残存的石块凸出路面,虽经岁月的风雨剥蚀,但还能看出它的真面目——旗杆石。在我的记忆中,八九十年代还能看到它,不过一般人也不会去注意,更不知道它是什么东东了。其实在《松江地名志》街里弄坊中说到这个地方,连这儿因何叫竹竿汇也介绍清楚了:"该街因清初高官王鸿绪等曾居于此,王氏三兄弟均为进士,屋前置旗杆,门前护城河上船只密集,竹篙汇聚。又传,明正德年间农民汇集于此出售竹子,故名竹竿汇。"由此往北转弯约五六十米处,有个往西拐的大弯道,弯道处有个较大的花岗岩砌就的弧形河滩。东西向的市河及南北向的护城河于此交汇后往来于城内外。现在还模糊记得河水进入城墙下的拱形门洞,方便舟船进出。战时上面可放下铁栅,禁止舟舸通行。这河滩靠南拐弯处,有一个烘大饼的炉子,一年四季在这里。摊主叫周阿根,苏北人,专卖大饼,此人孑然一身,终生未娶。据沈松棠先生介绍,周阿根往生后,是其代表单位去料理的后事。紧靠河滩另一端的原来是个茶馆,它南面临街,北面傍河,西面紧挨着日晖桥桥堍。这儿径直往西就是诸行街了。茶馆窗明几净,北面临窗而坐,抬头东望,可以看到经过历史冲刷后残存的城墙;移目北边,能看见中山路上的行人来往匆匆,穿梭在自己的生活中;低头看河面,小货船、小客船交会时竹篙点撑,也交会着南腔北调,编织着城市的繁忙。这个茶室一度闲置,一度也看到过里边置放着编织机……

忘了是竹竿汇 72 号还是 75 号,具体方位在竹竿汇支路东面向北进入竹竿汇不到七八米,街东面,这房子幽暗,缺少光照。大概是 1967 年春夏之交吧,原松江越剧团的团长赵世祥搬了进来。当时"文化大革命"正处在"五洲震荡风雷激"的时候,那些所谓文艺黑线上的反动学术权威,后来升级为"牛鬼蛇神"者,这时由于所谓的"一月革命风暴"及后来的轰派和支派争斗的原因,没时间顾及他们,这让他们自由了许多。赵世祥就处在这个状态中,故自她搬来竹竿汇后,沪剧团靠边的正副团长、越剧团曾写过所谓"大毒草"越剧《枫泾暴动》的编剧等人，三天两头来赵世祥家。他们在单位接受批斗时严肃、诚恳、痛悔，到竹竿汇相聚时才会有一点放松后的难得的笑容。笔者和赵世祥老师素无来往，直到"文化大革命"中看了关于她的许多大字报，在知道赵老师住在竹竿汇后，我便壮着胆子（那时是冒着阶级立场不稳，敌、我、友不分的风险）去她家，去的初衷是好奇，想知道外面写她的大字报实不实的问题。去她家时，偶尔也会遇上其他几位"牛鬼蛇神"。不久，赵老师就离开了竹竿汇。

2015 年 10 月

东外街上的名人
——说说顾云飞

二十世纪四十年代前后,但凡听书的人,无人不知赫赫有名的松江农民书(那个时代叫"唱说因果")艺人"三顾"。

"三顾"者,即顾根生、顾金林、顾云飞。据说本县各镇的书场、茶馆,只要请到"三顾"中的任何一"顾",那声势就海了(行话,即业务好,场场客满之意),且不说老板天天酒肉饭供着先生,重要的是让老板脸上增光,还赚了个盆满钵满。场方都知道,哪怕再不出生意的场子只要请到上述的顾姓先生,声势也会海起来。这样,"三顾"也自然成了各家书场茶馆"争抢"的对象。于是场方纷纷拟聘书、下定金,登门求财神。远道而来请先生的,还有青浦、金山、奉贤乃至浙江的嘉善、平湖,江苏的太仓,等等。

"三顾"之一的顾云飞就住在这东外街上。

说到顾云飞,没法绕开他的父亲顾阿进。顾阿进是松江县说书艺人民间社团永裕社的社长。他书艺好,名气响,有威信,好好先生一个。正因为"好和头"有求必应,故而徒子徒孙不少。有这几方面的原因,故他担任社长是瓜熟蒂落,众望所归。

顾云飞得家学,说表脉络清晰,唱腔与众不同,故事的推进环环相扣,卖法(书台上的表演技巧)又好,你叫他不出生意(没有听客)都难。

名声在外,也奠定了顾云飞的社会地位,说话有分量。有例为证:1954年,道士出身的顾骏岐在青浦县城和顾云飞做敌档。顾云飞在楼上场场客满,楼下书场先生吃漂档已卷铺盖走人,顾骏岐初出茅庐,天不怕地不怕地来填空档。由于没有主管部门的介绍信,顾云飞便让场方来干涉。可顾骏岐虽然没有介绍信却有松江农民书改进协会暂定吸收会员的证明,而且青浦县广播站还请顾骏岐去现场录播《武松》。这正好让顾云飞听到。他觉得顾骏岐书艺不错,出于爱才,回松江后,他主动领顾骏岐去农民书改进协会办理登记手续,之后顾骏岐也能顺利地从主管部门开出介绍信。顾骏岐曾对我说,他当年这个事,除了顾云飞,其他人是没法办到的。

1963年12月底,我去了东外街,去了顾云飞的家中。那是个临街坐北朝南的房子,结实的排门板,门开在东边,底楼方砖铺地,很宽敞,楼上是卧室。那建筑看来至少也有百多年的历史。那一次,我必须得去。原因一:1964年的元旦我和他拼档去奉贤县胡桥镇演出,他做日场,我做夜场。农民书场子夜场难做,我有顾虑。顾云飞从来不收学生,这次团里让他带学生一起进胡桥。他向我解释说他做日场主要是为学生考虑,书台上下来可以趁热教教。夜场下来恐怕就没有精力了。原因二:我进曲艺团后,团里为我改艺名为汤云鹏。那是因为先跟王鹏飞学《西汉》后随顾云飞学《英烈》,所以取他们名字中间的一个字,成为我的艺名(现在想来,这云鹏两字应该配给姓高的,叫高云鹏多好,给姓汤的太不合适)。但他现在有了学生,再教我《英烈》就不太可能了。当我说了我的想法后,他马上说,我授《乾隆下江南》给你。好在你已有基础,以后找机会再拼一两档,听上一两遍就可以了。

在胡桥书场从第三天的晚上开始,顾云飞认认真真地听了我几晚的书。他评价我说表细腻、书路清爽、有骨子,以后有前途。但他也明说,炳生,你不能学你先生,你先生说表太土,这样势必演出的范围小,像你先生,虽然名气蛮响,但他不敢进上海,就连青浦、金山、奉贤等部分书场也不敢去,你要用上海话苏州腔说表,可以走得远一点,演出的范围大一点,这样才有饭吃。

那几句教诲,让我终身受益。事实也是如此:团里派人到宁波作试探性的演出,我当开路先锋,后来凡用上海话苏州腔说表的同事都去了宁波。后来我还去了常州、无锡、宜兴、丹阳、溧阳演出。

我佩服顾云飞的远见。

几十年来,顾云飞一直住在这东外街上,直到他驾鹤西去。

2015 年 8 月

传奇故事

据我所知华阳桥方圆十数里,有两个地方的传奇故事恐怕连当地人也并不全都知道。这两个传奇在书上虽有记载,但读到过的人估计也是寥若晨星,但如果是常进茶馆喝茶听书的,那肯定听到过这两个传奇故事,而且传奇也传得广,传奇也就越传越奇。这传奇借助说书艺人的推波助澜传至全国,传至数百年后的今天。

我说的传奇是与白雀寺相关的《大红袍》及与得胜港相关的《乾隆下江南》。

原松江县曲艺团前后有三位演员说《大红袍》,有两位名家说《乾隆下江南》,那就是"松江三顾"中的两"顾":顾金林和顾云飞。

《大红袍》中围绕白雀寺展开的故事,大致如下:海瑞到松江听说白雀寺非比寻常,寺内设有暗道机关,当家和尚李达不仅是采花大盗,而且和朝中奸相张居正勾结,图谋造反。海瑞为取得证据,便微服暗访白雀寺。岂料张居正早派人送信到白雀寺,说海瑞不久到松江,叫李达言行举止千万谨慎,别招来杀身之祸,还牵连危害到自己,并叫他监视海瑞,一旦其进入白雀寺,不要轻易放走。海瑞入寺后,李达惊恐万状,将其置入铜钟。华亭县好汉杜鹃桥原本暗中为保护海瑞而来,打听得海大人被罩在铜钟内后,设法将其救出,海瑞领官兵大破白雀寺。

《大红袍》中有很多回目说到松江,而松江的重中之重又是白雀寺。所以有很多艺人把《大红袍》挂牌为《大破白雀寺》,可以说唱一个月。

《乾隆下江南》的故事特别有趣。话说乾隆从浙江海宁坐龙船一路往东,作为向导的地方官,时时都要恭候皇上的问话。这天,乾隆看到黄浦江北面有一个小镇,便问当地官员这是啥地方,地方官回答这镇叫得胜港,乾隆一听高兴了:我本想回京,怎么这么吉利遇到了得胜港,便下旨龙船靠岸,到得胜港镇上一游。地方官马上组织当地百姓到江边跪迎圣驾,高呼万岁。乾隆心境特别好,刚想上岸,忽听停泊在近处的小船上传来一阵女子撕心裂肺的哭声。乾隆觉得奇怪,下船后让手下把那女子叫来。那村姑二十四五岁,双眼哭得红肿,见了皇上吓得话都说不出来。乾隆的心情正好着呢,问她为什么哭,只管大胆地说。村姑回答,她是叶榭人,家中以养猪谋生,前天她和男人捉了十三头小猪想到松江城里去放小猪。哪知船刚进黄浦江就被官兵拦住,并告诉她当今皇上龙船要经过这里,所以封江三天,要她的小船收港停泊。这可愁煞了他们夫妻俩:去松江不可能,回叶榭也不允许,船上备用饲料已经吃光,眼看小猪要活活饿死,但又没其他办法,急得她大哭。乾隆一听,问:那你夫君呢?村姑说在船里,皇上没旨意,他不敢上岸。乾隆又问:一头小猪多少钱?女子说三百文。乾隆说,好,每头小猪算你三两纹银,你把它们通通放入黄浦江,并叫地方官当场兑付银两。农妇破涕为笑,叩头谢恩,就将小猪全部放入黄浦江。哪知这十几只小猪放到江里,江边水草嚼嚼,小鱼小虾吃吃,自由自在蛮适意,再也不肯上岸。从那以后,这小猪就成了得胜港外黄浦江里的江猪了。

至于乾隆龙船停泊得胜港,更换便服带人坐小舟进入松江,制造了不少治贪官惩恶霸的精彩故事,那是另外一个话题。

由此笔者忽发奇想：假如白雀寺还在或在原址上再建，假如按当年情景重塑得胜港，并和华阳桥地区的其他人文历史古迹联系在一起，开辟成旅游景点，这既有历史价值、传奇价值，又有经济价值，何乐而不为！

2015 年 8 月

东外街上的名人
——说说张冰独

二十世纪三四十年代,活跃在上海报界、剧坛、影评界的知名人物、作家张冰独(原名张炳铎,也叫张展),解放后消失了几十年,而在1992年,笔者在东外街东面快尽头处的临街面北的一座低矮的民房里,意外地见到了他和他的夫人。

三十年代,他风华正茂,曾和鲁迅在同一个编辑部领过稿费;日军侵华期间上海陷落成为"孤岛"时,他和鲁迅的夫人许广平及鲁迅的儿子周海婴关在同一个监狱。在1943年的《前线日报》上刊登过一条消息,大意是:在敌后遭日寇迫害的鲁迅夫人许广平、影评人张冰独、诗人朱维基、作曲人陈歌辛、瞿赓年(即高荒)、电影演员田曼华已脱离险境,到达大后方桂林。张冰独在桂林的朋友和熟人都想知道,张冰独他们是如何离开上海的。于是《广西日报》的编者马国亮约请有着蒋经国主办的《赣州青年报》记者身份的张冰独写了篇《从上海到沈家门》,叙述他们离开孤岛前后的经过。之后,张冰独又在钟期森主持的桂林《扫荡报》上分上下篇刊登了《战斗的上海剧坛》。也因为这两篇文章,让他见到了仰慕已久的田汉(党内外朋友昵称田汉为"田老大"),田老大还以一册《二十九人集》相赠。

抗战期间直到全国解放前夕,冰独老人曾担任过《上海日报》主编,《理想家庭》的主编,也编过《上海电影日报》《华美日报》《影迷画报》《影迷世界》等报刊。他在昆明时采访了美国陈纳德将军,写成《陈纳德访问记》发表在《东南日报》上。

四十余年时光倏忽而过,待我在东外街上见到张冰独时,岁月已将他塑造成一个瘦小、干瘪、黝黑的耄耋老人了。

冰独先生出生于松江天马山,其父在山东省教育厅任要职。在我认识他时,他除了谈自己过往的经历外,还多次提到他的同父异母的弟弟——台湾皮革艺术家张一。张一的作品曾受到菲律宾总统阿基诺夫人和英国女王伊丽莎白的青睐,据说人民大会堂台湾厅也有张一的皮革作品。张一于1992年前后在深圳和北京相继成立了工作室。1993年将来上海举办皮革艺术作品展。那次冰独老人给了我有关张一的资料,希望我能写一点关于张一的文章。我没有把握,不能马上答应他。我先写了几百字的短文,于1993年上海的《艺术世界》第一期登载,介绍张一的皮革艺术,题为《三度空间的皮革艺术》。后来我将《艺术世界》送去给老人时,告诉他我想用报告文学的形式写写张一。老人很高兴,他说月底张一要来松江耽搁两天,你来和他见见面。我答应了。为了那篇未写的文章日后有出路,我去上海拜见了当年在《解放日报》上发表我处女作的资深编辑谢泉铭先生,说了说张一的情况。谢先生说前不久他推荐给《文汇报》发的报告文学《大将粟裕》,作者是粟裕的亲属,粟裕的战友却有意见,说文章内容与事实有出入。你想,粟裕的亲属写粟裕,事实尚且有出入,何况张一在台湾,你能了解他吗?我说月底我将详细采访张一。他沉思有顷,说你写七八千字的文章来吧,不过要发表也只有六七成的把握。

张一太忙,他到了上海处理完事情后即回台湾,压根就没来松江。

我对冰独老人说过,您经历丰富,可以写点回忆文章。事实上《新民晚报》《今晚报》《文学报》的约稿信都躺在他的抽屉里,他确实在考虑这个问题。

后来我再去看望他时，他拿出不久前写的关于抗战期间在桂林见田汉的稿子给我看（文稿至今还在我这里）。大约是几十年没动笔的缘故，写得不甚理想。我谈了我的想法，于是他口述由我执笔整理，写成了《三见田老大》，发表在1995年第二期的《上海滩》上，以纪念抗战胜利五十周年。

冰独老人一生经历荣辱，由于身份特殊是非难辨，解放不久便遭牢狱之灾。他是全国最后一批被特赦中的一员。但回来后有退休工资，有关部门还分给他一套在上海国和路上的新房。我在老人的热情相邀下，曾去上海他的新宅看望过他，并合影留念。

也许是难舍乡情，他在东门外租借了房子，一个月总有一星期左右的时间住在这里会会亲朋好友。我曾想花大力气写写张冰独，无奈当年（1993年）下海郑州，回来后大背景又使得演出不景气，也没心思去写。好在好友俞福星先生为其写下一万余字的《一个老报人的奇遇》，收入其《觅雅集》中，对张冰独作了详尽的介绍，让读者和后人了解这位曾经住在东外街上的名人的一生。

2015年8月

从老车墩开始
——演艺生涯的第一只码头

在我跟随老师学艺一年零四个月后,于1963年5月1日开始登台演出。第一只码头就是当年属于城东公社的车墩,和我拼档同去的是张耀光老师的学生。

据我知道,车墩原本没有书场,只有一个能容纳六七十人的茶馆。那时,三年困难时期刚刚过去,市场正慢慢地缓过劲来,有多地给曲艺团来信,聘请演员去演出,车墩也在其列。当然,团里首先考虑的是经济:演出是否够开销、有积余,书场有没有发展前途,等等。当时曲艺团培养的新生力量也正需要一个实习演出的基地,尽管车墩偶尔有个体艺人去演出(那时对个体艺人的演出管理较严),但剧团的演员还从没进场演出过,从严格意义上说,此去车墩演出,还是属于开青龙(即新开场子)。

演唱的书目,团里提前几天已用明信片告诉场方,让场方早做预告。

去车墩的公交车上,随着离目的地越来越近,我的心情也越来越紧张。现在想想也难怪:当年跟随老师时,听书、学唱开篇。九个月后老师去辰山书场演出,我便上台练习说书,从说、表、夹唱到演各类角色,一个人手舞足蹈自说自话,听老师说两个小时的书,我就复制这两个小时。台下没有一个听众,不知情者还以为我在发神经病呢。偶尔书场的服务员站在一角看看"台上的小先生",我会紧张得吃田螺,甚至会中断练书。此时老师会从房间里出来,说:紧张点啥?就怕你真要卖铜钿了(正式售票演出),你恨不得天天客满。练书辰光要把台下坐着的人当柴草人、当茶壶,就不紧张了……

这次实习演出,自然是"卖铜钿",尽管是第一只码头又是开青龙,生意好做,但心里实在没底。

到车墩下来,过马路向北走了一段小路,眼前是一条东西向的河道,这大概就是俞塘河吧。沿河往东拐,右侧有几间坐北朝南的低矮房子。问了问路人,他一指前面的小木桥说,过桥就是车墩。小木桥并不阔,拎着行李箱走上去还真有点"吓势势"的。到河北,东侧还有一条南北向的河道,它在这里和俞塘河汇合。这河面上也有一座小木桥,车墩就在这河的西面,俞塘河的北面。

一到茶馆门前,大红海报已经贴出:日场潘君飞说唱《杨家将》,夜场由我演出《西汉》,茶馆内摆六七张八仙桌,刚搭起书台。

开书前,我在镇上转了转,依稀记得镇上有南北杂货店、肉店、豆腐店、小小水果店、小镇的尽头好像还有个打制农具的小铁铺。我感叹:这地方竟这么小!

由于是五一劳动节,日场客满,也就是六七十人。晚上场子里挂起了汽油灯。翻看当年的演出记录,那晚有四十三位听客。

农民书场子日场好做,夜场难演。农闲天晴时日夜场都不错。如到农忙季节,日场人少,夜场人多。而农忙又遇上大雨,不能下田干活时,日场客满,夜场就没听众了。我们在车墩演出二十五天,遇到了整整十天的雨,大雨天停演了四个夜场。

在老车墩演出的日子里,场方说起过去的车墩很是自豪。他说你别看这车墩地方小,可根基不浅,它早在明朝已成集镇。抗战期间,这里的乡绅组织起车墩民团自卫,民间有不少抗军米的故事。解放前这里可闹猛了。解放初,这里还是车墩乡政府的所在地呢。场方还告诉我:河南小桥边住着一位你们的同行老前辈叫金俊士(音),他太保出身,会说好几部书,尤其擅长说《岳传》,学问很深。此说我在王嘉福老先生那里得到了证实:王嘉福曾把我的老师王鹏飞为其写的唱词拿去请教金俊士,金点头认可了,王嘉福再拿到书台上去唱。金俊士可能是年龄偏大而没有进曲艺团,也许是卖法上(表演技巧)稍欠火候,我没见他出来演出过。

从此,车墩就在我心中生根,数十年中也常去车墩。更绝的是梦境中,我竟会在初次登台的书场里和场方、听众对话车墩。

数十年弹指一挥,竟孕育了偌大一个新车墩!

2015 年 8 月

庙前街菜场

庙前街菜场，人们习惯了称其为菜场或新市场，它在庙前街南段的西侧，松江一中北大门的西北角。菜场西面，由南到北是一个窄窄的死弄堂，实际上，这是留给西面那幢漂亮的小洋房的一个进出口。据朱菊芳老先生回忆，在其十三四岁的时候，他是看着小洋房造起来的，原先的房主是民国年间江苏省省长丁治磐，解放后易主。它南面紧贴松汇路，由西向东拐弯向北就是庙前街。菜场的房子都是面内背外，这背也就相当于围墙了。它背临松汇路，居中是一个高大的门框，两扇竹制的大门，开门和关门都会发出嘎嘎嘎的刺耳声响；背临庙前街，从南到北有两处大门，北端的大门紧靠茶馆书场；菜场北面和茶馆书场中间，还有一小段距离是用毛竹条编成围墙连接的，茶馆书场也就起到了菜场围墙的作用。

在我模糊的印象中，这里原本是个旧货市场，外回廊包裹着内回廊，回字形的建筑不设围墙。记得松江滩簧名家马小妹与其子华石峰（即现在宝山沪剧团名家华雯的父亲）和他们的班子人员在居中空地上立白地演出时，华石峰拿了面小锣在观众面前挨个兜铜钿。那时的华石峰也不过是十四五岁。

这个菜场也是"回"字形的。菜场内分东南西北四个简陋的没有墙的"房子"，屋面用稻柴铺盖，极像放大了的四方凉亭，下面分设蔬菜、水产、家禽、猪肉等摊位。

新市场诞生于工商业社会主义改造之后,我父亲也在这一波大潮中进入新市场值夜班看门。那时候他已经六十五岁,领导只认为他是个孤老头,就没想到他家里还有我这个十三岁的尾巴,所以给他定了每月十六元的辅助工资。

父亲每天下午在菜场职工快要下班的时候提前赶到,那个专门等候蔬菜队送货来司磅的人员会告诉他,晚上还有什么货要进来,让他确认货品的产地,司磅过秤后把各种蔬菜分别卸在指定的地方。父亲在完成了关照过的事情以后,在临睡前还要在菜场内巡视一遍后才去睡觉。父亲没有专属的门卫室和宿舍,他的宿舍就是财会室。那时我年龄小,一个人在家睡觉害怕,就在菜场和父亲睡。

财会室很小,近20平方米的地方放了两张办公桌,其中一张是菜场经理的。每晚我在会计的办公桌上做作业,父亲便在这两张桌子的过道间用两个竹凳,搁上一人睡的竹榻,父子俩挤着睡。夏天展开席子,点上两分钱一根的纸蚊香,拿把蒲扇在摇风中睡去;冬天摊上棉胎被单,盖上被子,父子俩便在这逼仄的空间里,进入了不同的梦境。菜场的工作很辛苦,夏天清晨四点左右职工们陆续来上班了,因为在菜场开门前,他们事先要将各种蔬菜过磅后才能搬上摊位。大约过一个半小时,父亲催我起床,拆除竹榻,卷起被子叠放在财会室一角,菜场一到开门时间就放顾客进来。稍晚一点财会人员上班了,父亲将前一天的交货单交给会计,他就可以回家了。周而复始,天天如此,年年如此。

国家进入困难时期后,买什么都要票证。伙食品供应卡分为大户和小户,蔬菜最紧张的时候,每人配额不到半斤。居民们怕去晚了没有菜,所以在每晚的九十点钟,人们常常可以看见在菜场的三个大门外,有人用砖头、破搪瓷面盆、破草帽等依次占位,到下半夜的三点多人们才陆陆续续地赶来，找到自己放着的破玩意，便规规矩矩地排起了队。菜场开门很早，具体时间已记不得了，一般在天蒙蒙亮的时候，菜场内有人大喊一声"开——门"，三个大门就同时打开。这时开门的人最为紧张，他们透过竹门看到外面人头攒动，人群前挤后拥，规规矩矩排队的模样早已不复存在。开门人在开门前会对顾客大喊：勿要急，勿要急，小心跌跤！你越是这么喊，买菜人越是急。我父亲是专管紧贴茶馆书场那个大门的。一次，他刚去了锁，大门就被人潮撞开，我父亲冷不防被撞倒，痛得他紧皱眉头，龇牙咧嘴的老半天才站起来，挪到茶馆的屋檐下坐了好长时间。而买菜人争先恐后地蜂拥到摊位前，他们为排队的次序争执着、推搡着，骂骂咧咧互不相让，这是每天清早出现的场景。职工们则两个一组，一个专管买菜人递上来的伙食品供应卡，扫一眼便向撑秤的喊大户或小户，然后用筷子的一头蘸上红印泥在卡上"×月×日"一栏里点一点。

　　那时我的年龄被称为"潮头囡"，身体正处在"长发头浪"，饭量惊人，一天的口粮一顿也吃不饱。菜场的叔叔阿姨们看着我骨瘦如柴的身体可怜，就对我父亲说，饿着小囡勿来三，要做毛病的。以后你每天就让你儿子来买菜，我们装作不认识，他递上菜卡我们只管喊大户。还说别老盯着一个摊头买，让顾客认出来要检举的。我父亲感动得连说谢谢。

　　菜场在北面后诸行街的口子自办了一个食堂。食堂的西边南北向有一条狭小的弄堂叫三官堂弄，通前诸行街。这食堂的前身是广化寺，老百姓管它叫蛇王庙。菜场的职工在早市过后来这里吃早饭，父亲和我也在这里搭伙，主要是吃早饭，偶尔来吃午饭，那是用粗陶碗蒸的被称为厚粥烂饭的蒸饭……

　　十多年后，一段时间里，刚从蔬菜地送来的新鲜欲滴的番茄、落苏、毛豆、生瓜、小圆豆等，菜场转手让职工分送到附近的街道、居委，高喊着让居民们免费来取,数量不限。也经常看到我老婆从街上回来总是满满一篮子的蔬菜,一问才知道是菜场大门外摆放着一筐筐各种蔬菜任路人自取,不收分文。事后我才晓得菜场和城东、城西两个蔬菜大队签订了供销合同,蔬菜大队是按合同送货的,而菜场又消化不了,于是就出现了上述情况。

再后来庙前街菜场在改造中鸟枪换炮,当年菜场的职工也换成了现在割据摊位的小老板,摊位上产品丰富,任由人们挑选……

庙前街菜场在岁月中演绎着社会的进程,让人们时时回望、咀嚼、品味。

2019 年 10 月

我和新市书场

新市书场在新市菜场的北面，和新市菜场面东的大门相连，它坐西朝东，比新市菜场的地势略高，所以在书场的门外有三个石级。进门两侧靠墙有两只柜子，书场所有的茶壶、玻璃杯，整齐地静坐在格层上，等待着分配到任务出列。进门的左侧放两张八仙桌，不管是吃早茶还是听书，在上客时，员工们把柜里的茶壶拿下来，分别倒入红茶或绿茶，茶客要什么茶便当场冲泡；落市或书场散去，将收来的茶壶集中放在这里，倒掉剩茶洗净后放进柜子，然后拿下搁在茶壶柜顶上的茶叶，抓紧时间往那茶盘内排列着的、四四方方的小茶罐内分别装上红茶和绿茶，等候下一次倒入茶杯茶壶冲泡；右边是老虎灶，老虎灶的右侧是两只埋入地下只露出小半个身体的大水缸。虽然有自来水，但也常有停水的时候，如果营业时间没水，那还了得？这水缸就承担着不时之需；往西靠南的柱子旁是一张陈旧的办公桌，由一位女员工专门负责卖书筹、水筹（倒开水）。往前，两边有五六张八仙桌；再往前直到书台是一式的长条靠椅，所不同的是中间每一排可以坐六个人，两边的只能坐三个。每个靠椅按座位在靠背上有个洞眼，听客过来就座后，员工们会根据其喜好，在玻璃杯中冲好红茶或绿茶后，一手的手腕上套着十多个拖着尾巴的铅丝圈圈，另一手拿着茶杯到你面前收了书筹，将圈圈尾巴插入前面一排靠椅上的洞眼，让茶杯稳稳地坐在圈圈内。书台的两旁各有一张八仙桌、四条长凳。书台的南窗外是新市菜场近30平方米的小花园,四周荆树围栏。小花园东面是书场朝南的四扇落地门窗,书场北面墙外有一个小煤堆,靠西一点是个小便池。

茶馆书场吃早茶的大多是县城附近的农民伯伯,有一两桌是建筑社的泥水木匠,他们风雨无阻,天天来此报到,到时候便去上班;中午和晚上赶来的就是听书的了。

一次,我无意间看到书场门外北侧的墙上贴着大红海报,由松江县曲艺团李佳本先生日场演出《狄青》,夜场演出《七侠五义》。这两部书我都看过,但从没听过。白天上学无缘听《狄青》,晚上我在菜场和值夜班的父亲同睡,做完回家作业可以听《七侠五义》。于是,在开书前的一刻,我拿了把财会室会计坐的藤椅,到小花园面对书台的南窗,有生以来第一次听书。李佳本先生当年二十八岁,颜值也高,正是书台上出风头的年龄,每晚听客的上座率总在八九成。不过我听着听着觉得不对劲:我看的《七侠五义》和李先生说的,在情节上有很大的不同,有的甚至名字也不一样。当时正处于懵懂无知的我没有开悟,于是便带着探究的心理将《七侠五义》听完。后来听石耀亮、王鹏飞的书,也觉得和原著有较大差异,不过有了这差异听起来才扎劲(带劲)、放不下,也知道了这差异叫改编。

新市书场是专说农民书的,凡和外县交流场子来演唱的艺人都是该县的响档(名家),没有三斧头是不会让其进新市书场的。

夜场散去以后,员工们清洗好茶壶、杯子放入茶柜。凡轮到值夜班的,就将两张揩干净的八仙桌拼在一起,摊上被头就睡。到清晨近三点光景爬起来侍弄老虎灶,这时吃早茶的人也陆陆续续地来了。

新市书场的老虎灶用煤,不知是燃料紧缺呢还是想省点钱,我常常看见有人扛了装着煤的面粉袋或麻袋来茶馆书场,这时书场负责人严雪君会叼着烟验看煤的质量,然后拿了杆秤来称。过秤后就将煤倒在北墙外堆煤的地方。后来我知道书场收购的煤每斤两分,那个面粉袋可装四五十斤,麻袋装的还要多。这很让我眼红,我父亲每月辅助工资十六元,这一袋煤……于是就和我的同学罗志明一起去捡煤。现在沃尔玛南边一点点是当年拉管厂的原址,那堆煤的地方在泥土下藏有一层薄薄的煤层;竹竿汇南端近护城河的空地上,原来是堆煤的地方……本来是星期六、星期日去捡煤的,每次总有一块多或近两块钱的进账,我和罗志明异常欣喜,到后来为捡煤我俩连上课都不去了,成绩退步了一大截。

松江县成立曲艺团后招收的第一批学员吴天希、李红梅、沈红霞,都跟随石耀亮学艺,也都在新市书场亮过相。那年吴天希十七岁,梳着个油亮的三七开分头,显得少年老成,已像个唱书先生,因为书场天天客满,他只能站在老虎灶边听书。李红梅、沈红霞正是十六七岁的妙龄,两人穿着大红的运动服,站在书场后面,增添了一道亮丽的风景,回头率极高。

困难时期有个奇怪的现象,虽然人人吃不饱,脸色菜黄,而茶馆书场却日夜场客满,即便书艺再差的艺人演出也能满座。以新市书场为例,它大约有两百二十多个座位,一般情况下总是座无虚席,响档来演唱,过道里加长凳,北面近书台的窗外站满了听长脚书的人,而书场外的南窗下属于新市菜场,外人不得入内,只有我一人独享听书。

那时的夜场经常会出现一个近五十岁的女人,她臂弯里挽着个元宝篮,篮里装满纸包的三角包,二十五粒一包的炒蚕豆卖一角,开书前她在场子里兜上两圈就会卖光。那女人高兴得菜黄的脸上红光满面。

书场南面的落地门窗是向着菜场开的,日场还没什么,书场结束听客从正门出,从南门走,很快就会散去。夜场就麻烦了,书场一散,南边门外是属于菜场的,一到菜场下班,我父亲早就把那四扇门锁了,听客只能从正门走。正门又小,两百多个听客散得太慢,弄得人们意见很大,纷纷要求开南门。严雪君知道,开南边门就要和菜场的经理商量,估计经理也不会同意,因为,夜场结束接近九点,此时菜场内只有我父亲值班。开了门,万一菜场出了安全问题,谁担责?这事要么不答应,答应了不仅天天要为书场开门,还要天天开菜场北边的门。严雪君没办法,最后他叼着香烟,硬硬头皮请我父亲帮这个忙。我父亲知道这事情责任重大,本不该答应,也不想答应的,但想着他两条被子能长期租给书场值夜班用也是个人情,于是他痛快地答应了。从此,每晚在书场快要结束的时候,我父亲从外面打开书场的南门后,再去开菜场的大门。

也是从那以后,父亲叫我去书场里捡拾香烟屁股。那时凭券购烟,配额的香烟是不够烟民们吞云吐雾的,而书场里又是烟民们聚集的地方。散场后,有些听客走在后面拾香烟屁股,书场的员工就会喊:快走快走,我们要关门了。其实两个男员工都抽烟,烟屁股是为自己留着的。自我父亲为书场开门后,严雪君把烟屁股留给我了:一是知道我父子日子过得不容易,二是还每夜为书场开门的人情。我捡了烟屁股后就和父亲连夜将烟纸去掉,给踏扁的烟丝揉揉松,集中一起分成几包。我每天早上背了书包,先在可可居饭店南面竹竿汇支路的路口席地而坐,然后拿出烟丝摊在报纸上,每包一角很快就会卖光。收获了四五角钱后,就用一两半粮票花六分钱买大饼油条当早饭,幸福满满地去学校。

1961年冬,我考入由松江县越剧、沪剧、曲艺三个剧团联合招生的戏曲训练班。二十天后,我主动要求去曲艺团。

1964年的春节,我被安排到新市书场演出。那时正值提倡说新书,也是新、老书交替演出的时候。我日场说《西汉》,先生王鹏飞是团里的副团长,要带头说新书,他夜场说《苦菜花》。记忆中除夕夜开始下雪,连续下了十余天,我日场天天客满,有几天人多得我都没法上台,只能从书台北面窗外让那些听长脚书的帮忙,将我塞进窗口。那年我进团刚好两年,是学员期内的实习演出。客满不是我的本事,农民书场子业务的好坏得看季节和天气。农忙季节听书的人少,尤其是日场,人们都要下田做生活,落雨听客会猛然增多。一过农忙是书场的旺季,不过夜场听客的多少要看先生的水平了。诚然,书艺再好,逢着降雪下雨也是死蟹一只!我在新市书场的演出,下雪的日子里天天客满加凳,天气晴好后听客起码少了三分之一。那次是王鹏飞第一回说新书,下大雪给了他个下马威。头晚近二十多个听客,接连几天仅剩十多个,没等到天气晴好夜场就开不出了。

我在新市书场从听别人的书到自己在这里演出,前后不过六年光景。两年后,"文化大革命"刚开始时,我自己改编的新书《红岩》《兵临城下》在码头上已很卖铜钿,但还没来得及来新市书场复档,这两部书已成为"大毒草"被禁演,再后来我和新市书场也彻底无缘了。

2019 年 10 月

小连生的白焐猪头

据老一辈人说,以前无论是红白喜事或招待客人,猪头肉是上不了台面的,即便上了台面,有些有身份地位的人就算喜欢吃猪头肉,在众目睽睽之下也不会动它一筷子,这就是松江人所说的"假雅头(假装)勿吃猪头肉"。还有,人们对于什么都懂一点、都能说上几句的人,背后称其为"猪头肉——三勿精",而那些饱读诗书有真才实学者,在受到别人当面夸赞时也会自谦"我是猪头肉三勿精"。

以前,猪头肉大多出现在不起眼的小酒馆中,青睐者大多是底层的百姓,如农民摇船到镇上交粮卖猪,午饭时分随便找一家小酒馆,弄点猪头肉和油汆花生米,来一瓶小酒,坐下后搁起脚,咪上两口幸福满满;那些生活拮据的仁兄,偶尔也会来小酒馆,以小老酒、猪头肉解愁;还有那些卖苦力打短工的人,工作结束便三五成群涌进小酒馆,大多以猪头肉为主菜,他们信奉的是"辛苦铜钿快活用",大口喝酒大块吃肉,苦中作乐快意人生;如果是在城里,聚在家中喝酒,来者会不约而同地提出去小连生买点白焐猪头。

二十世纪五十年代初,松江城里小连生的白焐猪头是出了名的。但如果是外来客慕名而来寻觅美食,只能是但闻其名难见其店,等费了好大的周折找到了小连生,他也搞不明白,这卖白焐猪头的地方到底是店还是算摊?它缩在岳庙的东南方,在以妙严寺得名的弄堂口的东侧,从中山中路拐入弄堂约第三个门面。它坐东面西,确实不伦不类,不是店也不像摊,就是一处平平常常的民居。它只有一个门面,一个售货窗口,全是外卖,没有堂吃——因为地方太小,也不允许堂吃,仅靠北倚墙有一张长方形小桌和两条长凳,只有极少几位老主顾和小连生的邻居能坐,谁先来占据了座位,谁才能在这充满肉香的空间,弄一盆白焐猪头,享受一碗并不外卖的原汤。他们咪起小酒,像关公战秦琼那样瞎七搭八地闲话松江悠长的历史、风物,品评人际关系和家长里短。那临窗的桌子上放着砧板、木盘和油亮的切肉刀,东北角是一个专烧白焐猪头的大灶。

老板叫孙连生,但人们习惯了叫他小连生,后来这"小连生"也成了卖白焐猪头的字号了。

据说小连生的白焐猪头最早没啥名气,味道一般,生意也没什么起色。奇迹出现在某一天,来了个抱着小孩的邋遢叫花子,他放下小孩买白焐猪头。小连生看着他可怜,等切好猪头肉包好递出窗口也没收他的钱。正在这时,那小孩在地上拆了一泡污(拉屎),臭味满街还飘进了屋里,那两个等着买白焐猪头的顾客见此情景,都捂起鼻子落荒而逃。小连生皱了皱眉头,微微叹了口气:唉,我这生意本来就不好,这小囡还给我推掉了两个买主。叫花子听了也不说话,只是从背上拿下卷着的破篾席,他拆下一支席边,一折为二,半支用来把地上的污刮了,还有半支递给小连生说:看你生意冷清,心地倒也善良,喏,这半支席边留给你,以后烧煮白焐猪头时将它放进锅里一起烧,你别小看这半支席边,它能助你生意兴隆。小连生看着那半支席边,对叫花子的话将信将疑。后来他试着把它投入烧猪头肉的锅中,顷刻间锅内飘出诱人的肉香,让路人闻香驻足,馋涎欲滴,食欲大开。后来果然来买白焐猪头的人排起了长队,再后来人们才知道这叫花子原来是八仙中的吕纯阳,在路过妙严寺时留下了这么个插曲。传说虽然不靠谱，但也说得有鼻子有眼。一次朱俊贤老先生来我家，我问起小连生的白焐猪头时，他说他小时候曾不止一次听她母亲说起过上面的故事，而这个故事流传很广，知道的人也很多。不过小连生的白焐猪头远近闻名，生意好这是事实，在那些年吃过白焐猪头的人，至今回忆起来仍然垂涎。

小连生开店与别家不同，一般的饭店或熟食店是中午前后和晚上两市，他却在下午的三点，准时打开那扇用支架撑起的木窗开卖。据朱菊芳老先生回忆，解放前他十多岁的时候，有时也去排队买白焐猪头。那时小连生近四十岁的年纪，较胖，五短身材，圆圆的脸庞一副和善的福相。开卖前，小连生将盛放在木盘内的白焐猪头肥瘦搭配均匀，然后拿起刀，微笑着问窗外顾客要多少猪头肉，顾客报上斤两后，他斩猪头肉一斩一个准，从来不用秤称，也不短斤缺两，而顾客也深信他卖的就是那份诚信。小连生的包装用品也很讲究，他用透着清香又具有清热解毒、降压利尿、止血固精功效的干荷叶包裹，连同一小包炒至微黄的盐末送出窗口的同时，收取顾客递上来的铜钿。偶尔顾客也会碰上用刚采摘来的新鲜碧绿的荷叶包裹猪头肉，那荷叶经过开水烫泡后又用凉水漂凉，具有生发元气、散瘀血、消水肿的功效。

小连生很牛，生意再怎么好，他一天只卖四个猪头。猪头卖完后，他将那把为他赚钱养家的功勋刀的尾角啪的一声，直入银杏砧板站立着，这是告诉顾客：明日请早。

别看这一点点的营业时间，其实幕后的工夫不少。猪头从肉庄拿回来后先要将毛除净。我们不知道当年小连生是怎么解决这个问题的，现在有几种处理方法：把猪头放在旺火上烧烤，然后刮去熏焦的猪毛，不过这种去除表皮的做法不太理想，猪头煮熟猪毛仍会钻出来；如果用夹子夹毛，耗时费力，要蚀煞老本；也有将猪头浸入滚烫的柏油里，待柏油冷却后再将其剥下来，猪头上会毫毛不剩，不过柏油有毒；

还有就是用松香烧成液体浇在猪头上,去毛效果极好。合理想象,小连生去毛大概会用松香,或有更好的处理手段。

猪头洗净放入大锅内的原汤里再加足水,也让原汤有了传承。用柴爿烧煮到一定的火候,让木炭的余火焙着猪头。待火完全熄灭,再用稻柴打成草团,让文火积聚锅内的精华。整个烧制的过程,也是小连生用心血调味的过程,包括用荷叶包白焐猪头和精心炒制的盐末。待猪头出锅时已经酥烂,只要拎起抖动几下,就能骨肉分离,而小连生人生的五味也在这白焐猪头上了。看着这油而不腻的猪头肉,酥得连没牙齿的老人都能蘸着盐末享受,能不招人垂涎?那窗外排队的人群中难道就没有那些有身份有地位、"假雅头勿吃猪头肉"的人,为馋那一口,让手下来排队?

小连生的白焐猪头已离我们远去,这块老字号招牌倒是口口相传延续至今。以后若想尝尝白焐猪头肉,也只能在书本中闻香,在文字间品味了。

2019 年 11 月

想起小书摊

老宁波的小书摊在长桥街东侧、解放前那个救火会的北面,坐东朝西临街。每个书架依照"小人书"(即连环画,当年不管大人孩子都称其为小书或小人书)竖立的高度设置层次,小人书在书架上并排挨着,只露出一半尊容,为的是让小读者们看清书名便于挑选,也为了在书架上能多放些书。一般页面较多较厚的小人书,店主会将其分拆为二,再在书的前后各用三到四层的报纸按小人书的大小尺寸裁剪,以增加书的厚度,外面再用牛皮纸重新装订,这样一本小人书就分为上下册,再把小人书原来的封面贴在上册上。但凡立上书架的书,除了页面太少、不能分成两册的外,大多会经过这么个处理。这么做有两个原因:首先,牛皮纸有韧度有厚度,起了保护小人书的作用,对于经营者来说,减少磨损,延长小人书的寿命,无疑也是一种收益。其次,看两本小人书收一分钱,如没经过上述这么处理的话,读者还可以选一本,就实打实地看了两本。现在一本书变着法子成上下册,这么做的道理大家都懂。

小人书立在书架上,一天有那么多小读者翻看挑选,难免会跌落到地上,经营者就在书架的两边敲上钉子,用制鞋线或牛皮筋将小人书拦腰护住,以减少跌落损坏。南北两边靠墙都是矮脚长凳,临街的排门板只卸下一块,用两只小矮凳,在紧靠西面未卸的门板下一搁,小读者在选了小人书付了钱后,便在矮凳上排排坐,马上就进入小人书的世界,人多的时候有的只能坐在门槛上。

我在阔街小学上学时,从家里出来,大多是上松汇路走小塔前沿河抄近路的。知道有个老宁波书摊是以后的事,一去就再也离不开它了。

老宁波估摸着也有六十出头了,较矮的个头白皙的脸,一脸随和。冬天,他头上一顶藏青的呢帽,穿着略泛白的过膝的棉袄,大多时候都敞开着;那副断了一条腿的老花眼镜,全靠一根棉线吊着的一枚铜钱支撑着,勉强地为年老的主人尽忠服务。冬天,老宁波会在屋角生起煤球炉,炉上坐一只白铁水壶,壶嘴里终日冒着热气,温暖着小读者。

那时,我父亲和岳庙桥东侧前诸行街的褚家伯伯合作做肠衣生意,将收来的猪肠加工处理后,自有做香肠、腊肠的老板上门照单全收。晚饭以后是父亲的休闲时段,他每晚都会去岳庙里看滩簧(原来松江剧场的旧址上有一个什么殿,坍塌了以后弄成一个可以容纳三百多人的简陋剧场)。那时正是马小妹(现宝山沪剧团华雯的奶奶)和陆德良他们驻场演出,票价一角三分。我不喜欢看戏,父亲就给两三分钱,我就去老宁波处看小人书。书看完了,剧场也到了放幕的时刻(戏快要结束时,剧场会放人进去),我就进去找父亲。天天如此,我把老宁波书摊的所有小人书都看了个遍。到后来也会隔三差五地去书摊报到一下,看有没有到新书。后来我听说高家弄西侧面南有一家书摊,那家有不少小人书是不上书架的,等和小读者缠熟了才肯示人,还听说那个书摊有不少"字书"(解放前出版的侠义、神话小说)出租。我试着去那里看过几回小人书,那是个楼房,底楼也高爽。摊主近六十岁的样子,要比老宁波高,淡黑的脸一本正经。现在回想起来,那门面好像是原来的松鹤楼,正对着马路对面的迎宾楼,也可能小书摊的西隔壁是松鹤楼(本篇小文记述的已是五十年代中期的事了,可能记忆有误)。

一来二去,摊主也和我熟了,我便试着开口要租看那些不上书架的小人书。摊主答应了,不过租金比书架上的贵一点,好像是两分一本。待摊主从书架背后拿出书来后,我虽然年小,但一看也知道那是解放前出的小人书,它和解放后的小人书明显不一样,如放到书架上,要比一般的小人书高。虽然那时松江解放已近七个年头了,但店主把那书保管得极好,它是原装订的,没拆分成上下册,那纸张薄如蝉翼,色如土黄,正反双页折叠为一页的石印本小人书。我付了租金拿起小人书,摊主还关照一句小心弄坏。我坐到屋角,翻开小人书就高兴坏了,那画面上的人物完全是按照京剧舞台上的穿着画的:骑马交战的武将,身披甲胄,冠插雉尾,背后四面威武旗,足蹬朝靴;侠客身穿黑色紧身衣,肩背宝刀或宝剑,脚穿薄底软靴,等等。舞台上的生旦净末丑尽在画中。由于我从小跟着父亲在上海中国大戏院、共舞台、天蟾舞台、先施公司等戏院看京剧,看到这些画面就显得更为亲切。在以后的日子里,我在这个书摊上看到了《大破铜网阵》《七剑十三侠》《济公》《封神榜》等,满眼是战马嘶鸣,刀光剑影,战尘旋舞,法宝乱飞。后来我进一步借字书付押金拿到家里去看。现在回想起来,那两年全国范围内正在查禁妖魔鬼怪、封建迷信等内容的书籍,摊主更不敢将解放前出的书堂而皇之地放到书架上。

从感情上说我倾向于去老宁波书摊看书。后来老宁波的书摊搬迁到日晖桥北,在护城河的拐角处设摊。我也跟着去了,那地方房子低矮,但临河有窗,也算亮堂。

这么几年下来,我跟老宁波也很熟了,偶尔我没有钱的时候,老宁波会主动让我赊着看;偶尔他有急事,会让我照看一下门面,说他去去就来。

那几年我在肚子里装了不少故事,后来我已不满足于此,到处去借长篇小说看了。不过小书摊我还是去的,只要他们新进了书,我还是会挤入同龄人中静心地享受那份少年时光的快乐。

六十多年过去了,可惜的是我至今还不知道老宁波姓甚名谁,他有什么样的故事,还有那个租借我"字书"看的、不苟言笑的摊主。我也至今弄不明白,明明是有店面的,为什么不叫书店叫书摊?

不过现在这些都不重要了,重要的是这些小人书和字书中的忠孝节义、是非曲直、与人为善、家国情怀,等等,已融入当年小读者们的血液里,散布在祖国大地上,开花结果了。

2019 年 12 月

还记得那个钟表刻字社吗？

解放前夕，松江"东到华阳西跨塘"是最为繁华的地段，也在这十里长街中散落着十来个修钟表的摊店。而这些摊店中本地人极少，十有八九都是外来户，他们来自同一个地方，彼此间又沾亲带故，常自称南京帮。

南京帮的领头是王念宏，是他从上海市区到松江落户开店，然后引来了他的同乡子弟兵。手艺人不发财，只为养家糊口，什么地方生意好就到什么地方去。一个人闯荡江湖，举目无亲，有个困难什么的孤掌难鸣。所以他们在当地落脚了，会考虑到今后碰上什么问题能有个帮衬，相互照应，于是把亲朋好友吸引过来。过一段时间，在他们觉得安定了的时候，就拖家带眷地过来和自己一起生活。

1957年是社会主义工商业改造的第二年，十多个钟表摊店组织起了"前进钟表店"，虽然叫钟表店，但以修钟表为主。当年前进钟表店有两爿：一爿开在东塔弄的西侧，是王念宏坐镇的店面，另一爿开在马路桥里馆驿口。王念宏当年还在莫家弄内的工商联担任职务。

1961年正是最困难的时期，前进钟表店已易名为"钟表刻字社"，把刻章刻字画的手艺人收编在列。其时王念宏十五岁的儿子、辍学在家的王忠官进了钟表行业当学徒。据王忠官介绍，当年当学徒的有四个人，其中一个是女的，他们都没有拜师。原来店里的师傅们都是跟随王念宏来松江的,彼此又都是亲朋关系,而进来当学徒的,大多又是店里员工的子弟,所以在教学徒修表问题上,这些叔伯辈的老师傅们无不倾心相授。

王忠官说,三年学徒生涯,第一年工资每月十五元,以后每年递增两元。

当年在上海各郊县的钟表行业中,人员最多的是松江。钟表刻字社属于城厢镇八厂一社中的手工业社。后来有一部分人被分流到莫家弄底的曙光电器厂,另一部分人到五金厂、翻砂厂。

在社会主义教育运动中,王念宏离开了人世。也在这期间,钟表刻字社的员工们轮流去山阳、漕泾(当年属松江县)、陈坊桥、新桥等各公社蹲点,他们到当地借门面,待上三到六个月轮岗。王忠官当年在新桥一蹲就是两年多。那时的背景就是以实际行动为工农兵服务。

钟表刻字社也几易店面,最初在余天成东隔壁,是钟表刻字社的第一门市部;中山中路人民剧场东隔壁为第二门市部;在马路桥西面的中山中路上,那个面对隔街河滩的是第三门市部,这个门市部主修日本产的老式木钟;大仓桥也有一个由两到三人撑着门面的钟表店。

王忠官的爱人也在钟表刻字社工作,直到1995年退休。

1984年,王忠官在改革大潮中,被工业局调到和香港合资的精艺手套厂(长桥街南端往东拐入松汇路,原木材加工厂)搞三产,他在这里干跑供销七年。直到1990年被调回钟表刻字社做老本行,还当上了门市部的主任。不久余天成东隔壁的店面被迁移到街对面装修一新的门面。此时的钟表刻字社出售电子钟、石英钟,兼售眼镜,楼上为修理车间,职工总共有二十余人。不过那时的钟表门市部已归入茸峰公司,这公司相当于现在的大卖场,只要能赚钱,不违法,什么都可以经营。王忠官在回归钟表行业后,跨行经营电器产品,如收音机、电风扇、洗衣机,也卖衣服等,一时间风光无限。直到中山路拓宽后,钟表店的盛景不再。

　　钟表刻字社前后收过六批学徒,王忠官那几个为第二批;1970年和1972年收的学徒开始正式拜师学艺,还有女学徒;1977年收了最后一批,其中张小麟就是王忠官的学生。

　　如今张小麟也已退休,师徒俩在阔街的东端面南开了一爿门面不大的亨达钟表店。我问王忠官:为什么叫亨达钟表店,有什么特殊意义吗?他说其父在解放前来松江开了两爿钟表店,店名一为"亨利",二为"达利",他将两处店名合在一起取了个"亨达"。

　　岁月轮回,世事沧桑,钟表刻字社如雁过留影,为它书上一笔,用它的故事于冬日里佐酒品味,在盛夏的茶室里拿它"讲白滩"。怀旧也罢,闲聊也罢,那是松江老字号留下的底片。

2019年11月

包家桥的小书店

大约在1975年的年底,城西供销社传出消息,要在包家桥菜场的东面近30米处开一爿小书店。主要考虑能及时地把毛主席最新指示的辅导学习材料单行本及中央两报一刊的重要文章送到基层;再者,要把新出版的书籍配送到公社和大队的学校;最后,这小书店马路斜对面近百米处就是松江县第三中学,学生的文具用品量大,也是开这爿书店的重要因素之一。

那年我去联丰大队的下伸店还不到一年,工作以进货为主,自由惬意着呢。突然来了一个调令,让我去小书店报到,这是我万万没有想到的:书店是全民性质的供销社开的,我是合作商店的,差一个等级,怎么会轮到我去?再说我喜欢自由,如果死板板的八小时上班,对我来说无疑是"关煞鸡"了;而且书店后面的楼上就是供销社领导、合作商店负责人的办公室,这不是把自己置于他们的眼皮底下嘛!如果领导随时来关心关心,即使他们仅仅是下楼伸伸腰,甩几下手臂什么的,我也会觉得他们是在查岗,如果领导们有一搭没一搭地与店员们"闲聊",或在店面前来回晃悠,不头晕才怪!

那几年城西公社(现在的永丰街道)经常借我去搞创作演出,我偶尔也在《解放日报》《文汇报》上发了几首诗,这一点领导们当然知道。据说在讨论去书店人员名单的时候,考虑要一个男的跑外勤,领导们不约而同地想到了我：汤炳生喜欢书，让他去弄！于是在供销社横潦泾店抽调了一名姓李的女店员，小书店东隔壁的五金日用品门店来了一位姓王的女同志，就我们三人撑起了新开张的店面。开张前，上面给我们开了个极简短的会议，说开这么个书店意义重大，它是为人民服务的一个窗口，等等，然后说小汤主要负责外勤，其余时间守店，在有人轮休时，店里要保证有两个人。至于这店面或者说这三人中谁是负责人，没宣布。根据后来开会总让我去，有什么事总让我向李、王两人传达，再想到"汤炳生喜欢书，让他去弄"，我估摸着这"弄"字还包含着负责的意思。至于为什么不明确宣布我为门店负责人，我想大概我是从合作商店来的缘故吧。

这个书店一分为二，后面作书库，确切地说是摆放文具用品的仓库，店面靠西墙立着三个书柜，书架的显眼处是毛主席著作和其他一些政治哲学类书籍。柜台面北临街，右转角是南北的过道，直通里间书库，也是顾客驻足购物的空间。柜台的上一层平展毛主席著作，低层是铅笔盒、橡皮、练习簿、三角尺、砚台、毛笔等学生用品。书店没有店名，但顾客一看也知道这是书店，或叫文具店也可以。

供销社配给我一辆"永久"牌重型自行车跑外勤。所谓重型也就是车后的书包架能承载重物，车轮上的钢丝略粗一些。

至今还记得当年一些长篇小说的书名：南哨的《牛田洋》，郑直的《激战无名川》，张抗抗的《分界线》，叶辛的《高高的苗岭》，浩然的《艳阳天》《金光大道》，金敬迈的《欧阳海之歌》，等等。至于往学校送什么书，除了学校指明的课外读物，文学类的书奇缺，我送什么书学校就要什么书，一般和学校电话沟通好后将书连同发票一起送过去，现金收回来当即交账。

一次接到上海工人作家周嘉俊写来的短信，要我给他留一套柳青再版的《创业史》。我第一感觉是柳青终于被解放了，不然他的书也出不了，然后也觉得奇怪：周嘉俊在《文汇报》工作，虽然我在他手里发过几首诗，但从没和他照过面，他怎么知道我在书店，又怎么知道书店的地址？再说，我店里如果有《创业史》，难道上海的书店会没有？我给他回信：我这里没有《创业史》，如有，一定给他留一套。后来从城西公社文化站宛世照那里知道，是他告诉周嘉俊我在小书店跑外勤，这么一说，其他的当然就不用问了。那时全国书荒，读者精神饥渴已久，不管什么新书上架，上海的新华书店就会排起长队，能抢到手就算是你的运气，难怪如周嘉俊这样的作家，要一套心仪的书也这么犯难。

长颈盼望了许久，《创业史》终于来了，不过只有三套。两套分配给公社和学校，留给周嘉俊的那一套我抓紧时间先饱眼福，看得差不多了才给他写信。那天他正在松江，顺道来小书店将书取走，临走还连声地说"谢谢"。

那年的初秋，书店来了由中国青年出版社出版的姚雪垠的第二部上中下三册一套的《李自成》，我奇怪：怎么没有第一部，却先来了第二部呢？！隔了许久，才来了上下两册的第一部。我看了一下版权页才知道，第一部早在1963年的7月，就由中国青年出版社出版了，这是作了修改的第二版，也是第五次印刷。

姚雪垠是大作家，也是1957年的大右派，1960年摘帽。他在如此逆境中创作《李自成》，背景要追溯到1944年郭沫若那篇《甲申三百年祭》：甲申年也即1644年，李自成进入北京不久就败退。毛泽东用郭沫若这篇文章告诫全党，吸取李自成兵败的教训，将革命进行到底。

《李自成》到了书店，我身处近水楼台，自然抢先要了。

那年月我经济上拮据，又一直把书比作情人，凡新出的书都在我的手里，碰到自己喜欢的就不顾一切地买下了，就如《李自成》一下就要了第一、二部。后来多年不见的《东周列国志》也到了，再买……有的书心里真想要，可囊中羞涩，无奈，只得抓紧时间把配送的书先拿来解渴解馋。而在生活中,我每天还少不了二角四分一瓶"小高升",食堂里一块扎肉和一盆蔬菜一角五分钱,就是再穷我也会想着法子套套鼻头。经济上有了窟窿,我就利用跑外勤的自行车,把一个月四天的假日分作八次休息去打麻雀,通常挑选没有月亮的日子,看看天气晴好无风,便吃了晚饭,背上气枪、电瓶、电筒,腰束鱼篓、网袋,穿上半高的套鞋,带上蛇药,去乡下的竹林里"找钱"。那时春夏的麻雀每只三分,打得多了二分一只通通卖给小广东;秋冬的麻雀肥壮,每只卖四分,也好卖。我每次出门打得少的有四五十只,多到近两百只。回来已近清晨四五点钟,让老婆赶紧拿了麻雀去菜场卖,自己则抓紧睡觉,直到中午起来,马马虎虎扒两口饭就去上班。有人当面戏言:小汤,看不出像你这样的人也会单枪匹马,在黑夜里去乡下的竹林中与坟墓为伴打麻雀。我说,这也叫逼上梁山呀。

赚了点外快后,买书的压力减轻了不少。为自我奖励,套鼻头时多添两个菜,就像俗语说的:黄连树下弹琴——苦中作乐。

在书店的工作维持不到两年,县里以原沪剧、越剧、曲艺三个团的骨干人员,组织起一个文工团,春节要上演沪剧《祥林嫂》,我随即告别了包家桥小书店中的快乐,去追赶那个还不知结果的过程……

2019 年 12 月

四

生财之道

乡办生活锅炉厂赐了我个美差——推销员！为此，老婆特地弄了几个上好的菜，破例地为我举杯相庆。诚然，这并非为"推销员"本身，而是为推销任务完成后，能得到百分之五的提成奖。一张推销一万元的合约到手，我可得五百元。那么，十万元呢，二十万元呢……哈，我已醉了！因为我完全可凭我的口才优势致富。

但是，我还是嫉妒隔壁阿灵惊人的发迹——才两年工夫，就像搭积木般地平地拔起三楼三底的、颇为气派的新楼。洗衣机、彩电、冰箱、缝纫机、自行车，等等，门当户对地相继投入新楼的怀抱。也不知阿灵躲到哪里发的财，一年见不到他两三次，问问他父母妻子，总是神秘地笑笑，"鱼有鱼路，蟹有蟹路"。哼，莫名其妙的"垄断"！

旗开得胜。我到B城就搞到了一张十万元的合同！当然，离提成奖还遥遥有期。

心情舒畅，我慕名顺道游览了B城东南的胜地。

这儿山笼灵气，毛竹森森，藤缠古树，山溪淙淙，鸟雀声声。山腰上，那似云似雾、似纱似绸的山岚环抱着一座具有八百余年历史的古刹。据传，它以宋孝宗墨宝真迹和乾隆御笔向人们显示它的地位和身价，因而惹得国内外的文人墨客、商贾学者纷至沓来，更有善男信女们川流不息地朝山进香，使得寺中香火终年兴盛。

在上山之路的穿堂里，好多人不知拥挤着围观着什么，只见退出来的人有叹息的，有洒泪的，有喊作孽的。我不禁挤进了人群。

一位蓬头垢面、衣衫褴褛的乞丐跪在脚板上，他两手支撑着大腿，头垂得很低，表情异常痛楚。他的面前摊着一张两边用小砖块压着的、已经折皱和磨损了的牛皮纸，上面写着：因特大洪水，把我家即告竣工的三楼三底的楼房冲塌，父母猝亡，爱人断腿。只有我和未满两岁的女儿幸免死伤。今爱人无钱求医，女儿嗷嗷待哺，万般无奈，乞求仁人君子垂怜，胜造七级浮屠。两边纸沿上还写着两行正楷：济人即是济己，种福还须种德。

围观的人纷纷掏着腰包。顷刻，五角、一块、两块和一些外币纷纷落到这被天灾作难的青年面前。

我动了恻隐之心，慷慨地把一张"工农兵"递了上去。

"谢谢！"他抬起了头。

啊——是他？阿灵！我差点惊呼起来。

"乞丐"也愣住了。

倏然间，我伸出去的手僵硬地停在了半空……

1985 年 3 月

不仅仅是向着丰收笑

两年前,他在新麦吐香、开镰收割的季节到这 A 地书场登台献艺。

离上台还有个把钟头,他宿舍外往书场去的走廊里,听客熙熙攘攘,服务员那"开水来喽,当心烫痛"的吆喝声中流出了喜悦的韵味。

果然,迎接他上台的是人头攒动,呵气为云,挥汗成雨的欢乐而又热闹的景象。那一张张微仰着的笑脸上,嵌镶着双双无忧无虑、盼得艺术解渴的眼睛,就是那嘴也是微微张着的。

他将醒木轻轻一拍,那绘声绘色抑扬顿挫的声调,顿时使场内鸦雀无声。台下不时轰然而起的笑声和他心中的笑声和谐地融会在一起……

散场后,他听到了对他的议论:

"书艺不错,说、噱、演都好!"

"明日要早点来,否则买不到票。"

他陶醉在听众敬佩和赞慕的目光里,尽情地享受和品尝这笔墨难以形容的无穷的乐趣。

在连演连满的最后一场结束时,不习惯鼓掌的听众第一次以热烈的掌声为他送行,宛如相送疆场凯旋的英雄。

而今,他应书场邀请旧地重游。他要用心和汗水,用炉火纯青的演技去激动每个听众的心灵。尽管途遇滂沱大雨,淋得他成了个落汤鸡,却淋不灭他此时的兴奋和对演出成功的信心。

不出所料,书场里座无虚席!地上处处是雨衣上滴下的水珠积成的滩滩水渍,听众个个皱眉蹙额,心猿意马地瞧着窗外大雨倾盆的天,有的发出了怨恨的诅咒:

"这鬼天,还这么哭下去,麦和油菜全完了!"

"可不,刚包到咱户上,它就拉下脸来作对。"

他并不在意。

当他的书情进入高潮的时候,台下有几处打起了疲劳后的呼噜。他心里"演出成功"的堤防震动了!

翌日,碧空如洗,他一登台就傻了眼:偌大的书场,听客竟寥寥无几!窗外飘来的新镰初试新麦的嚓嚓声,撩得他更加心烦意乱。

他开始怀疑自己的演技是不是失去了魅力。一下书台,他听见几位听众对他这次 A 地之行的评价:

"艺术虽好,但现在是什么时候!今年的农忙非昔年可比,都包产到户了。"

"待丰收农闲后,有客满的日子在等着他。"

他懊恼极了!

然而,仅仅是一瞬间,他又笑了,笑得那样由衷,那样深邃……

1985 年 4 月

心 魔

钢管厂党委书记老贾,此刻正坐在他的办公室里悠然自得地喝茶抽烟,浏览着刚刚送来的报纸。蓦然,一声爆炸般的撕心裂肺的女人的哭叫,夹着寒风破门而入:

"贾书记,我家老葛不行啦,医院检查出来是肝癌!呜呜,这可叫我怎么办呀!呜呜,他刚四十出头呀,已往黄泉路上奔了,还伏在桌上写他的入党申请。呜呜,我以后……"

贾书记听罢,陡地从座位上弹了起来。他慢慢地走向这位披头散发,涕一把泪一把的供销科长的夫人,脸上渐渐涌起难以描述的复杂表情:干涩的眼里潮润了,千言万语搅动着他的五脏六腑。他的嘴唇动了动,但摇了摇头,一句话也没有。缄默良久,他带着颤音竭力地劝慰她:

"你想开些吧,别哭了。我马上到你家去看望老葛。你对厂里有什么要求,家中有什么困难尽管提。老葛是个好同志,其实他的入党问题党委已考虑得差不多了……你先走一步,我马上就去!"

贾书记要党委秘书立刻找出老葛几年来所打的入党报告,又叫他去买些罐头水果之类的食品,又亲自找来两位副书记,然后一行四人钻进小车,风驰电掣般地直奔供销科长的家。

阳光透过茶色车窗照在贾书记的身上,他的身形显得暗淡。但车内的人对他还是看得清晰的。现在,贾书记正抓紧路上的时间,将老葛那八份入党申请分给两位副书记传阅,并以内疚和自责的心情说:

"看看吧,他对党多有感情啊!可是以前我们思想僵化,特别是我,没看到他的组织能力、工作成绩和善于团结同志,只看到他要出风头,而且有些越俎代庖……我提议,这次榻前问疾,同时宣布他入党,让他安心瞑目去见马克思吧。诚然,此举并非佛家的'功德无量'什么的,是党的大门向着优秀分子敞开,即便死了也要追认。"

两位副书记看着老葛的入党报告,听着老贾的话,自有一番像怪味豆那样的滋味:他们以前对老贾是谈过老葛的入党问题的,但被他的"再考验考验"拖下来了。现在老贾的"提议"他们知道意味着什么,而且又显得那么急,至少没在党委会上讨论……副书记A说:

"他早就该入党了。现在也好,给老葛精神上个安慰。"

"老葛如果早入党,论工作能力,老贾,他恐怕早就是你我的领导了!"副书记B完全是一副褒扬的口吻。

贾书记擎烟的手微微抖动了一下,他坦诚地点点头:是呀,这要怪我。唉,私心杂念,私心杂念啊,我这嫉贤妒能的想法压制了人才……

小车在老葛的家门口戛然刹住,正好碰上老葛的夫人两眼含笑,目送一位穿白大褂的青年人上路。她见厂党委的正副书记都赶来了,便激动地向屋内喊道:

"老葛,贾书记他们来啦!"

老葛快步出来,忙将众人迎进屋去,又忙不迭地递烟泡茶。贾书记落座后,见老葛谈笑风生气色还好,心中犯疑。他回头对老葛的夫人看了看,眼神中送去一个问号。

她忙抱歉地笑笑:"老葛是患肝炎,我送走的那位实习医生由于写病历时和熟人说话,造成笔误,把'炎'写成'癌',所以这位医生特地登门致歉……一场虚惊。为此我也惊动了厂党委书记们,实在不应该。"

老葛一面埋怨老婆不该见风即雨,一面将刚写好的入党报告郑重其事地双手呈到贾书记面前:"老贾,这又是我一份入党申请,请党委严格考验我,我坚信我的实际行动会使党最终向我开门的。"

贾书记木愣愣地接了这份入党报告。可自己说了什么话,又怎么钻进轿车的,葛家夫妇送了没有,他竟一点也记不起来了。他的眼睛瞪得老大,直视前方却又什么也看不见,只觉得头脑里混混糊糊的。后座上的副书记B探过头来说:

"老贾,你怎么没有宣布他入党?"

"唔……问题有些复杂。"

"你指的是什么?"副书记A不解其意地眨眨眼睛。

"啊,"贾书记下意识地往后看了一下A,恍如梦中醒来,他打着呵欠,又伸了伸懒腰,微闭起双眼道:"回去慢慢说吧。"

1985年6月

食物中毒

满载连衣裙的两吨卡车,由他这位喷着浓浓酒气的汉子亲自押车。

汽车刚进入市区,他突然大口大口地呕吐起来,脸色煞白,两手捂着肚子,额上沁出了大滴大滴的汗珠。忽然,他意识到了更为棘手的问题,连忙对神情紧张、莫名所以的驾驶员喊着:

"停车,快停车!我要上厕所!"

于是,卡车成了临时救护车,喇叭发疯般地吼叫,把两旁彩色的橱窗、花哨的人流、黛绿的树木,迅即地甩在了车后,惊得遮阳伞下的姑娘们连忙躲避路旁,带着不解的愠怒之色,瞪一眼远去的飞车。

他躺在病床上,高吊着的盐水瓶静静地陪伴着他。

闻讯赶来的妻子,惊慌的目光里带着问号。

他抬起无力的右手,指了指丢在乳白色床头柜上的病历卡,微微闭上眼,把头侧向一边。

四个大字,一个毫不含糊的诊断:食物中毒。

服装商店的领导拎着鼓得满满的小网兜也来探病了。他们先要他好好听医生的话,务必把病彻底治好才行,继而口气转向严厉:

"你是怎么搞的,这些不合格的连衣裙也会照单全收?"

他脑子里映出了服装加工厂为他弄的八炒四冷盆的"家常酒菜"。

他虽然再三执意不肯就座，可禁不住笑容可掬的加工厂负责人那诚挚的心意，和几位陪客那令人激动的热情。在举杯投箸之间，他已知筷头上的味道不对，却又拗不过人们车轮战式的进酒劝菜：

"吃吧，吃吧，别客气，自己人……这一批连衣裙质量上是差了点，我们已经狠狠地批评了下面……只此一遭，下不为例，务请你高抬贵手……吃吧，吃吧，别客气，自己人！"

噩梦醒来，一阵痉挛。他不敢正视商店领导严正的目光，只是心情沉重地，轻轻地吐出了一句话：

"我，我食物……中毒！"

1985年6月

婚礼上的分手

婷婷邀维明和莉莉参加她的婚礼。

"不必了。"维明说。

"怎么?"婷婷睁大了眼睛,疑惑不解。

"这恐怕会引起我的痛苦。"他坦率地向莉莉侧视了一眼。

莉莉低下头,紧抿着小嘴。

"嗨,你们先到我这里来取取经,会增加愉快的!"

"是吗?"维明苦笑笑。

"当然。"婷婷肯定地说。

"走吧。"莉莉推了维明一把,心弦剧烈地颤了颤,似乎有什么不祥之兆。

婷婷所在区的文化局长亲自到场主婚,这更使得婚礼平添了几分隆重。他对新婚夫妇说:

"让你们生活愉快,事业上没有后顾之忧,我将不遗余力地当好你们的内务部长。"

哗——掌声雷动!一对新人鼻翼两侧蠕动着闪亮的泪珠。

年轻的宾客为祝福婷婷他们白首偕老,跳起了伦巴、迪斯科,隆重而热烈的气氛达到了沸点。

莉莉和维明没有加入舞团。她的秉性固然喜欢《春江花月夜》,可现在却恍如置身在《十面埋伏》的气氛中。

新娘微笑着给他们端来咖啡。莉莉接过杯子,咖啡在杯里颤抖。她睨了一眼维明,他的咖啡颤抖得更厉害。

新娘又给他们各剥了一颗喜糖,苦味又漫透了他们的心胸。

婷婷和莉莉原来是一个剧团里的,后来她和几位小姐妹因心情不舒畅而共同离开。现在她在事业上胜过了莉莉,而且注定要远远胜过莉莉。虽然莉莉无论是品貌、表演才华,抑或是当时在剧团内的地位,都要超出她一筹。

大家尽欢而散。

莉莉和维明怏怏然地出来。

已到了三岔路口了,维明站住了脚,他对着莉莉:

"能转业吗?"

维明最后的希冀颤颤地从嘴里吐了出来。

她低头咬着嘴唇,浑身一阵痉挛:这样的话她先后从几位漂亮如意的小伙子那里都听到过的,这似乎就是告吹的前奏。她手里紧绞着手帕像紧绞着五脏六腑。现实,这现实太残酷了!

"那——你也到婷婷的剧团去吧。"

能有那么方便吗?婷婷是在一无成就的时候走的,而自己潜心苦修至今已小有名望,剧团能同意放她走吗?她抬起头,带着哀求,希望维明能理解她。

"那我们……只得分手了。"维明向她伸出了手,而不是搂抱她、吻她。

蓦地,莉莉耳际又响起了婷婷喜滋滋的话:"我们局长关心我们,又分配了新房,还在我和男友的父母间充当了融合剂……他每月可到我演出地来一次,车费报销,团长更是为我们上下忙碌……"

可是莉莉没有这么一位局长,也没有这么一位团长。而她那团长的话又没离开过她的耳朵:"你们现在演戏多幸福,当初我们……要事业,我四十五岁才结婚……"

望着维明像喝醉了酒的身影和步履,莉莉"哇"的一声哭了。

眼泪,是从心里流出来的。

1986 年

无题

教室里坐着天真活泼、稚气可爱的祖国未来的花朵。他们乌溜溜的眼睛注视着前方,似在捕捉什么;微微启开的嘴唇仿佛要吞下什么;竖起的耳朵又怕漏掉什么。

讲坛上,那位"人类灵魂的工程师"正娓娓动听地在讲述雷锋、张海迪、朱伯儒。她的声音,时而如小溪细流,时而宛若狂涛拍岸,时而节奏快如鼓点,时而又慢似更壶滴漏。最后,她画龙点睛般地话锋一转,循循善诱:

"同学们,我们要不要学习英雄人物呀?"

"要——"

"怎么学呀?"

这一下孩子们可乱了!有七零八落回答老师提问的,有争得眉眼鼻子拧在一块噘着小嘴的,有……叽叽喳喳,简直是捣翻了麻雀窝!

她连连拍着巴掌叫大家静下来:"我看,我们还是先从小的地方学起吧。比如,我们有些同学上食堂吃饭不排队,乱糟糟一窝蜂,这好不好呀?"

"不好——"

"要不要改呢?"

"要——"

"那我今天就看同学们的行动啦?"

"好——"

开饭的时候,孩子们都整整齐齐地挨个排在售饭菜的窗口前。

她满意地笑了。

她走进厨房,拣了两碗鲫鱼倒进饭盒,又拿了一饭一菜,从同学们的队伍前走过,坐到同事一桌上。

"我家那个喜欢来点酒,买两碗鱼放学回去拍拍他的马屁。"

同事们相互戏谑了一阵,以助消化。

她刚搁下碗筷,几个同学端着干巴巴的米饭走来说:

"老师,食堂没有菜了,我们吃不下白饭!"

她拿起饭盒,弯着腰,委婉地批评道:"红军爬雪山过草地的时候,连饭都没得吃,又哪来菜呢!我们要学……"

同学们没有听进去,目光却停留在"人类灵魂工程师"的饭盒上。

1986 年 8 月

街头

　　街头的热闹处有一个修鞋摊,摊主是位侏儒。尽管他反应迟钝,手艺又令人啼笑皆非,但终因"只此一摊",生意还算兴隆,就是挣钱不多。

　　每日中午时分,人们可以看见一个拄着拐杖,发如梨花,拖着个病恹恹身子的老妪给这位侏儒送饭。

　　不久,这个热闹去处又多了个修鞋摊。摊子就设在侏儒的正对面。摊主是个面色红润、身板硬朗的高个老人。据说他刚从皮鞋厂退休,老伴早已归西,膝下又没有儿女。他不习惯于独自闭门守锅度日,也不屑与人围桌打牌消遣。于是,交些市管费来此街头和那位侏儒唱起了对台戏。修鞋之类的雕虫小技,对于高老头来说还不是轻车熟路!没几天他这边顾客盈摊,而侏儒那边"门前冷落车马稀",一副肃杀凄凉的景象。

　　高老头别提有多得意了。他常在修鞋的隙间买些熟菜,拎瓶"刘伶醉",隔街当着侏儒的面,端起酒盅,一边慢慢地呷,一边哼唱起走了调的京戏,"我正在城楼观山景"。

　　不几日,高老头看到那个病恹恹的老妪放下饭盒正和侏儒商量着什么。先是小声议论,后来嗓门大起来,老妪的拐杖在地上一戳,颤颤巍巍地说:"你不去我去!"就蹒跚着到高老头这儿来了。

　　"我说老伯,我那儿子已三天没做到生意了。行行好,求你换个地方。"

"不行呀老人家,"高老头悠然自得地用火柴棍剔着牙缝,抖着二郎腿,"您没听说要在竞争中生存吗?哪有叫人家换地方的!您那儿子咋不换个地方试试?"

"这儿生意好。"

"可我也得靠风水宝地发小财呀!"

老妪走了,以后也没有看见她再给儿子送饭。

几天以后,侏儒心事重重地晚出摊早收摊,即便在摊上,也是坐立不宁,心猿意马,满脸苦相。

这日,侏儒犹豫了好一阵,才走到高老头摊前。他说:"老人家,你能不能换个地方?我妈……"

"你妈早来说过了,"高老头打断他的话,幸灾乐祸地说,"生意要凭本事去做嘛!"

"可你有退休工资,我还得……"

"还得什么?"高老头火了,他霍地站起身,指着侏儒,"退休工资是你给我的?笑话!去去,少啰嗦,你有能耐把我的生意抢去,我马上收摊滚蛋!"

此后,侏儒就没有来过。不几天,连他的修鞋摊也不见了。

高老头心中无比惬意,终日忙忙碌碌,满面笑容地迎送他的顾客。

这日,传来一个消息:侏儒的老母死了,连火葬费都无着,死者至今还在破旧的门板上搁着。

高老头怔了,抱着头整整一天没有吃喝,鞋也一双不修。临收摊时他沉沉地叹了口气,又狠狠地揪下几根灰白的头发。

后来有人看见高老头去侏儒家了。再后来高老头的鞋摊没了,却看见他在手把手地教侏儒修鞋。

1987年3月

坟

妈的,偏偏遇着我给爸上坟的日子,阿其被拘留了半个月放出来了。不及时去看看他够哥们儿义气吗?分不开身了,罢,让老娘去墓地吧,死了多年的爸给我什么好处!相反,一想到爸对我的训斥和打骂,我就毛发直竖,浑身隐隐作痛。

可是舍不得我而没有跟随爸同去的老娘却不依不饶,她连连甩鼻涕抹眼泪,对着我拍屁股跳脚又爆米花似地直嚷:

"你这个忤逆种,从小不学好,你爸说你我护着你,你爸打你我要和他拼命;你跌进去你爸气得生病我不管,先带着好吃的去拘留所探你;你爸快咽气的时候还说我宠坏了你……你爸是活活被你气死的呀,可你却坟都不想上了……你,咋不再让公安局抓去呀!"

"妈的,你再说!"我狮吼了一声,这紧箍咒念得我心里直烦。但是,我还是跟着她上坟了。

灰蒙蒙的天空筛下了一天绒毛般的细雨,脚下的小路虽然潮湿却并不泥泞。

走进坟地,远处传来老鸦一两声悠长的凄凉,近处几只黄鼠狼正乱蹿着荒野。坟头那插着的白幡,坟前那烧化的冥钞,摆放着的祭品……妈的,心里挺不是滋味。

老娘摆弄好一切,便开始富有韵味地号啕起来。哈,我他妈可想开了阿其。

阿其高中毕业没考上大学在家待业。他爸是集体单位的职工,几个月前得了肝病在病床上享受伟大的病假工资;他妈在街道里糊糊纸盒子,收入高得足以养活自己;妹妹正上中学。

阿其抱负不凡,树雄心,立壮志,埋头练习写小说,目标是有生之年能取得诺贝尔文学奖。可叹他手头缺少孔方兄,买纸无钱,提神少烟,"开夜车"没点心。尽管我在读书时曾经连留了三级,但毕竟曾和阿其有一年是同班同桌同年龄的同学。我为了够哥们儿的派儿,一甩手给了他两张"大白边"。

"哪里来的?"他问。

"挣的。"我答。

"无功不受禄。"他既贪婪又摇摇头说。

"挣了还我吧。"

"没本事。"

"我带你一起挣。"

他满脸欣喜。

我给了他十个民国三年的袁大头假银元,并如此这般地一说,他惊叫起来:

"这要犯法的!"

"咋呼什么,不入禁区焉得发财?得手了咱哥们就坐地分财,我去得意楼为你摆酒庆功;进庙了,咱有难同当就在监狱里见面。"

哪知阿其刚下水就出师不利,被"老派"网了去。害得我抓耳搔腮在外躲了好几天,而那几天里惶惶然不可终日。

幸好阿其没做叛徒。这使我连连在胸口上画十字,连连地"阿门,阿门",又接着念"阿弥陀佛"——尽管我知道这两派有老死不相往来的矛盾。

你想,看望阿其不是比上我爸的坟更要紧吗?

疲惫止住了老娘的号啕。我催她起身，跟在她的后面吹着口哨，准备打道回府。

蓦地，一个面对新坟垂首站立的沉痛的身影映入我的眼帘——这不是阿其嘛！谁作古了？他爸？他妈？如果是新作古，又怎么不见阿其臂上箍黑纱？我向他喊了一声，忙奔过去。他向我凝视良久似不相识。悲伤过度了，我想。

"阿其，是我！"我推了推他，又向他跟前站了站。

他看了看我，又看了看那个小小的坟包。

"阿其，谁殁了？"我向那坟包努努嘴。

"你说，入了坟的是不是永远地去了？"阿其好像对我，又好像是自言自语地说。

"妈的，这连小孩也知道。我是问你谁殁了？"

"阿其。"他平静地说。

我一惊，继而又大笑："你疯了还是怎么的？"

"真的。"他一脸的认真。

"那么，你怎么在和我讲话？坟包里埋的又是什么人？"我刻薄地问。

"我并不认识你，但我可以告诉你：坟包里埋的是卖假银元被拘留了半个月的阿其。"说完，他绝对不认识地瞥了我一眼，迅即离我而去。没走几步他回身又说："坟中的阿其要我转告你，你借给他的二十元钱他妈妈会送还你的。"

他，他妈的！

我在恼怒之余又看了一眼新坟和远处我爸的坟包，心头升起一丝酸楚和悲哀，眼前一片茫然。去了，都永远地去了。

这坟！

我想大哭。

1989年12月

!!!

那天,我正在书本里喜怒哀乐,门外走来一位五十开外的汉子。他一身黑色装束,一手提着个人造革黑包,一手拿着白色的搪瓷杯,白皙的长脸镶嵌着慈眉善目。

同志,行行好,要一点吃的,什么都行。一副文绉绉的样子。

你不像是要饭的。我说。

他说他在家乡的小学教书,儿子在上海一个建筑工地打工。儿子叫他放寒假来上海玩几天,顺便把积攒的钱带回去,于是他来了。可儿子因为劳务费的事和老板争吵了几句被炒鱿鱼走了,谁也不知道儿子的确切去处,"听说""可能""或许"等不确定的地方也都找遍了,就是没见儿子的踪影。

我看他跺脚呵手的冷得直发抖,连说话的声音也是颤颤的,便下了一碗面条给他驱驱寒意,又摆上了所有的菜肴,他一迭连声地道谢。

在交谈中知道,他的叔叔是个油漆工,技术了得,当年毛主席纪念堂就是他叔叔带着人刷的油漆。他给我看了他叔叔的照片,还给了我他叔叔家中的电话,叫我当场拨号试试。

虽然没有通话,但我对他的叔叔蓦然间生出一股敬意。

找不到儿子只好回去了。我说。

他说他离家时只带了点盘缠,现在已身无分文了。

我动了恻隐之心,给了他十元钱。他推了好几回才收下。

我又拉着他到左邻右舍去诉说他的遭遇,人们纷纷掏着腰包。看他还缺点路费,我又毫不犹豫地给他补上,还给他准备了车上吃的。他含着眼泪忽然跪下说,素昧平生,你能雪中送炭……我将他扶起。他拿出身份证让我抄下地址,说,若不嫌他家乡穷的话,让我抽时间一定去玩玩。

我在雪地里送了他好一程。他也时时回过头来向我挥手。

也怪,从那以后我有时竟会想他。

那天,我在报刊上发了篇小文章,一高兴弄了几个菜自斟自饮起来。

同志,行行好,要口吃的,什么都行。

我一抬头,门外强烈的阳光反衬着一个阴影。

我是来找儿子的,可他被老板炒了鱿鱼走了……

是他?是梦?我揉揉双眼,真的是他!

我是乡村教师,现在放暑假了……他递上了身份证。

你儿子叫你到上海来玩玩,顺便把积攒的钱带回去,是吗?我不动声色。

他愣住了。

你的叔叔给毛主席纪念堂刷油漆,我有你叔叔家的电话号码,还有你家的地址。

是吗?

戏演得再好,看第二次可就没劲了。你可不要再给我下跪呀!

他笑了,全然没有了刚才那可怜、乞求的模样。他说了声,噢,我来过了?忘了!

他走了。

我却愣住了。

2008 年 8 月

恋爱

他和她是同班同学,"文化大革命"中他们之间刚萌生了爱意,她就去了海岛农场,在风口浪尖上接受再教育。于是,两地干渴的相思每次都鼓满那快要爆裂的信封,在春夏秋冬里频繁地穿梭。那年,她邀他在春暖花开的时候去农场饱餐海天的景色。

可是,还在寒霜吓得麦苗不敢伸腰的时候,她却接连来了好几封信,催他"逼"他去海岛。

她在码头接到他后就直接领他到一个农家小屋。屋廊下的小凳上坐着一位正在编结毛衣的农妇。他跟着她管那农妇叫"婶妈"。她说她要下田,让他和婶妈聊聊或者在周围遛遛,说完就匆匆地走了。

婶妈偷偷地告诉他,她在农场有个男友对她很好,他正在设法让她返城。但她心里想的却是远在家乡的他。她实在拿不定主意该和谁好,便决定让他来海岛,让婶妈给看看。

午饭时分,她在食堂打了三份饭菜。在饭桌上,他见婶妈看了自己一眼,又冲着她点了点头。

当海浪嬉笑着跳跃着奔向天边托起一轮圆月的时候,他们在海堤上已经漫步了很久。没有诗歌散文般的语言,只有渐渐平静下来的海面偶尔泛起的窃窃私语声让他们相视一笑;没有俗而又俗的山盟海誓,只有月亮纯洁的光辉让他们心心相系。当她把他送到离招待所不远的时候他们拥抱了,滚烫的爱在手指间颤颤地喷发、传递给对方,她轻轻地甜甜地说,今后的日子长了。

他宽衣解带刚要上床,有人敲门。他以为是她还有什么话忘了对他说。开门后进来的却是三个年龄比他稍大的陌生男孩,这让他一下子紧张得如临大敌。没想到那个粗壮矮个却以主人的口吻很礼貌地请他坐下,并直直地告诉他,她是他的女友,她早就对他说她有个男同学,好几次提出要来海岛玩玩,她无法拒绝,只好答应了。矮个说帮她调离农场后他也马上离开海岛,那时也是他们结婚的日子,他们一定会邀请他来参加婚礼的。那同来的两位也用细节为矮个证实这一切。而这一切,让他在那个晚上翻来覆去地苦盼着快点天亮,然后早早地走人。

早上,她刚刚送来热腾腾的馒头不久,矮个也来了。那气氛太复杂也太尴尬。好一阵他才艰难地说祝他们幸福。她哭了。矮个和他都没说话。又好一阵子,矮个见他看了看表,便对她说,他要赶不上轮船了,我们去送送他吧。她似乎找到了发泄的理由,就冲着矮个说,什么我们送送他,是我送送他。你挑拨没用,我就是要和他好,就是要嫁给他。她拉起他就往门外走。

临上船的时候,他俩还是谁也没说话。她把馒头重重地拍在他的手心里,委屈地说,你还要我说什么才好!他忙把自己的手表戴到她的手腕上。

到家后,他怕她在海岛因他而发生什么不测,也急切地想知道她最近的情况,故而接连去了两封信,又在分分秒秒里备受煎熬地等待着她的来信。直到两个月后的一天,一位和她同在农场的知青回来探亲,给他捎来一个沉甸甸的信封。他连忙打开,见是自己的手表。

好好的怎么变卦了?他在痛苦的深渊里不能自拔。

在以后的数十年间,他偶尔有那么几次隔着马路看到过她。每当此时他总有上前问问她为什么变卦的冲动,但他总觉得她的眼神好像在故意躲避着他。

自寻烦恼做什么,经历和阅历难道还不能回答这个问题吗?笨蛋!他骂自己。

但他还是把这段令他痛苦和思念的经历写成了小说,在她能看得到的报纸上发表。

在一次同学的聚会上,她也来了。她把他拉到一边,轻轻地平静地告诉他,她在某年某月的一个下雨天去他家找过他,在某年某月探亲时到他单位找过他两次,不巧的是正赶上他出差都没有碰到他。她也考虑太多,只是给他的邻居和他单位的同事留下同一句话:请转告他,就说有一个女同学曾经来找过他。

然后她拿出报纸的复印件递给他说,这是你写的小说,我为它都配了画。他缓缓地展开报纸,见在《隔街的倩影》里是一幅大海的浪涛,题为《曾经的激情》;在《心恋的折磨》中是一对年轻人的拥抱,她把它取名为《远去了》;在《没有感应的暗恋》里是一个隔海远眺的老妇人,但没有命题。

这照片为什么没题目?他问。

已经在画面里了。她说。

太含蓄了会看不懂的。

她看了他一眼,没有说话。

他反复地看着画面,蓦然激动起来。他颤抖的手在口袋里摸索了老半天,掏出水笔,在画的下方题上《一生的思恋》。

2009 年 8 月

称呼的蒙太奇

A

那年去乡下喝喜酒,对我知根知底的大队书记,酒后硬拉着我去为他们的文艺小分队作点辅导。

"八九点钟的太阳们"见书记陪着我去,很自然地停下了排练。书记刚把我介绍给大家,人群中就有人冲着我喊:

张老师。

咦,是阿根,你怎么在这儿?

插队落户接受贫下中农再教育。张老师,你……

别张老师张老师的,你还是像以前一样叫我阿祥吧。

这怎么可以呢。且不说你来为我们排练节目,论年龄也是你比我大……叫老师最合适了。

这……我向大家介绍:他姐姐是我的同班同学,我们原本就是老街坊。

阿根的笑容里写着光彩。

B

多年后的一个春日。我正匆匆赶路。有人叫我：

老张。

唷,是阿根！好久不见了,你现在……

我现在在一所中学任教。记得吗,我是在我们排练场见面后不久上的大学。

阿根,不简单呀,你……

嗨,我已吃了两年的粉笔灰,听惯了男女老少叫我钱老师、钱老师的。

……唔,钱老师。

老张,有空来我学校坐坐。

C

斗转星移,日月轮回。

那天路过一家宾馆,见从旋转门出来一位大腹便便、似有微醉的人欲进入等候他的座驾。那不是阿根吗？我快步上前：

啊……钱老师,又多年不见啦,你发福了许多。

是小张呀,最近在干什么呢？

我能干什么,还不是老本行。

好,好。你这一行老百姓需要,精神食粮嘛,要好好干呀。

钱老师,你……

小张,我现在不当老师了。

肯定是当了书记或者是什么"长"了。我想我小了,他肯定大了。

哈哈,聪明,聪明！我是书记兼局长。小张,以后无论是工作上或者是生活上有什么困难,尽管来找我。

D

再次见到阿根是在落叶飘零的萧瑟秋风里。

张老师。

钱书记,你……

张老师,你还是叫我阿根吧,那样显得随和、亲切……

你官场失意又摔跤了？我注视了他良久。

你,你会相面？

不,我会相心。

2010 年 7 月

招领青春

　　时近春节,中山中路庙前街一带,人如潮涌,车辆蜗行,人行道上到处都拥挤着各式吃的、用的、玩的小摊。商店门口那大红灯笼和大红的中国结微微飘动,在熙熙攘攘的人群中搅动着越来越浓的年味。

　　街角摆着一个书摊,显得有些冷清。我一看全是些旧书,那摊主的年龄和我相仿。我慢慢蹲下身看了摊主一眼:等米下锅?

　　不,以书会友!

　　你选择的日子不合适。

　　旧桃换新符,和书作一个了断。

　　摊主的话有点前后矛盾。管他!我信手翻阅起那些书来。

　　一本老作家写的抗美援朝的长篇小说引起了我的注意。我看了一下前言,正翻动全书间,突然从书中飘落一张泛黄的五寸黑白照片。

　　照片!我望了摊主一眼。

　　书中还有一张。他说。

　　两张照片是同一个人。一张是满脸纯情的微笑,她头上戴着帽子,帽子正中是毛主席的头像,脑后露出两条短小的辫子,看得出还是个稚气未脱的中学生;另一张则是剪了个短发,戴了副圆形黑框眼镜,秀气而严肃,模样像个教师。

你不把她留下？我说。

我不认识她。摊主的眼神在躲避我。

我看着照片说，估摸着她和我们是同龄人。

她是属虎的。摊主的话刚脱口，就显得更不自然。

我付了钱要下书，把照片递过去：留下吧，留下青春，留下青春的故事，再说她挺漂亮的。

漂亮归你了。他说。

怎么，你搞搭卖？

不，卖一送二，再说卖照片也是有的。记得吗，你我小时候常能看到岳庙口一个矮小而近乎秃顶、右脚残疾的人摆地摊卖电影明星的照片？

当然记得，那人姓惠，据说是董其昌的后裔，他的弟弟还教过我女儿日文呢。至于为什么不姓董而姓惠，这就搞不明白了。我至今也抹不去他当年那吆喝声：要吗，要吗，赵丹、白杨、孙道临、于洋、王丹凤统统两分一张！

你这不太残忍了吗，怎么能把你心中的这位给一个不相识的读者呢？

摊主语塞了，他说起了照片上的人。可是他在叙述中掐头去尾又有太多的省略，故事也就在云里雾里了。不过我还是能听出来：她向他借阅了这本小说，归还的时候在书里多了这两张照片。

我说：我不问你们的故事结局如何，但照片上的是她的青春，如果她没保留好底片，你又不把照片送还给她，这不断送了她整个人生中的青春形象了吗？

好久，他才点了点头，但又皱皱眉头说：我没法送了，真的没法了！

也许是岁月变迁，也许有隐情。

新春伊始的街头，我又看到了他的书摊。也看到了摆在显著位置的已是着了色的那两张放大了的照片,照片下方有一张硬纸板,那上面写着:招领青春。

2013 年 4 月

看门的老头

上了点年纪的人都知道,三阳街南端西侧原来有个菜场,它进出有三个门:南边紧靠升平路东西向一排坐南朝北的菜场用房中间,有一个双扇竹制大门;东面紧贴三阳街南北向一排房屋,除了居中有个大门外,北端的拐弯处还有个门。

掌管这三个大门的是那个五短身材,留着八字胡须,年近七十的弥陀模样的老头。

老头的出身和前半生始终是个谜:你说他是常州人吧,那口音却带点无锡味,还夹杂着丹阳腔,偶尔有句把阿拉阿拉和侬、侬什么的。前两年老头烧的菜,那个味道让上过大场面的人都说国际饭店没他烧得好吃。奇还奇在老头烧菜从来不放味精。于是就有人向他讨教烧菜的技艺,无论是山珍或是海味,任你问什么,他都会告诉你如何制作、如何烹饪。那年头家家户户有本食品供应卡,也实在没什么可烧的,但即便是青菜萝卜,一经他手,那味道就不一样。

老头在算盘上的功夫也十分了得:三位、四位的乘除法,他在算盘的右侧从来不标被乘除的数,且打得飞快。这惊得菜场的财会人员目瞪口呆,常常"师父,师父"地向他请教。更何况他动不动就拿四书五经说事!

老头常常会独自哼唱京戏,偶尔也会透露,南北一流的京剧名家他都看过，其中有的人以前还是他的朋友。在抗美援朝捐献飞机大炮那阵，上海中国大戏院上演《龙凤呈祥》，那次是梅兰芳的孙尚香，马连良的乔玄，李多奎的吴国太，裘盛戎的孙权……就连跑龙套的都是名角。他说那回是名家聚集，千载难逢，他是从古城赶到上海去典当行当了衣服看的戏。还说梅老板他们那次把票房所得全捐了飞机大炮保家卫国了。

老头的前半生没人知道。人们只是听说在难产中死去的他的第一个内人是他的同班同学，同班同学中还有那个解放后A省的副省长。还有，曾有个沪剧团来古城演出《黄慧如与陆根荣》，当看过这戏的邻居议论起那个故事时，老头连连摇头说瞎编，瞎编。人们追问他你怎么知道瞎编时，老头叹了口气答非所问，说黄慧如也管不了那么多的身后事了。后来人们终于在老头女儿那里知道，原来她妈和黄慧如是结拜姐妹，来她家玩时独住一个房间，她管黄慧如叫小姨妈，黄慧如没她妈漂亮，脸上长着雀斑。她妈是老头的第二任妻子，小老头十六岁，后来竟坐在马桶上放血不止，还没来得及送医院就走了。

人们能对他了解的，自然是老头自己常说的，八一三，东洋人进攻上海，他带了女儿逃难来古城靠打年糕糊口。待搬到平安南街筑小屋住下后，老头唯一的收获是续妻生子，那年他已五十三岁。

古城还没解放，劳累的妻子让病魔缠走了。未几女儿出嫁，而他则经历了镇压反革命和打老虎。为了自己和六岁的儿子，他背起蒲包就近步行去阳华桥或坐船到各乡村小镇收猪内脏，送上海赚取微利偷生。

后来他进了这个菜场。领导只道他是个孤寡老头，给他定了每月十六元的辅助工资。工作是看好这菜场三个大门，要随时开门，让附近公社的蔬菜进场。下午四点前上班，原因是那是各公社的蔬菜地正集中往菜场送菜的时间，也是菜场职工快要下班的时间。他上班不多久，菜场里就只剩下一两个人留守，而那三个大门仍不断地有三轮车、黄鱼车拉菜进来，留守的人便过磅计量后叫送菜人把菜卸在指定的地方。天黑留守人员回家，老头才关上那三个大门。一听到菜场外高叫"老伯伯，把南门开一开，我们是某某公社送菜的"，哪怕已经睡下，哪怕是严寒的冬天，也得披衣起来开门，为送菜人过磅计量。直到第二天上午八点以后他才可以回家。

菜场没有富余房屋，领导把东面北端大门边的财务室兼作老头的门卫室和宿舍，然后给他买了竹榻，又拖来两条长凳。老头挺满足，因为他上班不多久财会人员就下班了，这财务室也就成了他的天地，门外送蔬菜的叫他开门也近便。晚上睡觉，竹榻在长凳上一搁，被絮被子这么一摊就呼呼地进入他的梦乡。清晨四点光景，菜场的职工陆续上班做蔬菜分类过磅、上摊位等准备工作，来得最早的就把老头叫起来开门，然后他匆匆地回屋收拾好被子竹榻，便在离大门不远处走动，他要辨别进来的是不是菜场职工，如果是想混进来到摊位前抢着排队的人，老头会把他们挡在门外。

那时开门误差五六分钟也是常有的事。这要看各摊位的准备工作是否已经就绪。老头只要听到那两个门口同时高声传来"开门喽"，他马上走向大门，一边去掉门上的销子，一边提醒门外排成长龙的人群"别挤别挤，当心摔跤"。其实，买菜的人是不会听他的——你想，人们前一晚十点左右，已在菜场的门外自觉地用石块、破砖瓦、破篮子等排着队，到凌晨一两点钟已陆续有其主人来替代了它们。他们尽管手上有伙食品供应卡，但排在最后买不到菜的人也不少。因而那门一开，人们简直是饿虎扑食，老头有时躲闪不及，被潮涌般的人群冲倒，直痛得他抚摸着屁股坐在石条上，龇牙咧嘴地哼哼着老半天起不来。好在他命大，也会想办法，后来他在这大门铁扣上系上比拇指还粗的麻绳，开门的时候，他捏住麻绳的另一端，用力把左边的门先拉开，右边那门自然会被人群冲开了。

老头的儿子正在长身体的时候,父子俩每天一斤四两的粮食定量里,除了不到三两的大米外,其他的就是搭配的麦片、面粉和山芋干了。当然还有以一斤定量可换购六斤的山芋。由于杂粮不耐饥,加上缺少油水,肚子里经常咕噜噜地打鸣告急,而雪上加霜的是,父子俩每个月配给的少得可怜的大米,时不时地被老头的女儿从上海背来面粉换走,她说她喜欢吃米饭不喜欢吃面。谁都知道"面黄昏,粥半夜",面食就是撑饱了肚子一会就饿,远比不上喝粥耐饥。此时老头会看着背起大米远去的女儿的身影,又看着儿子瘦削菜黄的脸,看着他贪婪使劲地舔着碗中残留的糊糊汁,只说了声你姐姐……便止不住老泪纵横。

这以后,女儿来换取大米时,老头会虎着脸说,给弟弟留一点吧,你是喜欢吃饭,他是经不得饿,免得落下终身病根。

这以后,老头把留下的一点点大米,学着人家焐粥的新方法——抓几把米漂洗后倒进热水瓶再灌进开水,焐上一夜后让儿子一人独享。又用换购来的鲜山芋洗净煮熟了放着,提醒儿子随时吃一点,自己饿了便勒勒裤带看看山芋咽几下口水,饿得眼冒金星天旋地转了,就掰一点塞在嘴里。

大家都在为国分忧的岁月里,谁家没有个难言的苦处?而老头则更多了一分挥不去的忧愁。你想,儿子从小没娘,他曾经想弄个老太凑个家也好照顾儿子。可儿子死活不同意。因为他在法院贴出的布告上,看到一个后妈用钉子钉进继子的头顶,继子死了,她也被枪毙了。老头知道了儿子的心思后,从此打消了要凑个家的念头。可自己除了休息日外,天天在菜场值班过夜,让儿子独自一人在家里怎么能放心呢!

于是他找领导说了这实际情况。领导倒很想给他换个工作,但他能适应菜场里哪个岗位呢？当营业员吧，成天站着摆弄秤杆，他老眼昏花能看清秤杆上的星星吗？即便不拿秤，拿顾客递上来的伙食品供应卡，写上月日后盖章，虽然那章是用筷子沾上红印泥盖上去的，但他会盖错地方吗？动作麻利吗……当搬运工？那是体力活，更不合适。无奈领导只得向老头摊牌，让他看着办。老头吞吞吐吐老半天，说能不能让他儿子到菜场和他一起睡。老头说只有这样他才放心。

于是儿子开始跟着他受罪，每天睡得很晚，早上起得很早。

日子久了，菜场上上下下的人都认识了老头的儿子，也议论起老头每月十六元还拿什么给小孩付学费、添置衣服等。看看小孩天天拔高而瘦长的身影，有时看着他狼吞虎咽还挨饿的情形，老头的同事阿巧动了恻隐之心。一天，她咬着老头的耳朵说我和帼帼说好了，你让你儿子隔三差五地到我的摊位来买菜，你小户的供应卡我按大户的给你。那可了不得，五人以上是大户，可以买两斤蔬菜呀！这让老头既感激又有点怕，说让领导知道了，连你们的饭碗都……阿巧说，我和帼帼在做，天在看，问心无愧，领导不也在照顾你吗？

老头第一次让儿子到阿巧的摊位买菜，教他递上供应卡后千万别和阿巧、帼帼阿姨说话，装着不认识。那天，老头悬着心，远远看到阿巧接过儿子递上供应卡，也没看他儿子一眼，只是对掌秤的帼帼喊：大户！便往那卡上点筷子印……

这让父子俩高兴了好半夜。

从那以后，父子俩就这么过着日子。

转眼间，儿子学理发快要满师了，老头的身体却越来越不行了。儿子原本可以上初中乃至考大学的，班主任曾拿了儿子的成绩报告单来菜场找过老头，说你儿子成绩这么好，什么学校都可以考，我保证学费可以全免。老头说我才加了两块钱的工资，就算他的书费也全免了，我也供不起他上学呀。他人长高了，布票、工业券全让他一个人用也不够，就这一项，我还得从牙缝里抠出来省着给他做衣服，何况还有吃用开销呢。班主任说这孩子不读书太可惜了。老头说太可惜的是我没钱，还是让他寻个饭碗吧，至于他的前途，就看他以后的造化了。

学理发，儿子是千万个不愿意。老头曾无奈地劝说，你记住，荒年饿不死手艺人，我只能保证你过日子。这手艺让你处在半饥半饱的状态，你能奋进就有前途；如果你没有抱负什么都不想了，就此也能终其一生。

老头日见消瘦，最初还能扛着，咬着牙关上班。后来实在不行了，领导叫他在家休息养病。最初他还能自己上医院，后来连走路的力气也没有了。儿子问他是什么病，他把病历卡递过去。儿子知道父亲从来不看文字的东西的，也不知是没有老花眼镜呢还是其他什么原因，当他看到医生的诊断后，大吃一惊。儿子陪老头去医院找到那位医生后急切地问，这食道癌有什么方法可治？医生看看边上坐着的老头，瞪了年轻人一眼说，我没对他说你说什么？然后配了点药要儿子好好孝顺父亲，能吃让他吃点……儿子陪老头从医院回来，四处打听有没有土方能治好这病。听说壁虎粉能治癌，上海那家很有名的群力草药店有售，他马上写信叫姐姐买了送来。后来得悉活的泥鳅可治食道癌，据说医理是：生在外面的为疮，生在内里的为癌，尤其是食道癌，红肿而有脓，吞下活泥鳅后它在人体内蹦跶、翻跳、撞破脓血包泻出，病情能得以好转。老头听说后也很配合，每次吞两条鲜活的泥鳅……儿子怕老头终日躺在床上恢气，便向邻居借来矿石收音机放在老头的枕边。这玩意音质和音量还蛮好的，不戴耳机也能清晰地听到谭元寿演唱郭建光的"这几天多情况，勤瞭望，费猜详"，老头迷这京戏，一听就来劲。虽然原本一百二十来斤的体重被病魔拖得不足九十斤了，但他还能那样处变不惊，还能那样淡定，闭着眼跟着哼唱"不由我心潮起落似长江"。

此情此景,让儿子禁不住失声痛哭。也许他想到父亲一人将他拉扯大的不易,也许想到灯油熬尽的父亲离他而去的日子已屈指可数,也许他现在才觉得自己切切实实离不开父亲。他后悔自己三个月前和老头的那次争执:他要叫姐姐来住上几天,自己跟随财贸战线的造反派战友一起去北京。老头知道后坚决地阻止。尽管儿子拿出中共中央"五一六"文件,尽管他拿出中央两报一刊的社论转而说明去北京向毛主席表忠心,老头都不为所动,他只说你还太小,懂得太少,记住:我是你的父亲,父亲!

儿子的哭声惊动了老头,他吃力地抬了抬头,看见儿子倚门大恸的模样,难过得流下泪来。他劝说儿子:勿要哭喂,你哭我难过的喂,人总是要死的,我就勿放心你懂得太少,我想再活几年,再看你一程喂……我看勿到你成家了喂……儿子突然回身扑过去,抱住父亲的头,泉涌似的泪水滴落到老头的脸上,和老头的泪水无间隙地交流。

那个寒冷的春天,在上海"一月革命风暴"里老头走了,他带走了前半生的谜,带走了对儿子的牵挂。

矿石收音机里赵燕侠的唱送了老头最后一程,她把阿庆嫂彼时彼地的沉重心情全烘托了出来:"风声紧,雨意浓,天低云暗……"

2013年6月

收藏

晓晓在十多年前就学着人家去乡下收古董。我给他泼冷水：别总想着捡漏，那学问可深了。

晓晓没听我的，他买了只卡西欧相机，骑了自行车，流窜在偏远的乡村，出入于有些年头的农舍。

一天他给我看照片，是一张书案。我问晓晓收下来什么价。他说这是人家放在天井里专刷衣服用的，敲我竹杠，要一百元。我哪敢要，便拍了照片回来让您给看看。我告诉他，这款式是明中期的，案面纹路清晰，材质是黄花梨的，品相基本完好，只是几处卯榫都已经开裂。快去拿下，请老木匠修一修。一百元，小鬼，让你捡了个大漏！

这天，晓晓用车接我到图书馆的停车场下车。大门还没开，门外却已排起了长长的队伍，其中大多是学生，也有家长陪着刚上学的孩子来的。我正纳闷到图书馆来干吗，晓晓一指大门边围着的人群说，大概就是那里了，听说这摆摊的常来。

晓晓和我挤进人群，只见一位白发长髯的老者，坐在小凳上笑盈盈地守着摆放在地上的宝贝，摊位上方四个醒目大字："请你收藏"。晓晓对我耳语：尽是些不值钱的东西，您看哪一样能……我说老人家，您怎么不去文物市场来这里？老者笑笑：这里好，这里好！晓晓插嘴：你是初次设摊吧？老者答有一段时间了。晓晓拍了拍鼓鼓囊囊的手包：听说你很怪，大概要价很高，我就偏奔你来了，还请了个参谋把关。老者看了我一眼，说是吗？晓晓指着围看的学生说，他们没钱，也不懂，你这摊设在这儿……我见老者莫测高深地微笑，连忙制止晓晓。

于是，晓晓蹲下身仔细地看起每一样东西。他先拿起那张泛黄的照片，只见画面上一位漂亮端庄、年近二十三四的富家女子怀抱儿子，满脸幸福地安坐在靠椅上；照片背面一行字没被岁月模糊，"民国廿七年五月初三"。晓晓指指照片，用他的标准衡量：你这个也算……我赶紧说，听老先生讲。

老者说，这是他母亲。那天一早，父亲抱他进城看病，日本鬼子进村烧、杀。闯入他家，那个当官的当他爷爷奶奶的面强暴他母亲时，他爷爷奶奶不顾一切地扑上去撕咬，被当场枪杀。后来他母亲也疯了。于是，他父亲在这照片上记下了"民国廿七年五月初三"这个血腥的日子。

围观的学生都沉默了。晓晓放下照片又拿起那个烙着"最可爱的人"的白色搪瓷杯，杯子腰部有两个对穿的洞眼。老者说，这是他当年抗美援朝战场上用过的物品。那年他才十六岁，是连里的卫生员，一次火线抢救伤员，一颗子弹射穿了他挂在腰上的杯子，他只是受了点轻伤，万幸啊，要不然他早就光荣了。老者又拿起那封带血的信说，这是战友在临终前交给他的，战友说，这是妻子寄来的家书，信中说到家乡的丰收，孩子会喊爸爸了，还有她对丈夫的无尽思念……突然，晓晓打开手包说，老人家，你这些宝贝我都要下了。老者摇摇头，晓晓瞪大眼睛：怎么，不卖？老者说，不卖，不卖。晓晓有点生气：不卖，你拿出来干吗？你请人家收藏，可又不卖，你说你怎么让人收藏？老者却指指他的宝贝，问围观的学生：我说的故事？学生们抢着回答"太震撼了""一辈子也忘不了""有一种爱、恨"，老者欣慰地笑了。当晓晓还要和老者纠缠时,我说晓晓,这些宝贝如你一人收藏在家里,不如让世人一起收藏在心里。晓晓眨巴着眼有点茫然。我说这还不明白吗?老人家是要晚辈们收藏民族灾难,萌发爱国情怀呀!

老者哈哈大笑。

2014 年 11 月

阿桂

阿桂没精打采、垂头丧气的样子已有一段时间了,她常常"唉,唉"地叹气,像只瘟鸡。木金担心她的身体,陪她去医院作了全身检查,除了血压偏高、视力衰退、膝关节有点不舒服外,其他都正常。可这个精神状态没病也会弄出病来呀。问她哪里不舒服,竟三棍子打不出一个闷屁。木金要陪她出去散步,她不去;木金陪她看电视说说话,她那似睡非睡爱理不理的样子,简直让木金无法可施。有时就听她自言自语:唉,人,就是贱,贱!木金就问:说谁呢?阿桂不答,心想:说自己呢,能说出口吗?

阿桂越想自己越贱。

不是吗,当年有同村人搬进城里住小高层的时候,她"轧闹猛"去看了一次,嚯,那装修一新的房子怎么看竟怎么舒服!阿桂回家后,有一段时间也叫木金到城里去买房,可买房不是搭鸡棚狗窝,城里的房子是要用百元大钞像砖块那样一叠一叠去堆起来的,阿桂明知木金在农业公司的那点工资没法买房,但她还是没少数落木金没本事。

好容易盼到村里拆迁,开始像模像样地做起了城里人,子女也成家了,木金也退休了,自己也清闲了。可她慢慢地觉得自己处处都不自然。比如说吧,在小区门口遇见了熟人,阿桂会兴奋地上前打招呼,这再正常不过的了。但周围人会多看她几眼,那眼神里还带点鄙意。

她要是在楼道里与人说话,邻居竟会开门出来食指竖到嘴边:轻点,我家宝宝刚睡着。有几次和人说话竟会有人从中劝架:别吵了,别吵了,一个楼道里住着,低头不见抬头见的。阿桂有点莫名其妙:我吵了?我怎么吵了?顷刻,她恍然大悟,她的大嗓门被人误会了,她连忙说:阿妈娘养下我吮没奶水,我这喉咙从小是用米糕堵(喂)大的。就为这,阿桂三天两头要重复着向人解释。再比如,阿桂要在小区里种点蔬菜什么的,木金就阻止她:别瞎弄,这是公共绿地。阿桂火了:其他小区里也有人种,别人不管就你来管,我偏种。木金无奈地摇摇头:好好好,你种,你种。唉,不听老人言,吃苦在眼前。事后,居委会果然上门劝说阿桂,要她自己处理那些蔬菜,如果让居委会处理还要罚款。这弄得阿桂很没面子。好在木金善解人意,他说我去处理,反正我脸皮厚,没面子无所谓,那些菜拔回来还可以吃上一两顿。阿桂白了木金一眼说,要拔你最起劲。

后来阿桂想养条狗,在乡下她养着母子两条狗呢。木金又提醒她,养狗要交费办证,每年为狗打免疫针,而且还不能让狗狗在小区里随地大小便,这些你做得到就养吧。阿桂一听养狗还有那么多麻烦事,唉,算了,算了。

阿桂是个欢喜闹猛又闲不住的人,小区里不让种菜,养狗又太麻烦,还能做什么?其实阿桂很想和木金说说话,解解恢气,木金也愿意陪阿桂说话打发辰光,可就是讲不到一处。你比如,阿桂看电视剧,十集下来还搞不明白故事的来龙去脉,问木金这个女人是好人还是坏人。木金笑她:你看戏看买芝麻糖呀,这是解放军中暗藏的坏人,那是打入敌人内部的好人。木金对阿桂也只能用好人坏人说事。

木金看新闻,阿桂打瞌睡,阿桂看纪实频道,也通通说成是嚼(编)出来的。到后来木金也懒得跟她解释,阿桂怎么说,木金都说对对。时间长了阿桂知道木金在糊弄自己,也不愿说什么了。好在客厅、卧室都有电视机,大家各看各的,自然也没有话说了。

可所有这一切和贱不沾边呀。但阿桂知道自己贱了,贱了还不能说。

在"农业学大寨"那阵,阿桂是铁姑娘队的一员勇将,比一般社员出工早,收工晚。特别是"双抢"季节,半夜两三点钟下田,晚上七点多才进家门。抢收抢种嘛,头顶烈日,在滚烫的水田里插秧,且不说飞虫蚂蟥骚扰,腰酸背痛侵袭,手脚肿胀得发亮,那一双眼睛布满血丝,肿得像田螺头。那个苦呀,要不是在铁姑娘队里,她早就哭得稀里哗啦了。阿桂还是铁姑娘队队长雪英的哨子,每次出工前雪英就叫她:阿桂,出工了。于是阿桂根据前一天安排的计划,拉开嗓子吼喊:喂,铁姑娘队注意,别忘了带上畚箕、扁担、秧绳和拔秧凳,到村头集合出工。这一嗓子把偌大一个村庄都会喊醒。雪英也常常以表扬的口吻称阿桂为铁叫子。

木金是高中毕业后回乡的知青,也是大队的青年突击队队长,阿桂又生得漂亮,两个人就对上了眼。阿桂心想:哼,要不是自己一年级读一年,两年级读两年那点水平和晦气……结婚后的五六年里,木金当上了大队支书,他常常在社员大会上学着伟大舵手毛主席的样,左手叉腰,右手一挥一挥地讲形势,布置生产任务。在家里,阿桂却学着木金的样,左手叉腰,右手向他一挥一挥的:去,拷点酱油来,顺便带瓶酒。那口气俨然是个家长。刚开始木金真想发作,一转念,大概是想到了自己的身份,也许是"顺便带瓶酒"给了他动力:这酒是他喝的呀,他能不去吗?于是拿上酱油瓶乖乖地去小商店了。阿桂满足了:别看木金是大队里的舵手,在家里他还得听她的。

木金也有不听的时候,阿桂会当场给他眼色看。

那次,木金正在大队开支部会议,阿桂冲了进来,当着众人的面高腔大嗓地:等一会去买点盐,顺便带瓶酒,别忘了!木金脸上挂不住了,说:没看见在开会吗?你自己去买吧。阿桂立马虎起脸"嘭"地拉上门。等木金回去,阿桂噘着嘴也不理睬他。木金揭开锅盖,阿桂说菜好了就是没放盐,木金说倒点酱油吧,阿桂说,小白菜放酱油有酱胖气。木金说,没有别的菜了?阿桂说,有了盐就有菜。木金说,那我去隔壁大苹果家借点盐先用一用吧。阿桂说,大苹果刚到我家来借,空手回去的。木金看了阿桂一眼,他知道她肚里有几根蛔虫,摇了摇头,只得往远处的小商店走。

木金前脚出门,阿桂马上拿下挂在墙上的赶网,迅速地束上鱼篓,就这么穿了条平脚短裤,在门前的小河里用网挡头三下二下地赶了几网,连忙上岸。把鱼虾杀好洗清,也有一小碗的样子,没等把水沥干就下了油锅。木金回来时,在窗口就闻到了鱼虾和葱姜的香味。他问阿桂:谁家给的?阿桂说:你没见放着的赶网和鱼篓吗?你去小店后我才下河捉的。木金望着阿桂眨巴着眼:是有人来吃饭吗?阿桂剥了只自制的咸蛋,端出吃剩的几颗油炒豆,拿上酒杯和筷子说:是你吃酒呀,没一点菜怎么来三?木金大为感动,他给自己倒上酒,要想说点什么,阿桂已把小白菜盛好放到他的面前了。木金疑惑地看看阿桂说,菜里还没放盐呢。阿桂说,早放好了。木金说,你果然会如此。阿桂咯咯地笑起来:我就试试我的话在你面前灵不灵。唉,木金的心里真是五味杂陈。

这么多年过去了,那时候真苦到心里了,现在回想起来怎么反而会觉得有味道了?有人说岁月是味之素,阿桂觉得这就叫贱。

那天,阿桂去娘姨家回来后告诉木金说,娘姨家隔壁一个村已拆迁走光了,那里的地暂时空闲着,谁都可以去种。不过征地一方什么时候要了就要还他们的。娘姨圈了一块地,让我也去种。再说城里去种地的人蛮多的,你看……木金说,你也学会商量啦?去吧,去吧,你怎么高兴怎么来,也不要弄得太吃力,只当去白相相(玩玩)。

从小区的东大门上车,花一块钱的车费到那地方下车,再到地头很近。木金把阿桂这种玩种地称为"走种一族"。他只道阿桂是心血来潮,估摸着没几天,待她腰酸背痛后就泄气了。起先,阿桂回来吃饭,她算好用公交卡去地头一元车费,两小时以内返回来还是那一块钱。这样过了十几天,木金见她越干越来劲,也没见她喊一声累,倒是絮絮叨叨地说起和娘姨闲话家长里短,地里要做点啥生活。阿桂还总结着说,到底乡下好,空气新鲜,和娘姨嘎嘎讪胡蛮有劲。于是,她做出决定:今后不回来吃中饭了,带饭。为此,木金特意去超市给阿桂挑了只手提式不锈钢保温瓶,还花了点钱缝了只皮质的内置棉花的保温瓶外罩。当他那天盛好饭菜把保温瓶递给阿桂时说了句:喏,拍拍你马屁!阿桂感动了,心想木金以前虽然能听自己的,那是被强迫的,现在可是甘愿顺自己的心呀。

阿桂早出晚归,像个上班族,还今天买化肥,明天买种子,时不时又去菜场买落苏秧、番茄秧什么的。木金曾跟着阿桂去过地头,她指着地里的植物给他讲解,落苏什么时候要施肥,番茄什么时候要搭棚……木金笑笑:你忘了,我在农业公司是干啥的?

蔬菜多得吃不完,凡本区内能生产的蔬菜,阿桂家都有。吃不完也不卖,阿桂父母家拿一点去,儿女家拎一点去,老姐妹处送一点去,楼上楼下的邻居们也分一点去。他们无一例外地称赞阿桂的蔬菜新鲜且吃得放心,也无一例外地对阿桂道声谢谢。阿桂蛮满足,也蛮有成就感的。

后来,阿桂把自己的妹妹和要好的邻居也拉去种地了;后来她又弄到了很大的一块田;后来,她连芝麻、大白菜、西瓜都种上了;后来她总是在木金吃了晚饭后很久才到家。

木金不乐意了,说话也不怎么好听了。每当阿桂晚归,木金就嘲讽地说:今朝加班呀?阿桂为不弄僵气氛,只得说今朝浇水,生活(千活)做来尴尬头。隔天,她还是很晚回来,木金又嘲她:你争取当劳动模范上北京呀?阿桂换个由头:车子脱班,没乘上。时间一长,这两句话木金也学会了。凡是阿桂回来晚了,木金便抢先说,今朝生活做来尴尬头是哇?阿桂竟有胃口点头。那天她回来又晚了,木金压着火气说:又是车子脱班是哇?阿桂知道这是木金钝(反语)她,她只好硬硬头皮答非所问:吃饭吃饭,肚皮饿了。木金终于爆发了,他一拍桌子吼道:我支持你去种地,目的是让你开心,哪知你越弄越大,每天弄得那么晚才回来,你没看见你开心了,我不开心了吗?中饭我一个人吃,晚饭我烧给你吃,开头还等你来了再吃。现在弄得你种田,我给你打工烧饭!阿桂自知理亏,想想也是,烧饭本该是她的事,现在却让木金承担了。

自那以后,阿桂规规矩矩老老实实,一早起来洗衣服,吃了早饭洗了碗筷,带了保温瓶走,下午赶回来烧晚饭。这样只过了几天,木金发现阿桂又有了新的变化:她早早地烧好晚饭,挑了最好的新鲜蔬菜去小区门外,挤入那支与她同龄的卖蔬菜的人群。这些老人原来都是乡下人,现在都住在这小区里,她们大多是走种一族,也被人们戏称为游击队。不是吗?他们坐在街沿上,临街摆开了带来的落苏、豇豆、丝瓜、毛豆……那玉米衣、毛豆壳、烂番茄丢了一地。城管过来,她们慌忙地收拾摊子,嘻嘻哈哈地四散躲避,等城管让人把路面收拾干净了,她们又卷土重来。这些上了年纪的卖菜人,都知道下班时段路过的人会带一点蔬菜回去,她们甘愿与城管躲猫猫。阿桂和摆摊人都有说不完的话,她根本没把卖菜当回事。木金曾亲眼看到过一幕:一个买菜人在阿桂处买了番茄、丝瓜,阿桂秤菜时还和旁边的老太说个没完。事后,老太突然提醒阿桂:你算错了,少收钱了!阿桂一愣:是吗?然后看看买菜人远去的背影说,怪我要紧和你讲张(说话),哈哈哈……

阿桂的儿女知道老娘在小区门外摆摊,埋怨老爸没制止老娘:又不是吃不出用不出,做啥总挤在那里?木金打哈哈,为阿桂辩护:没见你娘挤在这群老太婆里开心的样子吗?

儿女们嘀咕着:贱,犯贱!

自有闲人说闲话:人是到城里了,可心还在乡下。

据说这是基因,哈哈!

意识上一下子能抹平城乡差别吗?

这些话传到阿桂的耳朵里,她粗鲁地说了句:种一点地呀,会有那么多屁话?

2015 年 8 月

十八弯

"十八弯"是条河名,那是因为弯多。弯多,自然水流曲折而成"湾",叫"十八弯"不错,叫"十八湾"也对。

十八弯有母亲河黄浦江滋养着,根基深厚,它灌溉着两岸的稻田,孕育着瓜果,养肥了蚕桑,壮大了一茬又一茬鱼虾水族。十八弯弯多水急,尤其在来潮时,潮水从黄浦江进入十八弯后,遇弯阻挡,不能顺流而下,故潮水汹涌,左冲右突,前挤后拥,势如万马奔腾。久而久之,十八弯受冲刷的地方便成了硬滩,它坡陡,泥质如胸肌,凹凸似栗肉,线条清晰。要在这硬滩边急流中站住脚,如没有过硬的水上功夫简直难以想象。而那些被冲刷剥落的泥沙在河底打几个旋后,一部分顺流而下,一部分被推到了河对岸水流缓慢而平稳的地方,久而久之便成了软滩。

有这么一句话:要吃摇船饭,摇过十八弯。闯不过十八弯,就别做船上的营生。

农闲时节,在十八弯的硬滩上常有腰挂鱼篓,手持蟹钩的捉蟹人。这蟹洞大多筑在硬滩的水下。捉蟹人下半身浸泡在水中,弯腰摸索着蟹洞。探到洞口时便一手将蟹钩伸进洞去,另一手堵住洞口,螃蟹受到蟹钩的惊动和骚扰后会迅速地爬出来,那自然是自投罗网。有时蟹洞里还能捉到借宿的鳗鲡。

蟹是捉不完的,待下一次的潮涨潮落后,洞里又来了新的住家。

蒙蒙细雨中,也常能看见头戴斗笠、身披蓑衣者在软滩边下网扳鱼,时不时有鱼投入网中,被收入鱼篓。扳鱼人那种悠闲、那种自得真让人眼馋。

多少年来,十八弯两岸的人们即便遇上旱涝灾害,有了十八弯就有了丰收的保障。不是吗?旱,它给你送水;涝,它让你泄水。

人生虽然会像十八弯那样曲折,但人们勤劳、知足、宁静之乐常存。

然而,这一切都在民国二十六年秋被打破了。日本鬼子在海边登陆后,先是焚毁了渔民们出海祈福的妈祖庙,然后一路烧杀着北来。当逃难的男女老少在枪声中途经十八弯的时候,人们正忙着收割,他们惊恐地高喊:东洋人来了,快逃,快逃!人们这才远远地看到那太阳旗和隐隐传来哇啦哇啦的叫喊声,正冲着他们扑来。他们这才慌乱地四下逃命。有的人还没反应过来,就在乱枪中应声倒在希望的田野上。

鬼子进村的时候,阿玉正在门口给儿子喂饭。当她听到枪声和哭喊声乱作一团时,慌忙抱起儿子向屋后的竹园里跑,但已经来不及了。那个快步跑在前面的鬼子追上她,抢过她怀中的儿子,狠狠地摔在地上。阿玉哭喊着扑过去抱儿子,鬼子眼疾手快,只见刺刀寒光一闪,刺透了孩子的胸膛。母子俩绝命地惨叫,又引发了鬼子的兽性……阿玉也未免一死。

那天,十八弯两岸被焚烧了无数的房屋。

那天,惨死了多少父老乡亲!

那天,被砍掉左臂的百顺,事后蘸着他自己的鲜血写下:"杀尽日寇!"

那天,有几具乡亲们的尸体被扔进了十八弯……十八弯的水红了,十八弯咆哮了。它整整咆哮了八年,也见证了民族灾难的八年。

人生,可以像十八弯那样曲折,但绝不可以屈辱;十八弯潮涨潮落、来来回回诉说着屈辱的历史,没有结尾。

2015 年 9 月

花泪

阿菊倚靠在床头,下半身覆盖着被子,她看着女儿小花瘦小而忙碌着的身形,轻轻地叹了口气。她自问:女儿从山里出来是对了还是错了?

小花在老家自然是留守儿童一族,爷爷、奶奶只能管她吃饱穿暖,其他的什么都管不了,而且也不会管。好在小花很争气,每天自个儿翻山越岭去学校,读书成绩在班级里拿全优。

小学四年级以后,阿菊把小花拉扯到自己身边。刚到这陌生的城市,小花的学习成绩一度狂跌,在适应了环境以后,她在班级里又拿了全优。

可在小升初的关键学期,小花的各门功课大多亮起了红灯。

小花开悟早,也善解人意,她绝不比中央电视台介绍的那个"小妈妈"差。"小妈妈"和小花同岁,她母亲让病魔带走之后,爸爸咬咬牙外出打工养家,她便担负起妈妈的角色,洗衣做饭照顾弟弟、妹妹,把爸爸留下的钱合理安排好三个人的生活。"小妈妈"读书不缺课,成绩不落下。而在自己大腿骨折重伤与床为伴后,小花也扛起了洗衣做饭的重担,每天还要给她端、洗尿盆。忙完这一切,她才去上学。和"小妈妈"不同的是,小花的成绩一蹶不振,再也起不来。

忽然,阿菊微皱眉头嘴唇哆嗦了一下,她又轻抚起自己的胸部,内心自问：我离家打工创业，是对了还是错了？

阿菊在读完了九年义务教育后，那成绩单上的成绩和老师的评语都催她继续上学。可那惊人的学费把她挡在了学校门外——要知道，她那民风淳朴的家乡，人均年收入仅有千把块钱……后来她在村里当上了妇女主任，后来和同村同班的同学阿贵结婚，再后来夫妻商量着走出大山来这个城市创业……不知从什么时候开始，她隐隐然感觉乳房胀痛，肩背和上肢开始酸胀，去医院后才知道这是乳腺增生的表现，是长期的郁闷、生气和劳累过度所致。当用药完毕再上医院检查时，医生按压她的乳房，她会疼痛加重，乳头上面有形状各异的小包块，医生建议她快些化疗，不能拖延了，不能！

她看了看病历卡，知道病情的危重。要化疗，可钱呢？

也许是魂不守舍，也许是病因引起的恐慌，那天她重重地摔了一跤，就此摔到了床上，也累坏了小花。

此后，她常常胡思乱想：都说一方水土养一方人，她忘不了橘在淮南为"橘"，移之淮北化"枳"的故事。在家乡虽则封闭贫苦，但世世代代这么过来的，没什么比较，自然也没觉得什么苦，倒是邻里和谐，全家和睦，上山干活，大门不锁，从没偷盗。来大城市后，身处万花筒般的世界，双眼也缭乱了。家乡人均年收入千把块钱，在这里只能勉强支付半个月的房租……于是，有的成为小偷，富裕起来的人中有的改变了原来淳朴、勤劳、善良示人的形象。阿贵不是这样的吗？

阿菊思考着不断地追问自己：我走出大山创业到底是对了还是错了？

妈妈！小花雀跃着来到床前，一脸的灿烂，她两手躲在身后，歪斜着脑袋，神神秘秘地说，妈妈，我要给你一个惊喜，你猜是什么？

还没等阿菊回答，小花忽然从身后拿出一束鲜花：妈妈，给你！

是一束百合花，她问女儿：哪来的？

小花说,你猜!

阿菊心头电击般地震颤起来,蓦地,她看到花丛中的小卡片上"百年好合"的字样已撕成两半。她狠狠地给了小花一巴掌,又把那刺痛心肺的鲜花狠狠地扔在地上,眼中燃烧着怒火,她喝问:说,谁叫你送来的?

这个"谁"自然是指阿贵。

阿贵制造了"男人有钱就变坏"的老掉牙的故事,故事的另一个主角就是在她水果店打工的那个狐狸精。阿贵不仅卷走了原来打算回老家造房的所有积蓄,还故意拖欠批发商的货款,和那个狐狸精私奔了。批发商上门催债,她只能贱卖存货还款歇业,只留下自己病痛的身、受伤的心。这卡片撕裂成两半,不是明白无误地告诉自己他的态度了吗?

小花抚着被打痛的脸,哇的一声撕心裂肺地大哭起来,她仰脸茫然而又惊恐地看着阿菊,用手背不停地抹着眼泪。倏然,她扑上去委屈地用小手狠命地拍打阿菊,还哭喊着:妈妈,你为什么打我,为什么打我呀?

这花谁叫你送的,说!

小花捡起地上的花束,哽咽着说,今天是妈妈的生日,是我送给妈妈的。

阿菊惊愕了,你哪来的钱,怎么会买这花?小花说她早就为妈妈的生日做准备了:放学回来,她天天捡那些能卖的塑料瓶、硬纸板等,昨天她在垃圾桶内还捡到了这束鲜花……小花又到灶间拿来了包装得十分精致漂亮的碗口大的蛋糕说,我知道妈妈心里很苦,想让妈妈高兴,这蛋糕是卖了废品买来的。小花看看手里的鲜花和蛋糕,她胆怯地走近阿菊,含着泪说,祝妈妈生日快乐。当阿菊再次接过花束,脑际闪过"又一个家庭破碎了"。她望着受了委屈的女儿,鼻子一酸,猛地将小花搂在了怀中,母女俩的泪水都止不住滴落在花丛里。

2016年6月

视角

阿兔见到我总会说,我幸亏有侯头出点子帮忙,不然儿子也上不了大学。这倒是真的,侯头的点子也让我长了见识,开了眼界。不过,怎么说呢……

侯头大名侯平平,在一家私企搞营销,他头脑活络,点子多,把负责的一摊子做得风生水起。后来老板以夸奖的口吻直呼他"侯头",就此叫出了名。

三年多以前的那个晚上,我在阿兔家和侯头起了争执。末了,我说他不知自己有几斤几两,他则笑我有点幼稚。

起因是为阿兔卖梅花糕的事。

阿兔多年来一直在这小镇的一角,在广告伞下守着炉子以卖梅花糕为生。他只要饿不着家人,每逢亲朋好友的婚丧喜事上自己穿着不寒酸,人情能随行就市,每天中午守着摊头能弄点熟食,有滋有味地喝上几口小酒就满足了。

近半年来他脸上有了些焦虑。一问才知道他儿子学习优秀,上大学绝无问题,可那高额的费用,他有些扛不住。他除了卖梅花糕之外,再无其他的生财之道。他不想举债为儿子缴学费,也不愿儿子贷款无力归还时拖累自己,他是个捧着卵子过石桥的人。我是个退休的,也帮不上阿兔的忙,只是为他干着急。

侯头知道这个情况后,却满不在乎地对阿兔说,小事一桩,只要你听我的,以后学费什么的应该不是问题。侯头要阿兔去弄一辆电动三轮车到城里去卖梅花糕,每只涨价一元。

我承认,侯头是有把蚊子说成飞机,把蚂蚁说成大象的本事。可那是吹,是变形的夸张。他仅凭这点吹和夸张,竟敢让阿兔投本买电动三轮车。

我以长者的身份劝侯头不要胡来,免得增加阿兔的额外负担。侯头说,他给阿兔策划包装后生意绝对会上去。我叫侯头说来听听,他却故弄玄虚说这是营销机密。侯头要阿兔去城里以后早晨到菜场门口守着,中午在学校附近待着,休息日、国假什么的到风景点去,自然也成了一道风景了。我说万一阿兔亏本……侯头一拍胸脯说,亏了我兜着,赚了全是阿兔的。我说侯头,我担心你教阿兔做什么昧心事。侯头说,你是老师,教书育人;阿兔做小生意,买卖育钱,王婆卖瓜,来几句自卖自夸总可以吧!阿叔,教书和做买卖是两个概念,你别要求错了。于是我和侯头约定了去城里看阿兔卖梅花糕的日子,心想到时候我再趁机狠狠地数落他几句。

那天上午我赶到那个菜场门口,侯头还没到。只见阿兔电动车的车头上插着一面大红的杏黄滚边三角旗,上写:康熙钦定贡品梅花糕。下面一行小字:梅花糕十八代传人谢阿兔。车身外侧还垂挂着康熙的诏书:奉天承运,皇帝诏曰,朕在庙会上尝到你店梅花糕,很好吃。朕让你到京城开店卖梅花糕,让百姓品尝人间美味,不得有误。钦此,谢恩。还有一行小字:诏书解释权归梅花糕传人。OK!

我差点厥倒:这算什么狗屁诏书!

这时,侯头正喘喘地奔来。他边跑边大声喊:阿兔师傅,你帮帮忙无论如何给我留十只梅花糕,否则我没法向老娘、儿子交代了。我忙把他拉向一边,低声说你要梅花糕不早点跟阿兔说,到这里来轧什么闹猛？侯头狡黠地笑笑：知道什么叫托，什么叫撬边吗？我疑惑地望了望他。侯头说，说你幼稚你还不服气。我指着那个诏书说，诏书会有这样的文句吗？侯头却看着阿兔摊头前的人群说，阿兔以前会有这样的生意吗？我提醒他：我是说真有这样的诏书吗？还O什么K，你这样做真的错了！侯头却指指十多个排队等候买梅花糕的人说，我是说这样做生意不错，真的不错！

2018 年 8 月

招牌

程兴在这条美食街上已观察了好几天了。

这里早市的顾客多为上班族、中学生和上下车的旅客;午饭时分,除了旅客和旅游车上一拨拨下来用餐的人外,还有一些是周围住宅区的老人;晚饭时刻,街上更是摩肩接踵,家家顾客盈门,双休日那就更不用说了。程兴决定在这里开个小店,主营自己拿手的面点和熟食。

今天程兴把老婆阿琴也拉来了,他先陪同她从南到北走了个遍,最后站到了那个要转让的店面前,他笃笃地敲门板,信心满满地道,这个门面好。阿琴凑近那贴着转让店面的告示看了看,皱起了眉头:你看,告示贴出快四个月了,怎么没人接手?程兴突然醒悟:对呀,既然地段和门面都好,怎么会没人要呢?他问隔壁店里的老板:请问你旁边那个店面……老板说你想要它?程兴点点头。老板停顿了一下,说蛮好蛮好,那告示上留着联系电话,你马上可以和他们沟通。阿琴看出老板脸上的细微变化,便笑了笑,说老板你好像没说真话!老板也笑了笑,说这店面的第一个店主赌博、诈骗进了监狱;第二任老板买卖缺斤少两口碑不好,藏了顾客遗忘的钱包,后事情败露,没脸再在这里混下去;第三个则参与了黑恶势力……这店风水不好,谁进来谁倒霉。

夫妻俩又问了几家老板,都得到了证实,有的还说得更为夸张。

阿琴心里发毛,说算了吧。程兴却说是前几任老板本身有问题,我看这里真的蛮好。阿琴说,我听老人们说过,宅基地下龌龊,有坟墓有尸骨,坏了风水,才会接二连三地出事,放弃吧。程兴道,你这说法毫无根据,这店一定做得出来。阿琴火了,说这店发生的事,老板们都是目睹的,再说,这街上都是开了多年的老店,他们有自己的招牌菜,有稳定的顾客源,我们有什么?外来的,拿什么去吸引顾客?你等着倒霉吧!程兴知道这是阿琴拒绝店面的托词,但他还是说:不试怎么知道?说不定我们开的店还会成为整条美食街的招牌呢。阿琴吼了一声:做梦吧你!

不过,阿琴拗不过程兴,小店还是开出来了。程兴做的第一件事是在自己上衣的左胸处别上了鲜红的党徽,把报道自己的题为《火线入党》的报纸放大了,用支架撑起来,放在店门口,那张配发的他背着老大娘从火海中冲出来的照片特别醒目。阿琴说这和生意有什么关系?程兴笑笑说以后你会知道。

刚开张的那段时间,路过的人们只是围看《火线入党》和那张照片,也疑惑地看看程兴,进店的顾客寥寥,后来慢慢地有了转机,再后来店堂里常常坐满了人,阿琴笑了。

大地丰收的季节,一位老顾客正抹着嘴,满意地跨出店门。他对送他出来的程兴说,老板,我给你总结了:你能冒死救人那是大爱,能奋不顾身去灭火那是大义,你用时间浸泡出来的人品和诚信,才成了你的金字招牌。

2019 年 10 月

纯天然

张新新和沈翠翠的婚宴就设在沈翠翠家——一个农家小院的葡萄架下。

这是沈翠翠的主张,理由是乡下有专门张罗婚丧喜事的"饭头师傅"一手包办,更重要的是上海来的宾朋都喜欢乡下的清新空气、时鲜蔬菜和散养的鸡鸭,再采购些其他的菜品就大功告成了。

张新新的父亲置身在这挂灯结彩、鞭炮噼啪和亲朋道贺的氛围中,又让他闪回到去年那个情景里。

他是一家物业公司的老总,离告老还乡还不到半年,可快三十的儿子一直没有女朋友。这倒并不是新新身体的某个部位有问题,而是缺少票子。缺少票子自然就没有房子也没有车子;那大专文凭又是铺天盖地的,太一般般了。诚然,他也考虑过在硬件上下下功夫——咬咬牙贷款买个像样的住房,老子做房奴成全儿子。可扳扳指头,今日一咬牙就咬伤了三代乃至四代人,让子孙都背上了沉重的债务。何况自己退休在即,银行会贷款给他吗?他那个愁呀,全在头发上凝固成了白色,撕裂成额上的皱纹了。

张总!财务室的会计沈翠翠惊动了他的思绪:我刚从乡下来,给你带了点自家种的萝卜、青菜。她把它们搁在茶几上。

他愣愣地往茶几的方向看了一眼,还深陷在愁绪中。

张总,这菜没施农药,纯天然的,你放心吃吧。翠翠见他好像有顾虑。

翠翠,你们四个人一间宿舍挤吗?他双眼一亮,忽然这样问。

挤到现在了,将就着过吧。她望着老总,满眼的疑惑。

翠翠是在他的手里应聘来的,他知道她的一切。

如果你已领证的男友在上海的话,就住过去吧。

我没有男友。

那也该在乡下找一个了。

高不配,低不就,她苦笑。想在上海成家,那是单相思,谁会看上她这个不起眼的乡下姑娘;在村里找一个外出打工的呢,有了点见闻的她也有了点眼界。

我给你介绍一个上海的。

上海的?

对,一家企业的技术骨干。人呢,长得有点谦虚,不过也蛮自然真实,不喜欢外部包装,就像你不喜欢装点门面,嘴唇和手指甲也不涂红抹绿,夏天的趾甲上也没有斑马纹。如果你们结婚,可以和他父母一起生活,或买个二手房小套。

自然真实让人心里踏实,比什么都重要。翠翠说。

他起身走向茶几,拿起萝卜、青菜,那上面还留有晶莹剔透的朝露……

姐夫,你在想什么呢?妻弟用臂肘碰了碰他,他恍如梦醒。他揉揉双眼,对妻弟说,舅老爷,你在婚宴上说几句吧。

算是证婚?

就算是吧。

说什么呢?

说说你知道的,像你写文章那样要点题。

妻弟望着循桌敬酒过来的新人,连忙站起。小两口一个斟酒,一个递烟,举起酒杯笑盈盈地同声说,娘舅,今天您要多喝几杯。

妻弟仰起脖子,将酒一饮而尽。他让新人面对亲朋好友,高声说,各位,我说说他俩从去年走到今天的过程……我看,嗯,他俩就是纯天然的一对,纯天然!

众人愕然,他也蒙了。但仅仅是一瞬间,他突然向舅老爷竖起大拇指,然后站起身鼓掌,宾朋们由衷地欢笑,也跟着鼓掌。

舅老爷又补了句,纯天然的婚姻能保鲜!

2020 年 2 月

五

问耕耘更要问收获

前不久,央视科教频道的《百家讲坛》由台湾师范大学曾仕强教授开讲《易经的奥秘》(以下简称《奥秘》)。他在第一集的开头语中说:有人问伏羲,我明天出去打猎,你看明天的天气怎么样?伏羲看了看天回答说,明天天气很好,可以去(大意)。这话说明两点:一,天气的好坏能"看"出来;二,狩猎的人想得到收获,就要避开坏天气。

我在1993年到1996年的四年间也读了《易经》,好几年订了由山东大学和中国周易学会主办的《周易研究》,自然对曾教授的《奥秘》感兴趣。可惜因忙而漏看了几集。

也巧,元旦那天的下午,央视四套正在重播《奥秘》。曾教授有如下一段话:人的一生如果知道了自己的结果,那还有什么意思(大意)!他接着打比方说:一个公交车司机,别问上车的人多少,你只管开。如果人少了你就不开车,那怎么为老百姓服务?所以他主张只问耕耘不问收获。

笔者以为此话有待商榷。

在耕耘过程中,风调雨顺获得丰收,这是耕耘者所希望的;只问耕耘,遭遇自然灾害而不管不顾,导致颗粒无收,以后的日子怎么过?

中医有"治未病"之说,治疗和预防未来可能会发生的疾病,减少痛苦。

如果用《易经》能算出耕耘者在耕耘的过程中将会有一些灾害，不妨来一个"治未灾"，让耕耘者知道什么时候会有地震、旱涝灾害等，让其早作防治准备，减少损失而有所收获。

人，在其一生的运程中难免有伤、病等灾难，贪欲冲破了法律和道德的底线，也会带来牢狱之灾和家庭的不幸。既然用《易经》能够算命，那么提醒人们时刻预防，注意避难消灾，终止邪念活动，让结果能好一点，这也是功德无量的大好事。

笔者以为，耕耘的目的就是为了收获，只是收获的性质不同而已。如果没有收获，那又为什么要去耕耘？

现实情况恰恰是不仅要问收获，还要挑选收获大的去"耕耘"。跳槽即是一例。尽管跳槽者有的不是为了钱而是为了自己的兴趣和适合，那也是另一种收获。

至于"公交车司机不问人多人少要照开"，我想具体情况还要具体对待。如这车是个人承包的，他为了养家糊口，自然希望乘客多一点收获也多一点。人少了他亏得起吗？倘是国有企业经营的，人少了当然也要开，它的收获就是为公众服务。

人，不管他的层次高下，都有趋吉避凶的心理。我们的社会在发展推进的过程中更需要对未灾未祸发出预警，逢凶化吉，收获稳定与和谐。

所以，出猎前还是问问天气好坏为上。

2010 年 1 月

读《易经》 讲和谐

那年女儿在上海武警文工团服役,我叫她有时间去福州路上的古籍书店带一本《易经》回来。

当时我读《易经》兴趣正浓,边读边翻字典,似懂非懂,经常到午夜时分才上床睡觉。

为了真正地读懂它,我又去县图书馆借阅二十世纪六十年代初出版的李镜池的《周易探源》。到后来,凡在书店看到与易经有关的著作,只要自己觉得需要就会把它买回来,其中包括《黄帝内经》。还订了好几年刘大钧主编的《周易研究》。

我读《易经》的初衷只是想解决原来在书台上演出时搞不明白的问题。比如:韩信登台拜将的时候将台上为什么要插五色旗,它代表什么,八卦阵是怎么布排的,等等。所有这些,老师在传下来的时候没有作交代,我只能囫囵吞枣,依样画葫芦。

随着对《易经》的理解逐渐深入,我慢慢地迷上了它,这一迷就迷了二十多年。

《易经》也称《周易》,一直被尊为群经之首,中国文化科技的百科全书。研究《易经》者,历来被分为两大派,即义理派和象数派。义理派从哲学和伦理学的角度阐述《易经》。而象数派则从象和数的角度进行解读。何谓象数?《左传》中说:"龟,象也;筮,数也。物生而后有象,象而后有滋,滋而后有数。"这个象原来只是指龟裂纹之象,后来演变成万象之象、天象之象、八卦之象;这个数就是上述的筮数,到后来被指为广义上的数学之数。

自古以来,但凡精通《易经》的佼佼者,不是治国安邦的重臣,起码也是悬壶济世的良医。这两者之间有一个共同点,即要找出各自的症结,然后对症施治。前者治国,促进社会和谐;后者治病,使得体内平衡得以康复。

我们常说的阳盛阴衰或阴盛阳衰,这阴阳之说是易经的内核——一阴一阳为之道。但要平衡,阴阳或盛或衰都是病。以水火木金土五行为例。简单地说,水为肾,火为心,木为肝胆,金为肺、肠道,土为脾胃。水盛了肾原本便不太好,遇到金来生水,使水更旺盛,自然就加重了肾的病情;如水衰遇金来生,金本身很盛的话,使自己泄了盛的部分去生水,这样金也不盛了,水也不衰了,达到金水平衡,代表金水的病自然也消除了(其他的依此类推)。所以高明的医生会综观全局,找准病的根源才能药到病除。

读了《易经》,知道了阴阳消长、日月轮回,懂得了必须尊重自然规律。就像种地,一切按二十四节气的农时进行一样,什么时候必须下种,什么时候必须收割,误了农时将会颗粒无收。即便是反季节大棚种植,也是这个道理,只是按照人造农时。

《易经》其实就是一部教人讲正气(这个"正气"作阴阳平衡解)、促和谐的书。

读了《易经》也能多点茶余饭后的谈资。人生在世,难免会有天灾人祸;与人共事,难免会有矛盾;口吃五谷杂粮,难免会有大病小恙。但懂得了《易经》的道理后,进则积极应对,退则万事释然。

最近和友人中的同好成立了易学沙龙。每半个月在方松活动中心聚会一次,提出有争议的问题,说说学习心得,清茶一杯,笑谈世事,乐在其中。

2010年11月

也说偏方

笔者一看到3月27日《松江报》副刊上那篇《偏方》,马上就想起自己曾用土方治胃病的情景。

1965年春末夏初,我到城西公社(现今的永丰街道)新开的永丰书场演出,没几天胃部就开始不舒服。先是隐隐作痛,在书台上还能顶得住。后来痛得越来越厉害,如在台下,我会将胃顶在方桌的桌角上缓解疼痛。要命的是在台上,再怎么难受还得说、噱、演角色。那时团里已派不出人接替我演出,我只能坚持着。那天去吃早点要了碗面条,因饿慌了的缘故,鲸吞时烫得有点受不了。奇了,一眨眼的工夫胃竟然不痛了,我高兴得差点跳起来。但不久胃又疼痛起来。后来我知道我这胃需要滚烫的液体才能马上止痛,但这也只是两小时之内有效。不管如何,至少我可以在上台前喝一杯滚烫的水,以免在台上表现出痛苦。

这样的日子持续了两个多月,后来好像是好了。

1966年春末夏初,我的胃又开始发作。好在那时已不再演出,这让我有时间遍求中西名医,凡是治胃病的药都吃过,可就不见病情好转。不过持续了两个多月后好像又好了。

吸取以上两年的教训,我在1967年春尽之时,无论是在饮食或冷暖方面万分小心,生怕又犯胃痛。可叹到夏初时胃疼又卷土重来。于是我又一次次地上医院挂号、静听医生诊断、开方、拿药，回家遵医嘱老老实实地按时吃药……但一切如旧，唯有滚烫的液体才能解除两小时的痛苦。

那天，我弯腰握拳顶着胃部去阔街卫生院（现今为岳阳街道卫生服务中心）看病。刚挂完号，碰到原在炼铁厂一起做过临时工的小傅，她问起我症状，我详细地告诉了她。她说：我也得过和你同样的病，可我现在好了，什么甜酸苦辣或软硬食品都能吃。治这病很简单，根本不用到医院来。你回去捉一只能跳的蛤蟆杀了取胆（她特别提醒我跳不动的蛤蟆不能要，怕有毒），把胆放在冷开水里洗尽血水，再用包裹糖块的糯米纸将苦胆包起来用温开水送服。蛤蟆胆极苦，如在嘴里破碎了很难下咽。她让我记住，一定要在五月初五中午十二点整把苦胆吞下。我问她为什么非要这个日子这个时间，她也说不上来。那时已过了五月初五，我哪能熬等一年？

回到团里我把这事和两个有胃痛的老师一说，次日就捉了三只蛤蟆，按照小傅说的办。到中午十二点整，我们三人各自吞下了蛤蟆胆。绝了，我第二天早上起来胃果真不痛了！午饭时间还没到，饿得有点慌，吃了一碗饭（平时在胃痛期间总是吃稀粥或面食），胃有点不舒服，后来又改吃粥和面食。一段时间下来，我也什么都能吃了。一晃四十五个春秋，我的胃病再没犯过，而那两位老师的胃痛却没好。胃有胃寒、胃热之分，笔者还看到不少有胃痛的人，有的不能碰一点点糯食，有的不能吸一口香烟。而有的胃病恰恰一吸香烟就止痛，一吃糯食就舒服。治病用药，因病而异。如果认为是"同一种病"而用同一种成药，那是看不好病的。

2012年4月

由道教说开去

　　道教自创立那天起,以利用神鬼为表象,劝人向善,勿为恶行,故无论是迎神送鬼,除魔祛病,祭祀先人的画符念咒或打唱出巡等活动仪式,都起到了稳定社会、安定人心的作用。由于人心向善,故庙观、道院香火旺盛也在情理之中。

　　笔者前几年曾写过一篇《由道士转身的评话演员》,文中的顾骏岐老先生幼年家贫,日伪时期,父母把十二岁的他送入辰山的崇真道院[①]拜当家道士罗浩为师。据顾老先生说,由于道院香火旺盛,罗浩生活十分富足。他以罗浩法师吸食鸦片说事:罗浩每隔十天半月必带顾骏岐去上海一次。到上海后,罗浩把顾安排在附近的戏院看戏,他自己则躲起来抽大烟。那时候表面上也查禁鸦片,故在回来的时候罗浩买了足够他吸食十天半月的鸦片,藏在顾的身上,因顾是小孩,不会引起侦缉人员的注意。罗浩鸦片吸完后再去上海。他这样烧钱的日子一直持续到上海解放。

[①] 据2012年版《佘山镇志》记载:朝真道院(二)位于辰山,与天马山的朝真道院同名……院废年代不详。但据笔者2009年11月1日采访顾骏岐得知,朝真道院(二)应为崇真道院。1953年,江西龙虎山派人来松江辰山崇真道院,为道院第十八代玄孙、法号为武陵的顾骏岐授箓。至此,顾骏岐正式成为正一派辰山道院掌门人。同年,辰山为建造小学校急需砖瓦木料而拆除道院部分房屋。在当时的大背景下,政府遣散道士,让他们自谋生路,顾骏岐也只得改行说书。

庙观、道院香火的兴旺，也催生了依附道教谋生的职业——太保。据2007年上海文艺出版社出版的《上海锣鼓书》唱社书一段中写道："自明代以后的民俗祭祀活动成为民间信仰仪式之后，唱太保逐渐形成了一套类似道教仪式的章法（民间信仰仪式阶段的锣鼓书'做社'与道教的仪式之间有着千丝万缕的牵连）。"

近日笔者采访了从岳庙出来的现年已八十六岁、法号为大生的老人，他直言"太保就是道士化出来的"。他还说道士和太保的仪式及内容都差不多，所不同的是道士请神、请符官的祭祀场面大。以松江每年的农历七月十五为例，祭祀队伍先到府隍庙（原址为现在的方塔公园）祭拜先人完毕，又浩浩荡荡赶往岳庙杨爷殿烧香，沿途观者拥堵。而太保有门图（即地盘）的制约，个体活动也仅限于一村一户。村上如有人生病叫师娘（巫医）看了后，太保也只是领着其病人家属到岳庙烧香许愿而已。

庙观、道院的香火旺盛，"散居道士"也就应运而生。以泖港镇的庄坚先生为例，他家是祖传的无派别的散居道士。但凡乡间谁家要做道场，便去请来庙里的道士，庙里觉得人手不够，就叫散居道士帮忙，用大生老人的话说这叫"呼应"。

即便在食品奇缺挨饿的困难时期，岳庙的香火仍然持续不断。当年，笔者亲见老师王鹏飞的邻居，那位姓宋的岳庙香火（即为岳庙早上开门，晚上关门，为香客点烛烧香、上油者）时不时地给老师送来蛋、肉、鸡等熟食品。老师说这些都是香客给杨老爷的供品，香客走后老宋把供品拿回家也吃不完，就经常会送点给他。

现在早已不见太保和散居道士活动的踪迹。但不知从什么时候起，乡间有了打唱班，谁家老人走了就请个打唱班来做道场。几年前笔者老婆的奶奶走了，叔伯辈们请来了打唱班，吹拉弹唱，穿戴起道帽道服念经，还要走上用桌凳垒起的高高的"仙桥"，从中能见到道教仪式的踪迹。据大生老人说,打唱班生意红火,忙得应接不暇时,便把那些挖蚯蚓的农村妇女也拉去作呼应,且报酬不菲。

2013 年 3 月

也说老茶馆

二十世纪九十年代前,农村里电视机还没普及,又没什么娱乐活动,人们晚上早早地上床,清晨早早地起来,有些人就早早地来孵茶馆。离镇僻远的大队大多有茶馆,不过开门不像镇上的茶馆那么早。

不设书场的茶馆只有早市和午市,午市结束就关门了。

镇上的茶馆,在下半夜的两三点钟生老虎灶(最早烧的是砻糠,后来改烧煤),然后用两个大水桶去河里挑水。一切准备工作做好,才卸掉门板迎客。

细究起来,那些来吃早茶的人,并非都是茶罐头(有茶瘾),他们来茶馆时,捎带了蔬菜和家养的鸡鸭或自编的竹器、草鞋之类来换点现钱。逢年过节来亲戚朋友了,饭后,女眷留在家里闲话,男的去茶馆是不二之选。在这里,他们谈古论今,说人际关系、论四季农事、传奇闻逸趣,天天都有新的故事。

茶馆生意有淡季和旺季之分。在抢收抢种的季节,出工早,收工晚,累得手脚眼皮都发肿,茶馆里除了少数几个上了年纪的茶客外,根本没有青壮年的踪迹。农闲时,以浦南叶榭为例,不仅吃早茶的人多,午市在十点多陆续上客,清茶堂子里总坐满了人,里边的书场也客满。下午一点多吃清茶已经落市,书场在一点半左右也已散场。

今年3月8日《松江报》副刊上翁永平先生那篇《老茶馆》中说的

"西横头"茶馆,笔者还有点印象。那茶馆是个开口堂子,依稀记得南面是一条河,面北那条东西向一庹多宽的街面人流拥挤、声音嘈杂,说书先生在这里演唱是很吃力的。

如果茶馆兼着唱书,必定有个书台,不然听客就看不到说书先生的表演了。书桌正面围着桌围,为便于运气,艺人所坐的椅子比一般的要高出15厘米左右。日、夜场所唱书目不同,翁先生可能记忆有误,日场演说的书不可能晚上接着说,只能等到明天日场继续。要么是另一种情况,比如日、夜场都说《三国》,日场前半部《火烧新野》,晚上后半部《六出七擒》(即六出祁山、七擒孟获),这是有可能的。那块拍案的木块,据说在身份不同者的手上称呼也不一样:如果拿在道士手中,道士在仗剑施法,口念咒语,调动天兵天将驱妖捉鬼之际,拍这木块,这木块就叫灵牌。农村上了年纪的老人至今还会说:"我没办法了,只得拍一记极灵牌。"意为用了最有效、最有把握的一招。古代官员升堂理事,这木块就成了惊堂木。而说书先生用它时,就叫醒木。

由于生活方式的改变,今天即便有这么个茶馆,估计也很少有人去吃早茶。你想,家家有电视机,晚上九十点钟睡觉已算早的了,又没有出工的压力,谁愿意早上三四点钟孵茶馆?看看现在村里和小区里的老年茶室,老年人自带杯子,总要七八点钟才来,他们业余生活丰富多彩,有搓麻将打牌的,有隔三差五看各式各样文艺演出的,也常有唱书先生日场来献艺的。不过,那夜场早已被精彩纷呈的电视节目所代替了。

过去的茶馆,虽让我辈怀念,但已离我们远去。

2018年3月

追韩信者的心态

海派京剧《萧何月下追韩信》是麒派的经典。假如你听说书先生说《西汉》的话,你还会听到其他版本的追韩信。

韩信在项羽帐前是个执戟郎中,他的工作就是"内充侍卫,外从作战"。范增曾几次劝说项羽,韩信有经天纬地之才,定国安邦之智,你要用就重用他,不用就杀了他,我最怕他出逃,谁重用了他就会成就谁的江山。项羽笑问范增,怎么个重用法?范增说我乐意拱手让贤。项羽是贵族出身,他并不把一个出身低贱又乞食漂母,受辱于胯下的人放在眼里,又怎么可能让韩信去顶替范增。直到韩信出逃,范增大惊失色,项羽还笑言,走了这么个人,也值得你大惊小怪?范增知道韩信出走后必定投奔刘邦,为除后患,他马上兵分两路追韩信。他放话,能将韩信活捉回来最好,如果不能,提人头来让我亲验。结果韩信被钟离昧追上了,他躲无可躲,逃无可逃,便下马跪求放生。钟离昧分析了今后楚汉双方的形势,他为自身考虑,放走了韩信。

韩信是受张良策动跳槽来汉中的。他身上带有张良写给刘邦的亲笔信、刘邦所佩的宝剑,还有一片刘邦亲手割下的袍角。张良对刘邦说过,我此去做一回猎头,为大王寻访一个兴汉灭楚的大将军,以后你只要看到来人有我的亲笔信,有大王的宝剑和袍角,不问出身即可重用。韩信自知出身低贱,又无寸尺之功,证物即便拿出去了,刘邦即便破格重用了,他手下那些有功之臣恐怕也会不服,所以他去了招贤馆面试,想凭自己的真才实学做出点成绩来,在得到刘邦的认可后再拿出这三件证物。萧何在面试韩信后,去向刘邦保荐,刘邦认为韩信的出身是个问题,若重用他,让项羽笑掉大牙不说,更重要的是难服众将。萧何两次保荐,刘邦怕不用韩信会打击萧何举贤的积极性,所以给了他面子,让韩信当了一回敖仓官,说白了就是个仓库保管员,后来升迁为治粟都尉,也就是管管仓储、米粮的事。

过了一段时间,韩信听说丞相三次保荐他,刘邦却仍不肯重用。他觉得刘邦不看重自己的真才实学,几经纠结,最后在墙上题诗发了一通牢骚就走了。樊哙是亲眼看着韩信走的,他就近去招贤馆告诉了夏侯婴,夏侯婴受萧何的影响,很看重韩信,便立即叫樊哙去追,樊哙本就看不起韩信,说,怎么,叫我去追?帮帮忙!他不过是项羽的漏网之鱼。我是谁?我是刘邦的连襟、大臣,要我去追他,他又不是盖世无双的奇男子,这个连大王都看不上眼的人,我去追回来?别讨骂!夏侯婴道,丞相说了,只有韩信能带领我们打回老家去。日后大王要重用韩信时,怪你明知韩信出走却不去追赶,是你坏了兴汉灭楚的大事,你吃罪得起吗?樊哙一听,这顶帽子可压死人了,他急忙答应去追。不过,他只是在城外逛了一圈后就回来了,正碰上夏侯婴不放心樊哙,打马追来,樊哙向他挥挥手说,回去,回去,追不上了。夏侯婴说我知道你在捣糨糊戏弄我,连丞相也在后面追来了,你回去就等着被问责吧。

当夏侯婴追上韩信时,他正躺在河边,浑身泥浆,一副醉态,他的青鬃马正悠闲地在河岸边吃草,宝剑和行囊扔在一边。夏侯婴慌忙下马,连说请将军回去。欲扶韩信,就是扶不起来,只听他含混不清地重复着牛头不对马嘴的话。夏侯婴想,靠这么个人能天翻地覆扭转乾坤?等萧何追到,见韩信烂醉的状态,一时也愣了。夏侯婴摇摇头说,这人难当大任,算了,让他走吧。萧何道,他没对你说过什么话吗?夏侯婴说,我请他回去,想扶他起来时,他反复地唠叨:人道我醉我不醉,我道人醉人正醉。萧何听罢,急忙下马拉起韩信的手说,将军,萧何没醉,请将军随我回去,为了江山社稷,萧何给你跪下了。

这追韩信是蛮有现实意义的。

2018 年 6 月

松江话·松江人

那年春夏之交的一个午后,电话铃响了:汤老师,我是王桃根呀……

桃根先生原来在经济开发区工作,当年我退休后在注册成立法治文艺工作室时,曾得到他的热情帮助。他给我电话的时候,已是一个居委会的书记兼主任。他在电话中告诉我,全区正在宣传健康饮食,镇里要每个居委会出一个节目,于是他想到了我,想请我写一个小品并帮着排练。我提出先让我看看几个演员,以便量身定制,扬长避短。

第二天上午我到达居委会时,那些文艺积极分子已在会议室等候我了。我让他们每个人唱几句,做几个动作后,心里便有了底,同时也有了小品的胚胎。

我对桃根先生说,演员都是年近七十的老人,别让他们在台上说那些生硬的上海话了,让他们返璞归真说松江话。

其实多年来但凡有人请我写节目、排练什么的,我一直力推用松江话表演。

草成的节目叫《老花头　新花头》,剧情为:阿金林年轻的时候是专门为农村红白喜事掌勺的饭头师傅,阿秀娘当年结婚时就是阿金林烧的菜;阿秀娘生下阿秀做三朝摆酒席,也是请阿金林帮的忙;阿秀九年前结婚,还是他烧菜。可最近阿金林听说阿秀讲他烧的菜总是老花头,他心中愤愤不平。他要看看阿秀能烧出什么新花头来。所以来了一次老花头和新花头的比拼。

好在都是本色出演,老头演老头,老太演老太,唯有阿秀一角较为年轻,是从外单位借来的,演员虽然是松江人,但从小生活在上海,我要求她花点时间改说松江话。

首场演出被安排在中山东路一个广场的纳凉晚会上,这是由桃根先生所在的居委会负责主办的,节目形式有舞蹈、说唱、独唱、京剧等,还有我出的一个由上海专业演员演的垃圾分类节目。《老花头　新花头》被安排在一个舞蹈节目之后演出。阿金林拎着装有烧好的菜肴一上场的那段韵白,立刻使原本热闹的场子迅速静了下来。随着剧情的推进,松江话让整个广场气氛热烈,不时爆出笑声。我两位专程从上海赶来演出的老师,看了《老花头　新花头》后说,汤老师,这个节目接地气,观众爱看。

事后,听桃根说《老花头　新花头》在全镇各小区演出反响蛮好,还被选拔去区里巡演,之后还拍成了微电影。

去年一个街道的妇联自己创作的"三句半"要参加春节联欢会,请我去辅导排练。参加排练的人年龄都在三十五六岁。当我要求他们用松江话表演时,他们都显得有点为难,我诧异:都是松江人,说松江话有什么为难的?他们说从上学开始到参加工作,都是用普通话与人交流,即便是松江人坐在同一个办公室,也习惯了用普通话对话;只有在家里,只有在亲朋聚集的场所才能自然地说松江话。但是和自己的孩子交流,因为孩子说普通话,做父母的也就很自然地用普通话应对了。

去年夏天,我在一个镇的文化活动中心给十二三岁的孩子们教唱松江农民书。这些小松江人都能听懂我的松江话,却不会说。他们在家里习惯了说普通话,以至于爷爷奶奶辈不得不委屈自己放弃松江话,用僵硬的普通话跟孙辈交流。

父辈只能在适应的环境中说本地话,而孙辈已大多不会说家乡话了。松江话离我们渐行渐远,这份沉甸甸的乡愁竟然有了存续危机。

我想,脚下的土地是生养我们的地方,是松江人的根。我们喝着家乡的水长大,风霜雨雪磨炼了我们松江人的筋骨,春华秋实是我们松江人用心血向社会做出的奉献,松江人有松江人厚实的历史,应让世人品味松江人数千年传承下来的"鱼米之乡""衣被天下""莼鲈之思""十鹿九回头",还有那用松江话写成的经典著作《玄空经》《何典》……

松江话不能断了香火,她应该成为我们松江人的一张名片。

2020 年 7 月

后 记

1987年的春夏之交,我在江苏常州的一家书场演出。一天傍晚时分,一个学生模样的少年上门,向我展示兜售他手中十数块民国三年的银元。我买下不久便知道被骗破财了。那年刚出台《上海市青少年保护条例》,我以条例中"防止坏人将青少年引向歧路"的有关精神,以自己受骗买了假银元的经历创作了故事《阴影》,由我那同在曲艺团为演员的大女儿汤小音,深入到市郊各中小学去演出,出乎意料地大受欢迎。从此,我从演说传统书的书台下来,开始紧跟形势,创排法治文艺节目,带了一支五六人的小分队,深入厂矿企业和农村的广阔舞台,事迹曾两次被《解放日报》报道,由此也迎来了我下半生的高光岁月。

由于各主办单位要宣传的内容不一样,作为承办者的我自然要根据他们的需要,看材料,赶抢时间采访,进行创作。每台节目至少要演六十场,而每场演出至少七十五分钟,就是说起码要写四五只作品,如果一年搞两三台新创的节目,作为承办人和编剧就够忙乎了。退休后我注册成立了炳生法治文艺工作室,又忙忙碌碌地干了十年。其间,汤小音在上海电视台的室内情景剧《新上海屋檐下》中担任女一号,我在组织创排、巡演法治节目的同时,挤出时间为其写了八十二集拍摄剧本,每集以七千字估算,也有近六十万字。此外,我在2013年到2023年底的十年多时间里,先后出版了影视剧集《阿拉上海人》,小说、报告文学集《在同一条路上》,长篇小说《跑码头》上部以及这本散文集《福水》,共一百二十余万字,加上历年创作的节目和播撒在报纸上的小文章,少说也有近两百万字。由于我不会电脑,上述的这些文字都是我一笔一画爬进格子,然后再交由小女儿汤文洁录入并打印的。有的稿子打印出来后看看不满意,还作了大幅度的修改,这对于整理者来说,要比只需整理原稿吃力费神得多。有时我为友人修改的稿件,怕其在涂改处看起来费劲,也是小女儿代劳在电脑上修改好,再重新打印出来,给作者发回去。故友人说我写稿的成本太高。诚然,这是我的爱好,但也拖累了小女儿,她成了我不可或缺的写作助理。这么多年来,无论我在稿纸上如何涂改勾画,以至于连自己都难以辨认,她却总能找出头绪来,也实在是难为她了。

我数十年来能够收获这些所谓的文字成果,小女儿功不可没。

2023年12月30日

图书在版编目(CIP)数据

福水/汤炳生著.—上海：上海辞书出版社，2024
ISBN 978-7-5326-6197-8

Ⅰ.①福… Ⅱ.①汤… Ⅲ.①散文集-中国-当代②小说集-中国-当代 Ⅳ.①I217.2

中国国家版本馆 CIP 数据核字(2024)第 062929 号

福水

汤炳生 著

责任编辑	俞健奇
装帧设计	王轶颀
责任印制	王亭亭

出版发行	上海世纪出版集团
	上海辞书出版社® (www.cishu.com.cn)
地　　址	上海市闵行区号景路 159 弄 B 座(邮政编码：201101)
印　　刷	上海展强印刷有限公司
开　　本	890 毫米×1240 毫米　1/32
印　　张	11.5
字　　数	277 000
版　　次	2024 年 4 月第 1 版　2024 年 4 月第 1 次印刷
书　　号	ISBN 978-7-5326-6197-8/I·571
定　　价	78.00 元

本书如有质量问题,请与承印厂联系。电话：021-66366565